Nox Germanica – Dante Imperium

1. Auflage, erschienen 2-2022

Umschlaggestaltung: Romeon Verlag
Text: FF Valberg
Layout: Romeon Verlag

Aus dem Französischen übersetzt von Andrea Wurth

ISBN: 978-3-96229-330-7

www.romeon-verlag.de

Copyright © Romeon Verlag, Jüchen

Das Werk ist einschließlich aller seiner Teile urheberrechtlich geschützt. Jede Verwertung und Vervielfältigung des Werkes ist ohne Zustimmung des Verlages unzulässig und strafbar. Alle Rechte, auch die des auszugsweisen Nachdrucks und der Übersetzung, sind vorbehalten. Ohne ausdrückliche schriftliche Genehmigung des Verlages darf das Werk, auch nicht Teile daraus, weder reproduziert, übertragen noch kopiert werden. Zuwiderhandlung verpflichtet zu Schadenersatz.

Alle im Buch enthaltenen Angaben, Ergebnisse usw. wurden vom Autor nach bestem Gewissen erstellt. Sie erfolgen ohne jegliche Verpflichtung oder Garantie des Verlages. Er übernimmt deshalb keinerlei Verantwortung und Haftung für etwa vorhandene Unrichtigkeiten.

Bibliografische Information der Deutschen Nationalbibliothek:
Die Deutsche Nationalbibliothek verzeichnet diese Publikation in der Deutschen Nationalbibliografie; detaillierte bibliografische Daten sind im Internet über *http://dnb.dnb.de* abrufbar.

FF VALBERG

NOX GERMANICA

Dante Imperium

Aus dem Französischen übersetzt
von Andrea Wurth

Inhalt

TEIL EINS
ENGEL UND DÄMON

1	Die Carlingue	13
2	Piranhazähne	21
3	Der Beichtvater ohne Soutane	27
4	Der vierte Reiter	31
5	Weder Blumen noch Kränze	35
6	Ein goldenes Huhn mit umgedrehtem Hals	43
7	Die Geheimnisse des Bois de Boulogne	45
8	Promenade des Allemands	49
9	Der Schauspieler, der nicht aus Samarien stammt	55
10	Briefe als Überlebensgarantien	63
11	Janus	67
12	Der Engel der Barmherzigkeit	73
13	Cocktails, Gräfinnen und Kokotten	77
14	Das Schauspiel im Lido	83
15	Schicksal, sich fügen oder frei verfügen	89
16	Das Feuerrad	95
17	Die Alarmglocke!	101
18	Auf dem Grill gedrehtes Schaf	105
19	Der Geheimnisknacker	111
20	Mein Wort ist hier Gesetz	115
21	Das Goldgewicht eines Marquis	121
22	Ein sehr britischer Prix de Diane	125
23	Girouette	129
24	Noche espaniola	133
25	Ein maßgeschneiderter Sarg	137
26	Fällt sie … fällt sie nicht, die Zarenkrone	141

27	Die Beschlüsse des SS-Reichsführers	145
28	Pollice verso	151
29	Schonfrist	155
30	Beerdigungen sind schwarz	157
31	Die am Busen genährte Schlange	161
32	Ein Schüler Machiavellis	165
33	Lektion in Sachen Fatalismus	169
34	Doppelspiel	173
35	Vermissmeinnicht	181
36	Die Siegespalme geht an Judas	187

TEIL ZWEI
BLUTERNTE

37	Unter den Flügeln des schwarzen Adlers	197
38	Die Cagoule	203
39	Der Berater des Caudillos	207
40	Der Brunnen	211
41	Kriegstagebuch in der Corrèze	221
42	Der SS-Hauptmann	227
43	Das Gesetz des Besatzers	233
44	Operngesang	237
45	Ein Zeuge, kein Zeuge	245
46	Zufluchtsort	249
47	Der Grenzposten	253
48	Angelo Cicero, weder Engel noch Römer	257
49	Krieg und Frieden	261

TEIL DREI
DIE STUNDE VON NEMESIS

50 Die Balance lässt grüßen 267
51 Wald der Erhängten 271
52 Des Richters Martyrium 279
53 Der Richter, der Schuldige und der Unschuldige 285
54 Zeugen und Komplizen 291
55 Auf der Verteidigerbank 293
56 Der zerbrochene Spiegel 299
57 Vor Gericht 303
58 Der andere Hof 315

TEIL VIER
MATROSCHKA, DIE RUSSISCHE PUPPE HINTER VERBRECHEN, VERBORGENE VERBRECHEN

59 Ein ausgebranntes Wrack 321
60 Freigelassene Raubtiere, abgenagte Knochen 327
61 Der Richter in der Schlangengrube 333
62 Fäulnisgeruch 341
63 Der Mann, der erledigt werden muss 347
64 Die Räder der Justizmühle 353
65 Auf den Champs-Élysées 363

NIZZA, STADTVIERTEL VON CIMIEZ

66 Luzifers Amnesie 369

Prolog

1944

Götterdämmerung

Hitlerdeutschland im Todeskampf liegt in Schutt und Asche.

Dantes Nacht geht zu Ende.

Seit 1940 regiert *Pax Germanica* (der Germanische Frieden) in den von den Deutschen besetzten Gebieten. Michael Zacharoff und Joshua Assanian sind die Könige des Schwarzmarktes, Henri Lasserre ist der Boss der Unterwelt.

Sie sind die Paten der neuen Ordnung, die schwarzen Paten. Gefürchtete, beneidete, allmächtige Männer. Die Kehrseite der Medaille: Ihre Macht wurde mit der Komplizenschaft der neuen Herren Europas erworben.

Hinter ihnen die Schatten ihrer Beschützer, der »Höhere SS und Polizeiführer«, Himmlers Vertreter und der Chef der Gestapo.

Ihr Schicksal erinnert an eine griechische Tragödie: armselige Anfänge, Aufstieg an die absolute Macht, Hybris und fataler Fall.

Ihr Weg gleicht dem majestätischen Flug des Königsadlers in der Einsamkeit der Gipfel in unmittelbarer Nähe der steilen Klippen.

Die Wagner-Götterdämmerung beginnt sowie der Flug des Geiers mit den gebrochenen Flügeln dicht über dem Abgrund. Zur Zeit der Abrechnung scheint der Fall unausweichlich.

Aber das Schwert der Göttin Justitia trifft nicht alle Bösewichte. Die einen verschwinden in den Wirren, die anderen schlüpfen durch die weit offenen Maschen von Themis Netz.

Wer wird der unantastbare Pate? Das ist hier die Frage.

Der Kampf beginnt unerbittlich, grausam, blutig, tödlich.

Der Bär ist stark, er besitzt die Macht.

Der Wolf ist reich, sein Geld erlaubt ihm alles.

Der Fuchs ist schlau, seine List ist sprichwörtlich.

Die drei unschlagbaren Asse – Macht, Reichtum und List –, wer vereinigt sie in seinen Pfoten und trägt die Siegespalme davon?

Ein Name taucht jetzt öfters in den Ermittlungsakten auf.

Und entflieht wie Aal oder Wiesel, da niemand sich traut ihn wirklich auszusprechen.

Und sich Greif zum Todfeind zu machen.

TEIL EINS

ENGEL UND DÄMON

Die Blüte der Maßlosigkeit wird zur Ähre des Wahnsinns und die Ernte besteht aus Tränen.

Aischylos, Die Perser

Kapitel 1

Die Carlingue

Der Frühlingshauch steigt aus Wäldern und Ebenen. Die Wälder sind nicht mehr düster, die Ebenen nicht mehr finster.

Winter und Nacht draußen. In der Ferne erwacht das Morgenrot.

Die Glocken läuten von Ort zu Ort, von Kirchturm zu Kirchturm. Themis poliert ihre schwere Waage, Nemesis wetzt ihre Haken zur Rache.

Der Frühling steht vor der Tür.

Auf dem Baum, ohne Blätter, trostlos und noch grau, sind die sprießenden Knospen zu spüren. Sie durchbrechen kahle Haine und im nackten Hochwald grüßt zwitschernd der Vogel den Tag, der auf die Nacht folgt.

Die Carlingue der Avenue Montaigne – so wurde Lasserres Bande bezeichnet – hatte sich vollkommen dem Kampf gegen den Widerstand verschrieben.

»Mich als Spitzel einzusetzen war ein Geniestreich, Chef«, meint nun der Legionär alias Coupeau. »Alle Namen sind in mein Gedächtnis eingraviert.«

»Das war naiv von ihm dir seine Geheimnisse anzuvertrauen.«

»Ich bin sogar bereit, King Kong seinen vorherigen Schlagstockeinsatz zu verzeihen. Hat schön zugehauen, der Hurensohn! Aber meine Zähne waren sowie kaputt. Früher oder später hätte ich sie ja ziehen lassen müssen.«

»Na ja! … Immerhin hat dir King Kong die Arztrechnung erspart. Mal sehen, was uns das bringt«, lachte Lasserre.

Anfang Januar hatte die Gestapo mehrere Mitglieder des Netzwerkes Alma verhaftet. Unter ihnen Doktor Lannoy, ein Chirurg aus Roanne, der nach Lyon gebracht und im Fort Montluc eingesperrt wurde.

Eines Abends hatten zwei brutale Aufseher einen Mann mit blutigem Gesicht in die Zelle geschleift.

»Diese Dreckskerle von der Gestapo«, murmelte er, als er mit Lannoy allein war. »Ich bin kein Spitzel und habe meine Kameraden nicht an die Deutschen verkauft. Ich heiße Coupeau.«

Doktor Lannoy hatte Mitleid mit seinem neuen Zellengenossen, in seinen Augen ein grausam zugerichteter Leidensgenosse. Coupeau hatte von seinem Netzwerk, seinen Aktivitäten als Widerstandskämpfer und den schlimmen Schlägen gegen die Deutschen erzählt. Und Lannoy ließ sich dazu verleiten, Ulysse, seinen Chef in Paris, zu erwähnen.

Nun lag es an Lasserre, die vom Legionär eingeholten Erkundigungen zu nutzen.

Er erklärt von Ritter seinen Plan.

»Ach, Monsieur Henri, ich sehe schon, es juckt Ihnen in den Fingern, die Vandermaele-Geschichte zu wiederholen! Nun gut, meinen Segen haben Sie.«

»Und die Gestapo?«

»Machen Sie sich darüber keine Gedanken, das ist meine Sache, versprochen.«

Garantieversprechen des Chefs der Abwehr und des Chefs der Gestapo sind das wert, was sie wert sind, denkt er. Er legt auf und dreht sich zum Legionär um.

»Ich habe freie Hand, um Ulysse ausfindig zu machen!«

Er hatte die Idee der Inszenierung im Gefängnis von Montluc gehabt. Der Plan war aufgegangen, nun würde er den unglaublichen Schnitzer von Doktor Lannoy auf seine Art ausnützen. Außer Ulysse war aufgrund der Verhaftungen hellhörig geworden. Falls er sich aus dem Staub machte, fiel alles ins Wasser! Und das Wasser der Berezina war eisig kalt … Das Risiko musste man eingehen … Also organisiert er mit dem Legionär den Ablauf der Operation.

Trotz der Verhaftungswelle hat Capitaine Laurent am Quai des Grands Augustins nichts an seinen Gewohnheiten geändert. Als es Zeit für die BBC-Sendung ist, schaltet er das Radio ein.

Hier London.
Die Franzosen sprechen zu den Franzosen.
Zuerst ein paar persönliche Nachrichten.

Der Ritter von Montrose sieht rosa Elefanten.

Das ist ein vierblättriges Kleeblatt.

Vorgestern gab es Ratten am Montserrat.

Die Katze Killmouse ist nicht da, schon tanzen die Mäuse auf der Brücke von Avignon.

Der Olifant des stolzen Roland läutet das Halali ein.

Eine Schar grüner Heuschrecken ist über Pont-Royal hergefallen.

Der gnädige Herr Arnaud de Cornuche hat Keuchhusten. Charlots Melone kommt aus Cavaillon.

Bruder Olivier ist auf der Suche nach seinem blonden Haarteil.

Der Küster ist beschwipst, er hat heimlich den Messwein genossen.

Der Pfarrer von Cucugnan hat sein Messbuch wiedergefunden.

Quasimodo hat in Marseille Bonne Mère in Brand gesteckt. Die Werwölfe fressen sich gegenseitig auf.

Die Rose hat ihr purpurfarbenes Kleid behalten.

Bei dieser letzten Nachricht hat sich Ulysses Gesicht aufgehellt. Der Beweis, dass Nestor, sein Bote, wohlbehalten in London angekommen ist. Bei ihrem letzten Treffen im Jardin des Tuileries hatte ihm Nestor gesagt: »Ich würde meiner Frau gerne Rosen schicken. Eine Störung auf dem Weg und ihr Purpurkleid wäre dahin.« So hatten sie die Nachricht vereinbart, die Nestor nach seiner Ankunft in der englischen Hauptstadt übermitteln würde.

Es läutet an der Eingangstür.

Massiv wie die Urteilsverkündung beim Schwurgericht. Jacquot? Jacquot Avranche, Hasenscharte genannt, ein Freund und Mitglied im Netzwerk. Er müsste heute Abend vorbeikommen.

Laurent öffnet die Tür und steht vor einem Unbekannten

mit dem Aussehen eines Offiziers, Bürstenhaarschnitt und in einen Mantel gezwängt.

»Ich heiße Marcel Dutertre. Ich komme von Pierre Jadinet. Und habe einen Umweg über Romazières gemacht. Er hat mich hierhergeschickt, um Capitaine Laurent zu treffen.«

Laurent sagt keinen Ton. Das dumpfe Vorgefühl einer unmittelbaren Gefahr!

»Ich habe eine Nachricht für Sie«, fährt der Besucher fort. Wegen der Verhaftung von Doktor Lannoy haben Sie nichts zu befürchten.«

»Was sollte ich zu befürchten haben? Eine Verhaftung, ein Doktor Lannais?«

»Nein, nicht Lannais … Lannoy.«

»Ich kenne keinen Doktor Lannoy. Was soll das? Das ist wohl ein Missverständnis.«

»Ich kann Sie verstehen, Sie sind vorsichtig, Sie kennen mich nicht. Nachricht übermittelt, Mission erfüllt, ich gehe. Guten Abend, mein Herr.«

Der nächtliche Besuch macht Capitaine Laurent nachdenklich. Habe ich es mit einem feindlichen Agenten zu tun? Die Erwähnung des Namens Pierre Jadinet, der Mittelsmann, der als Überbringer diente, war richtig. Ebenso wie das Passwort Umweg über Romazières. Die Anweisung war jedoch strikt: Keinesfalls die Adresse des Quai des Grands Augustins an einen Unbekannten preisgeben. Aber was hatte die unüberlegte Verletzung der Sicherheitsbestimmungen zu bedeuten? Ein solches Fehlverhalten kam nicht zum ersten Mal vor. Wenn Jadinet nun Dutertre als Netzwerkmitglied tatsächlich kannte? Schließlich war nichts unmöglich. Ich selbst kenne ja auch nicht alle Kuriere.

Und wieder die Klingel!

Hasenscharte? Die Deutschen? Was tun? Fatalistisches Schulterzucken. Pech, falls es die Gestapo ist! Das Haus war von einer hohen Mauer umgeben, daher gab es im Hinterhof kein Hintertürchen. Er öffnet das Schloss. Die Tür wird sofort gewaltsam aufgestoßen.

»Deutsche Polizei!«, schreit der Legionär.

Keinerlei Spur mehr von der vorher gezeigten Freundlichkeit! Die beiden Gorillas hinter ihm schnappen Laurent. Einer von ihnen durchsucht ihn brutal.

»Keine Knarre.«

»Fessle ihn mit den Handschellen am Heizkörper fest! Dann können wir langsam vorgehen.«

Ulysse kann sich im Nachgang nicht mehr an die Dauer der Durchsuchung erinnern. Eine Stunde, zwei Stunden, drei Stunden? Herr mach', dass Hasenscharte nicht auftaucht! Dieser Gedanke kam ihm, quälte ihn bis zu dem Moment, als sie ihn in einen vor dem Haus geparkten schwarzen Citroën bringen. Gott sei Dank! Entweder hatte es einen Zwischenfall gegeben und Hasenscharte hatte nicht kommen können, oder er war misstrauisch geworden und verschwunden, als er das verdächtige Auto sah.

In der Avenue Montaigne sagt der Legionär zu seinem Chef:
»Ich habe das Paket soeben geliefert.«
»Bringe ihn nach Fresnes. Einige Tage Fegefeuer werden ihm guttun.«
»Alles klar, Chef.«

Als der Legionär weg ist, denkt Henri: Ich komme zu gegebener Zeit auf den Plan. Bis dahin bleibe ich völlig ruhig im Hinterhalt.

Er ruft im Gefängnis an und gibt die entsprechenden Befehle durch.

Ulysse kommt in eine Einzelzelle und erhält zwei Tage lang kein Essen.

Und am dritten Tag? Eine gräuliche Flüssigkeit in einer schmutzigen, angeschlagenen Tasse, ein schreckliches Gebräu – der Gefängniswärter hatte es Kaffee genannt –, ein kalter Kohlrübenbrei, von dem einem übel wurde, ein Stück Brot, hart wie Kruppstahl.

Am Morgen des vierten Tages wird er zum Sitz der Gestapo in der Avenue Foch gebracht. Alles erfolgt ohne irgendwelche Gewalt und völlig korrekt. Ein Ermittler, um die fünfzig mit grauen Schläfen und freundlichem Gesicht, stellt wohlüberlegte Fragen über das Netzwerk. Er wird in seine Zelle zurückgebracht und komplett abgeschirmt.

Am nächsten Tag dasselbe Szenario und auch an den darauffolgenden Tagen.

Er weiß nicht mehr, was er davon halten soll. Was sollten diese Sonderbehandlung und dieser Ermittler mit stoischer Ruhe? Wann würde die Folter losgehen? Und was war mit dem Ruf der Gestapo, nicht gerade mit Samthandschuhen vorzugehen? Welches krumme Ding heckten die Deutschen aus?

Kapitel 2

Piranhazähne

Die beiden ehemaligen Meister im Ringkampf, die als Zerberusse des Chapiteau dienen, das elegante Kabarett auf der Place Pigalle, an der Ecke des Boulevards Rochechouart, grüßen respektvoll Monsieur Henri, einer der großzügigsten Stammkunden des Etablissements.

Joseph sitzt bereits abseits an einem Tisch, im Halbschatten hinten im Raum. Abseits der vielen feldgrauen und rabenschwarzen Uniformen, der Kinostars, des Spektakels, der Mitglieder der Einkaufsbüros und der Schwarzmarkthändler.

»He, alter Junge«, sagt er fröhlich, »was schaust du so düster drein? Möchtest du Rirette Konkurrenz machen?«

Kein Lächeln auf Josephs Gesicht, nur ein Murmeln:

»Guten Abend, Henri.«

Vor einigen Tagen hatte Henri grausame Worte ausgesprochen: »Der arme Joseph hat nie zu lächeln gelernt. Schaue ich ihm in die Augen, sehe ich seine Piranhazähne.«

Hitler hatte entschieden, in der Nacht vom 26. auf den 27. November sich der französischen Flotte zu bemächtigen und so hatte das erste SS-Panzerkorps von Obergruppenführer Hauser den verschanzten Hafen von Toulon in die Zange genommen. Etwa hundert Schiffe hatten sich selbst versenkt. Als er von der Selbstversenkung der Flotte hörte, rief Joseph hektisch aus: »Was für ein Glücksfall, fast zweihundertfünfunddreißigtausend Tonnen Eisen! Wenn man bedenkt, dass man sie nur bergen muss, um daraus einen gigantischen Gewinn zu machen!« Und Joseph hatte alles darangesetzt, um die Sache ins Rollen zu bringen. Aber die Deutschen hatten sich gesträubt, ihm das für die Bergung erforderliche Material zur Verfügung zu stellen. Verärgert hatte er die Flinte ins Korn geworfen und Henri hatte ihn getröstet: »Mach dir nichts draus! Mit den Geschäften ist es wie mit den Weibern: Geht eines durch die Lappen, gibt es tausend andere.«

Sie haben noch nicht einmal das erste Glas Champagner getrunken, als ihm Joseph zuflüstert:

»Sie versuchen mich zu erpressen, Henri.«

»Wer sind sie?«

»Ich habe Feinde unter den Schrotthändlern.«

»Hast du einen Verdacht?«

»Ich denke an einen Landsmann … Kanouchian. Sieht ganz nach ihm aus. Wenn er mich kaltmachen könnte, ohne dafür belangt zu werden …«

»Dem Verantwortlichen wird der Kopf gewaschen und die Erpressung hört auf.«

»Ich habe sogar anonyme Morddrohungen erhalten. Ich brauche Schutz.«

»Leibwächter? Kein Problem. Ich schicke dir Louis Calon alias Fetter Louis und Emile Chauvelier, den Mongolen. Die beiden werden sich darum kümmern. Außer du möchtest lieber Mephisto haben?«

»Nein, nein! Den kannst du in die Hölle zurückschicken«, meint Joseph in ungewohnt vehementem Ton.

Auf der Bühne gibt der Chansonnier Cavalcanti eine Hasstirade gegen die Juden von sich. Ungerührt meint Joseph kühn:

»Der Zar nervt zunehmend.«

Aus Josephs Eifersucht auf Michel Zacharoff war Hass geworden. Henri sagt keinen Ton und wartet auf das, was kommt.

»Der Zar bringt mich auf die Palme. Ständig tritt er mir auf die Füße.«

Aber euch sind doch zusammen famose Coups gelungen … Oder hast du etwa die argentinischen Steaks vergessen?«

»Ja«, gibt Joseph zu, »das war in der Tat ein genialer Coup.«

Argentinien war ein neutrales Land und verkaufte Getreide und Fleisch, das in Kühlschiffen transportiert wurde. Auf Befehl der deutschen Beschützer und mit den im Konzentrationslager Sachsenhausen hergestellten britischen Pfund hatten die beiden Freund in Spanien, Portugal und der Schweiz Bankkonten eröffnet. Dann hatten sie den Argentiniern den Kauf von Getreide und Fleisch für Frankreich und deren Bezahlung in der sehr begehrten Währung »Pfund Sterling« angeboten. Die Lieferungen in spanischen und portugiesischen Häfen waren nach Frankreich gebracht worden und die Argentinier hatten die falschen britischen Pfund gegen Goldbarren eingetauscht.

»Die Briten hatten dann das Nachsehen«, lachte Henri lauthals auf. »Wenn ich daran denke … Britische Pfund, hergestellt von Münzfälschern, die in einem KZ einsitzen … Zum Schieflachen.«

»Na ja, nicht so laut Henri. Es handelt sich um eine Geheime Reichssache.

»Ohne Witz, eine Geheime Reichssache? Man könnte meinen, du hättest Bammel!«

»Ach, Henri! Aber hast nicht auch du satte Provisionen kassiert?«

Die Deutschen hatten zur Versorgung ihrer Truppen in Russland den Papier-Selbstkostenpreis des englischen Falschgeldes eingesetzt!

»Um wieder auf besagten Hammel zurückzukommen: Der Zar wird zu mächtig«, jammert Joseph.

»Ich habe's kapiert«, meint Henri.

Seit nach dem Erlass des Führers vom 9. März 1942 in Frankreich Karl Oberg als Oberchef der SS und der Polizei eingesetzt worden war, galt das Gesetz der SS. Himmler hatte die Wehrmacht verdrängt. Als exklusiver Lieferant der SS tätigte der Zar gewaltige Geschäfte. Joseph, der sich für den Stärksten hielt, fühlte sich von seinem Rivalen ausgebootet.

»Was würde ich dafür geben, ihn loszuwerden«, seufzt er.

Henri sieht Joseph mit feurigem Blick an.

In dem belebten Kabarett hat sich zwischen den beiden Männern ein beklemmendes Schweigen eingestellt.

»He! He! He! Mein lieber Freund, was redest du?«, meint Henri schließlich. »Den Zaren loswerden wie ein Paar ausgelatschte Schuhe? Lässt man den Wolf in den Schafstall, läuft man Gefahr in null Komma nichts gefressen zu werden, das weißt du sehr wohl.«

»Lass uns gemeinsam gegen seine Macht kämpfen …«

»Aha! Die Heilige Allianz gegen den Ketzer? Eher eine unheilige Allianz. Gar keine schlechte Idee. Eine Handelsunion gegen Michel, das würde dir gefallen?«

Der Armenier begnügt sich mit einem Schulterzucken und geht dann zu einem anderen Thema über.

»Hör zu, Henri, ich habe dir noch Transaktionen mit Gold anzubieten.«

»Nur zu!«, meint Henri und hebt sein Champagnerglas. Man sollte dies lieber sofort bleiben lassen.

Er weiß, wovon er spricht, seit er mit Feldbusch, dem Chef des Devisenschutzkommandos in der Rue Pillet-Will, zu tun hat.

»Es ist nicht das, was du denkst, Henri. Wieso sollten wir uns die Mühe machen, den Kunden zu den Deutschen zu schicken? Für lächerliche zehn Prozent? Wir müssen ihn nur verschwinden lassen. Die Deutschen werden nie dahinterkommen und wir kassieren das gesamte Gold ein.«

Henri schreckt auf und setzt sein Champagnerglas ab.

»Verdammt! Und ich dachte, du wolltest mir den alten Rosenkranz oder einen Federhut deiner Großmutter andrehen! Dabei bietest du mir bereits die Endlösung an…«

»Wir behalten alles Gold für uns. Kein Opfer, kein Verrat.«
»Meine Güte, du bist ja nicht gerade zimperlich … Ich muss darüber nachdenken.« Langes Schweigen.

»Also, Henri?«

»Die Sache ist zu heiß, mein Freund. Stell dir die Reihe der Makkabäer hinter uns vor … Die Blutspur wird uns verraten.« Joseph tut den Einwand mit einer lässigen Geste ab.

»Wir müssen nur dafür sorgen, dass man keine Leiche findet. Das Meer ist tief, vor allem, wenn man mit den Füßen in einem Bottich mit frischem Zement steckt …«

»Ganz im Sinne der Mafia, was? Zu riskant, ja sogar selbstmörderisch, würde ich sagen.«

»Das sehe ich anders.«

Joseph ist bitter enttäuscht. Er möchte seine Idee tatsächlich in die Tat umsetzen, aber Henri bleibt hart.

»Bei der Sache würde man sich ernsthaft die Finger verbrennen. Nein, meine Antwort lautet Nein. Vergessen wir das!«

»Na gut, wenn du meinst! Aber eine solche Goldgrube nicht zu nutzen …«

Dem Armenier ist die Enttäuschung deutlich anzuhören.

Kapitel 3

Der Beichtvater ohne Soutane

Die Inszenierung hat lange genug gedauert. Strategieänderung am zehnten Tag. Capitaine Laurent wird nicht mehr in die Avenue Foch, sondern in die Avenue Montaigne gebracht. Nun ist es an der Zeit, dass Monsieur Henri selbst eingreift.

»Sie sind also der berühmte Ulysse. Erlauben Sie mir, dass ich mich vorstelle: Ich bin Monsieur Henri. Ich bin hier der Chef. Für Sie der Priester, der Beichtvater.«

»Und Sie ziehen keine Soutane an?«

Die Gesichtszüge des Offiziers haben sich bei diesen Worten nicht entspannt. Eines ist sicher: Eine schwarze Kutte macht noch keinen Mönch, denkt er. Wie sieht es mit der Soutane aus? Macht sie einen Beichtvater? Unser Beichtvater ohne Soutane ist kein Domherr. Auch das ist sicher!

»Ah, Sie haben Humor, das gefällt mir. Ich hasse humorlose Menschen: Das sind alles Arschlöcher! Schade, dass Ihnen Ihr Humor in Ihrer derzeitigen Situation nichts nützt … Aber wir sollten uns nicht weiter in Geschwätz verlieren. Kommen wir direkt zur Sache. Ihre Einstellung gegenüber den Deutschen? Sagen Sie nichts, das tue ich an Ihrer Stelle: Eine neutrale Haltung. Hassen Sie die Deutschen? Die Antwort lautet: Nein.

Das geht aus dem hervor, was Sie geschrieben haben. Weshalb suchen Sie also nach Auskünften für die Alliierten? Sie sind Patriot und wollen, dass Ihr Land frei ist. Sollen die blöden Deutschen doch auf der anderen Seite des Rheins bleiben!

Bis Ende 1941 betreiben Sie keinerlei Aktivitäten für die Widerstandsbewegung. Hitler triumphiert an allen Fronten. Die Deutschen haben den Krieg gewonnen. Sie haben keine Berufung zu einem Don Quichotte. Einen Kampf gegen Windmühlen beginnen? Das wäre lächerlich. Wer könnte Ihnen den Stein zuwerfen?

Hitler greift Russland an. Den Deutschen gelingt es nicht, vor dem russischen Winter eine Entscheidung herbeizuführen. Sie sagen sich: Das Deutsche Reich steuert auf eine Niederlage zu. Hitler wird es wie Napoleon ergehen. Am Ende des blutigen Weges erwartet ihn die unausweichliche Niederlage. Die Russen werden Europa überfallen. Das ist eine klare Sache. Die Bolschewiken sind Ihre erklärten Feinde. Ihr echtes Motiv für Ihr Wirken im Widerstand lautet: Verhindern, dass die Kommunisten an die Macht kommen.«

Dann mit paternalistischem Lächeln:

»Weshalb diese Tirade? Der Beweis, dass ich das von Kommissar Vogeler von der Gestapo erstellte Dossier mit großem Interesse gelesen habe. Das Leitmotiv für Ihre Arbeit im Widerstand kann ich bestens verstehen: Unbändiger Hass auf die Kommunisten. Auch ich hasse sie. Bestenfalls hegen Sie keinerlei Hass gegen die Deutschen, ich auch nicht. Die Briten liegen Ihnen nicht am Herzen, auch da bin ich mit Ihnen einig.«

Ulysse schaut ihn weiterhin desinteressiert an. Steuert er auf eine saftige Niederlage zu?

»Ich werde alles in meiner Macht stehende für Sie und Ihre Freunde tun. Unter der Bedingung, dass wir uns über ein Arrangement einig werden. Es steht schlimm um Sie. Ebenso wie um die Agenten Ihres Netzwerks, die der Gestapo in die Hände gefallen sind. Sie bewegen sich am Rand des Abgrunds! Glauben Sie mir, ich habe keine Lust, Sie hinunterzustoßen.«

»Aber auch keine Skrupel, es zu tun.«

»Nein, auch keinerlei Skrupel, das ist richtig. Aber bedenken Sie eines: Tot nützen Sie mir überhaupt nichts. Ich bin Ihr einziger Lichtblick im Dunkeln. Ihr Schicksal interessiert Sie nicht? In diesem Fall sind die Würfel für Sie gefallen. Doch denken Sie an das Schicksal der etwa vierzig Männer, die mit Ihnen verhaftet wurden! Deren Leben hängt von Ihnen ab. Von Ihnen allein!«

»Sie wussten, was sie tun und haben die Risiken von vornherein akzeptiert. Jeder ist für sein eigenes Handeln verantwortlich.«

Henri geht auf Ulysses Einwand nicht ein.

»Ich kann sofort das Telefon in die Hand nehmen und ein gutes Wort für sie einlegen. Sie sind der Chef. Sie tragen die Verantwortung für sie. Maßen Sie sich das Recht an, ihr Scharfrichter zu sein? Sollten Sie nicht eher alles daransetzen, um als ihr Schutzengel zu agieren? Ich an Ihrer Stelle würde nicht lange zögern. Ich würde alles in meiner Macht Stehende tun, um meinen Männern das Schlimmste zu ersparen.«

»Wenn ich annehme, gibt es ein Risiko.«

»Ja, ich stelle Ihnen eine Falle, die mich zu Ihren Freunden führt, die noch frei herumlaufen. Es bleibt Ihnen nur, meinem Wort zu vertrauen: Ich werde es nicht tun. Sie entscheiden! Das Leben ist nun mal leider voller Fallstricke. Oder wollen Sie tatsächlich lieber als Allheiliger Ihre Männer opfern? Hören Sie auf mich: Nehmen Sie Kontakt zum kämpfenden Frankreich auf. De Gaulle ist kein Alliierter der Kommunisten. Dies wäre eine widernatürliche Verbindung. Ihre Aufgabe würde darin bestehen, die tatsächlichen Bedingungen zu klären, unter denen die Deutschen eine Einigung erzielen könnten, um vor den kommunistischen Fängen bewahrt zu bleiben.«

Das ist Lasserres Nachricht an Ulysse. Um seinen guten Willen zu unterstreichen, stellt er ihm ein Zimmer des Hauptquartiers zur Verfügung. Natürlich trifft er Vorkehrungen gegen einen Fluchtversuch.

»Akzeptieren Sie meine Gastfreundschaft?«, fragt er Ulysse mit beißendem Humor. »Machen Sie sich nicht über mich lustig.«

»Ich lasse Ihnen bis morgen früh Zeit zum Überlegen.«

In quälender Angst zögert Ulysse bei beiden Lösungen, die sich ihm bieten. Sein Dilemma lässt ihn schließlich in einen unruhigen Schlaf verfallen.

Kapitel 4

Der vierte Reiter

Er irrt durch die verlassene Stadt.
 Eine namenlose Stadt.
 Die Nacht ist undurchdringlich.
 Die Straßen kennt er nicht.
 Und dieses bedrückende Gefühl, verfolgt zu werden …
 Unsichtbare Augen scheinen jede seiner Gesten zu beobachten.
 Die Angst packt ihn.
 Der Tag bricht an.
 Die Straßen, Plätze, die er überquert hat.
 Er hat sich im Kreis gedreht.
 Dort liegt ein lebloser Körper.
 Plötzlich hört er Hufgeklapper hinter sich.
 Schnell dreht er sich um und erstarrt.
 Ein mittelalterliches, schwer gepanzertes Schlachtross kommt auf ihn zu.
 Der Reiter in Rüstung schwingt ein bluttropfendes Schwert!
 Die Seiten des Pferdes sind durch Panzerplatten geschützt.
 Ein irrsinniger Schrei lässt ihm das Blut gefrieren.
 Das Helmvisier des Reiters wird hochgeklappt.
 Da erkennt er seinen Verfolger: Monsieur Henri!

Kurz darauf hat sich der Kopf des Reiters in einen Totenkopf verwandelt.

Der vierte Reiter der Apokalypse?

Seine Schritte gehen unweigerlich in Richtung des Mannes, der auf dem Platz in der Nähe eines Brunnens zusammengesunken ist, aus dem Blut hervorsprudelt. Er ist nicht mehr Herr seiner selbst und beugt sich nach unten. Um sofort mit entsetztem Blick zurückzuweichen. Ein Körper ohne Kopf! Die rechte Hand zeigt auf ihn, Daumen und Zeigefinger klagen ihn an. Die anderen Finger der Hand fehlen. Nun hat er das Opfer erkannt: Alain Lemoine! Die durch einen Granatsplitter 1940 verstümmelte Hand!

Andere, leblose Körper. Er muss sich nicht mehr nähern, um sie sich genauer anzuschauen. Er weiß, dass es seine Kameraden, die Mitglieder des Netzwerks sind. Er stolpert, fällt schwer nach vorn, schlägt mit der Stirn auf dem Boden auf.

Der Vollstrecker dieser schrecklichen Taten beugt sich über ihn.

»Du Idiot, ich hatte dir doch gesagt, du sollst dich für das Leben entscheiden!«

Dann schreckt er aus dem Schlaf hoch. Kalter Schweiß läuft ihm den Rücken hinunter. Obwohl ihm Monsieur Henri alles andere als vertrauenswürdig erschien, hat Ulysse nicht mehr die Kraft, dessen Angebot zurückzuweisen.

»Obwohl dies alles nichts als eine niederträchtige Komödie ist, werde ich alles tun, um meinen Männern ihr Schicksal erträglich zu machen«, meint er zu Monsieur Henri.

Ulysse wird mit dem Chauffeur und einem Unteroffizier nach Fresnes zurückgebracht. Der Unteroffizier sitzt zusammen mit Ulysse auf der Rückbank.

»Karl, halte hier an, ich werde im Tabakladen an der Ecke ein paar Kippen kaufen«, sagt er plötzlich.

Das Auto bleibt stehen, der Deutsche steigt aus. Ulysse hat auf diesen Augenblick gewartet und springt aus dem Auto.

»Halt!«, schreit der Deutsche.

Zwei Schüsse sind zu hören. Das Pfeifen der beiden vorgetäuschten Schüsse hört Ulysse nicht. Die Nacht hat den Flüchtigen bereits verschluckt. Eine perfekte Flucht –, alles hatte sich zugetragen wie von Monsieur Henri befohlen.

»Nach Ihrer Flucht finden Sie sicherlich bei Freunden Unterschlupf«, hatte er zu Ulysse gemeint.

»Aber sie wurden doch alle verhaftet …«

»Alle Ihre Männer sollen verhaftet sein? Das wäre eine Nummer zu groß!«

»Ich kenne dennoch niemanden, zu dem ich gehen könnte.«

»Sie müssen einfach nur an der Tür eines Klosters oder eines Pfarrhauses läuten. Diese mildtätigen Seelen werden Ihnen das Asylrecht nicht verwehren.«

»Das würde aber ein großes Risiko für Unschuldige bedeuten.«

»Fürchten Sie sich immer noch vor einer Falle? Na, so was! Hier sind die Schlüssel sowie die Adresse einer Wohnung im 13. Arrondissement, Boulevard Kellermann. Wir haben sie beschlagnahmt. Dort werden Sie nicht gestört werden. Ihre Freunde sind meine Geiseln, das Pfand für Ihre Loyalität mir gegenüber. Ich werde morgen vorbeikommen und nachschauen, ob alles gut läuft.«

Dieser Monsieur Henri verzeiht nichts, denkt Ulysse. Wenn ich mich aus dem Staub mache, verrate ich meine Kameraden.

»Ich brauche falsche Papiere«, meint er.

»Alles klar, morgen erhalten Sie welche.«

Am Abend der Flucht meint der Chef zum Zwerg: »Die Brieftaube hat ihr Vogelhaus verlassen.«

Er ist zufrieden. Die Schachfiguren wurden in Position gebracht. Zuerst James North, der englische Offizier der SOE und jetzt Ulysse. Er würde sie zu seinen Lieblingsmarionetten machen. Doch er durfte sich nicht in den Fäden verheddern.

»Diese schöne Taube wird zur Strecke gebracht, wenn sie von der Route abweicht, nicht wahr Chef?«, murmelt Mephisto.

»Du bist zu blutrünstig. Das wird dir eines Tages zum Verhängnis ...«

Mephisto lacht aus voller Kehle.

»Bis zu diesem Tag habe ich noch einige Hühnchen zu rupfen.«

Gilles schlägt meine Warnung in den Wind, denkt er. Zu Unrecht. Die folgenden Ereignisse würden es zeigen.

»Die faszinierende Anziehungskraft der Gewalt auf den Geist, was meinen Sie, Chef?«

Er schaut den Zwerg einen Moment starr mit gerunzelter Stirn an, dann zeichnet sich ein Lächeln in seinem Gesicht ab.

»Was du sagst klingt sehr interessant ... Wie alle Extreme: unerhörter Reichtum, völlige Verderbtheit, totaler Treuebruch ...«

Gilles war sadistisch veranlagt, pervers, grausam, brutal und zynisch.

Aber bescheuert war er nicht.

Kapitel 5

Weder Blumen noch Kränze

Die Sonnenstrahlen der Märzsonne spielen mit dem Chrom des Rolls-Royce, der die mit Kies ausgelegte und mit jahrhundertealten Eichen gesäumte Allee hinunterfährt, vorbei am Wächterhaus. Wie immer steht der alte Gärtner Horace in der Nähe des Portals mit schmiedeeisernen Skulpturen, das er gerade geöffnet hat; krumm wie ein Olivenbaum, mit rotem, faltigem Gesicht und respektvollem Lächeln. Während die Limousine in die Avenue de Neuilly einfährt, blättert Monsieur Henri in der Zeitschrift *La Gerbe*. Er liest die Titel, nicht jedoch die Artikel und faltet dann die Zeitschrift zusammen. Sein Blick bleibt auf dem breiten Nacken von King Kong hängen, der ruhige, schweigende Fahrer. Ich hatte ein glückliches Händchen, als ich ihn zum Chauffeur ernannte. Eine weise Entscheidung aus zwei Gründen, wobei der erste ins Auge stach: Victor war ein begnadeter Fahrer! Und er liebte das Auto wie der Fischer, der sein Boot liebt, das ihn jeden Morgen aufs Meer bringt. Der zweite, nicht so offensichtliche Grund war, dass Victor als diskreter und schweigsamer Mensch den Mund nur öffnete, wenn man ihn ansprach. Victor weiß genau, dass mich dieses Geschwätz über den Regen und das schöne Wetter in schlechte

Laune versetzt und vergisst es auch nie. Und der schlaue Kerl schweigt wie ein Grab! Mit ihm gibt es nie Scherereien. Van Horn sitzt neben Victor. Auch er weiß, dass Schweigen in den Augen des Chefs Gold ist und hält sich an dieses ungeschriebene Gesetz.

Nach einer kurzen Fahrt parkt Victor die Limousine in der Avenue de Neuilly. Der Chef steigt aus. Die beiden Männer sehen, wie er mit großen Schritten die Straße überquert und in das Blumengeschäft Flora eintritt. Er hatte es sich angewöhnt, auf dem Weg in die Avenue Montaigne jeden Morgen dort Halt zu machen. Seit er vor drei Monaten seine neue Leidenschaft entdeckt hatte, war es zu einem Ritual geworden, denn er war verrückt nach Blumen. Als er eintritt, ist die Glocke zu hören.

»Guten Morgen, Monsieur Henri.«

»Guten Morgen, Mademoiselle Laurence.«

Die Floristin kommt freudestrahlend auf ihren besten Kunden zu, den sie immer selbst bedient. Monsieur Henri ist ein freundlicher, zuvorkommender Mann, ein echter Gentleman! Was war nur vorgestern in diese alte, bekloppte Mercier gefahren, als sie Horrorgeschichten über ihn erzählte? »Sie haben doch ein Brett vor dem Kopf, meine Liebe!«, hatte sie mit knarrender Stimme verkündet. »Wissen Sie wirklich nicht, wer dieser Monsieur Henri ist, den Sie so in den Himmel loben? Nun, dann sage ich es Ihnen: Ein Handlanger der Gestapo! Er tätigt gemeine Geschäfte mit den verdammten Deutschen, verfolgt Patrioten und macht sich der Folter und Denunzierungen schuldig! Es ist höchste Zeit, dass Ihnen jemand die Augen öffnet. Ihr verehrter Monsieur Henri ist nichts anderes als ein schändlicher Mörder!« Kein Wort davon hatte sie geglaubt. Diese Hexe redete über alle schlecht. Eine Viper, stets bereit zuzubeißen! Und Monsieur Henri war die Großzügigkeit selbst!

»Ich habe heute herrliche Rosen und Orchideen, Monsieur Henri.«

Sie bot ihm stets die schönsten Blumen an und jeden Tag befolgte er ihre Ratschläge.

»Habe ich mich nur einmal über Ihre Wahl beschwert? Sie haben einen ausgezeichneten Geschmack.«

»Wie viele möchten Sie, Monsieur Henri?«

»Ich nehme alle.«

»Es stimmt, Sie lieben alle Blumen.«

»So wie ich auch alle schönen Frauen liebe.«

»Oh, Monsieur Henri, Sie sind ein Charmeur.«

Kurz darauf tritt er mit einem Arm voll Orchideen aus dem Geschäft. Laurence hat darauf bestanden ihn zum Auto zu begleiten. Sie trägt rote und gelbe Rosensträuße.

»Wie geht es Ihrem Freund, dem Anwalt?«

Laurences Gesicht nimmt einen traurigen Ausdruck an. Sie ist kurz davor, in Tränen auszubrechen.

»Stimmt etwas nicht? Eine Krankheit, ein Unfall?«

»Ich weiß nicht, was los ist. Wir haben nichts von ihm gehört. Er wurde von der deutschen Polizei verhaftet. Seine arme Mutter stirbt fast vor Angst. Und ich auch.«

»Bis morgen wird alles anders aussehen.«

»Meinen Sie, Monsieur Henri?«

»Die Deutschen haben sich sicherlich getäuscht. Ein bedauerlicher Irrtum … Gedulden Sie sich bis morgen, Sie werden sehen, dass ich recht habe.«

Sie gehen gerade nebeneinander über die Straße. Ist es Zufall, sein sechster Sinn oder sein angeborenes Misstrauen, das ihn veranlasst, sich umzudrehen? Etwa zwanzig Meter vom Blumengeschäft entfernt, treten zwei Männer aus einer Toreinfahrt und bleiben unentschlossen stehen. Sofort hat er ihr Ziel erfasst – er packt Laurence am Arm, sein Ton lässt keinerlei Einwand zu.

»Rennen Sie zu Ihrem Geschäft. Tun Sie, was ich sage!

Laufen Sie, schnell!« Er stürzt zum Auto.

Es sind Schüsse zu hören. Schnell öffnet er die Tür, schreit: »Victor, fahr los!«

Kugeln prasseln auf die Straße. Feuerpfeil, stechender Schmerz. Mit dem Kopf zuerst stürzt er in den Rolls-Royce. Einschläge, die Heckscheibe zerberstet. Dank der schnellen Reaktion Victors, hat die Limousine bereits an Abstand gewonnen.

»Rechts, Victor!«

Seine Stimme ist gleichgültig, als würde er im One Two Two oder im Chabanais eine Flasche Champagner bestellen. Das Auto schaukelt, als sie die Avenue de Neuilly verlassen, sie sind jetzt außerhalb der Schusslinie ihrer Angreifer.

»Sind Sie verletzt, Chef?«

Unter den gegebenen Umständen ist es Victor erlaubt, das Schweigen zu brechen. Henri sieht sich sein rechtes Bein an.

»Das ist nichts, ich bin hart im Nehmen. Diese Idioten können noch nicht einmal richtig zielen!«

Vor nicht einmal drei Minuten war er zu Laurence gegangen.

»Wir kehren um!«

Seine Stimme ist kalt wie das Fallbeil der Guillotine.

»Jetzt sind wir die Jäger. Fahr langsam bis zur Kreuzung und mach das Verdeck herunter, damit wir das Terrain erkunden können!«

Van Horn hält schussbereit eine Schmeisser-Maschinenpistole in der Hand.

Die Floristin neben mir hat mir das Leben gerettet, denkt er. Normalerweise begleitet sie mich nicht zum Auto. Sie zögerten mit dem Schießen, als sie Laurence sahen. Durch diese Unentschlossenheit konnte ich wertvolle Sekunden gewinnen. Mein Schutzengel ist blond und heißt Laurence.

»Da sind sie, auf dem Gehsteig«, ruft King Kong aus.

»Ran an den Feind und kein Pardon!«, befiehlt Henri.

Als der Rolls-Royce in die Avenue de Neuilly einfährt, werfen sich die zwei Männer in etwa 300 Metern Entfernung in einen grauen Renault. Wie eine Raubkatze, die sich auf ihre Beute stürzt, taucht der Rolls plötzlich hinter ihnen auf und lässt ihnen keine Zeit davonzufahren. Mit verzerrten Gesichtszügen feuert Van Horn eine Salve ab, die Hinterreifen des Renaults explodieren. Das Auto dreht sich um seine eigene Achse und prallt gegen eine Hauswand.

»Denen ist es an den Kragen gegangen, ein Abtreten erster Klasse von der Bühne«, knurrt Van Horn und springt aus dem Rolls-Royce.

Aus dem grauen Renault fällt ein Schuss.

Als wäre er gegen eine Mauer gerannt, bleibt Van Horn versteinert stehen … Bevor er wie ein Bulle im Schlachthof umstürzt. Seine letzten Worte waren tragische Ironie.

»So ein Mist! Scheißkerle, Schweinehunde!«, heult Henri und feuert sein gesamtes Magazin auf das Renaultwrack.

Zusammen mit Victor schleicht er sich an. Die Angreifer geben keinerlei Lebenszeichen mehr von sich.

»Diese Mistkerle, fast hätten sie uns erwischt.« Victor beugt sich über Van Horn.

»Chef, es ist aus. Mitten ins Herz.«

Die Verletzung am Bein blutet heftig. Er verzieht das Gesicht vor Schmerz.

»Hut ab, Victor! Ohne deine Geistesgegenwart würde die Totenmesse für uns alle gelesen.«

Und er zieht sofort die Lehre aus dem Vorfall: »Wir haben uns zu sicher gefühlt. Das hätte uns fast das Leben gekostet.«

Zu Beginn der Schießerei, brachten sich Passanten in Hauseingängen in Sicherheit; andere blieben erstarrt stehen und wieder andere warfen sich da, wo sie sich befanden, flach auf den Boden. Laurence ist vor ihrem Laden weinend zusammengebrochen und wird von herzzerreißenden Schluchzern geschüttelt.

Ein Polizeiauto kommt angefahren, die Sirene verstummt und zwei Polizisten steigen aus. Er zeigt seine deutsche Polizeikarte.

»Ein terroristischer Anschlag, die Sache betrifft die Gestapo.«

Er war nur leicht verletzt, die Kugel hat lediglich das Fleisch seines rechten Beines gestreift. Er wird von einem Pfleger aus einem Krankenwagen verarztet.

»Kommen Sie lieber mit uns ins Krankenhaus.«

Da er den Ratschlag mit einer wütenden Geste abtut, geht der Pfleger kopfschüttelnd davon. Er kniet sich neben Laurence und streicht ihr sanft über die Haare.

»Das war nichts, nur ein schlechter Traum. Es ist vorbei.« Dann dreht er sich zu Victor um und meint schroff:

»Wir haben hier nichts mehr verloren. Lass uns nach Hause fahren!«

In der Avenue Montaigne haben der Nizzaer und der Legionär schon mit wachsender Besorgnis auf sie gewartet. Morgens achtete der Chef stets auf Pünktlichkeit. Seine Verspätung war außergewöhnlich. Sehr redselig erzählt der sonst einsilbige Victor, was vorgefallen ist.

»Du hast Schwein gehabt, Chef«, meint der Nizzaer. »Wir sollten dich Lucky Henry nennen, wie Lucky Luciano, der oberste Mafiaboss.«

»Es gibt nur ein Problem: Unseren teutonischen Freunden graut es vor englisch klingenden Namen. Sie brechen sich bei deren Aussprache fast die Zunge.«

Er ruft Guillaume de Salle an, einen Freund, der im Hotel du Parc in Vichy verkehrte. »Ich brauche deine Hilfe, Guillaume.«

»Ich höre.«

»Ich wäre vor einer halben Stunde fast erschossen worden.«

»Bist du verletzt?«

»Ein Streifschuss am Bein, nicht der Rede wert. Ihr habt bei der Regierung doch gepanzerte Fahrzeuge, oder nicht?«

»Ja, natürlich.«

»Ich will auch eines. Kannst du das arrangieren?«

»Kein Problem. Ich leite alles in die Wege«, verspricht de Salle sofort.

»Wie lange muss ich warten?«

»Überhaupt nicht. Morgen früh steht der Wagen für dich bereit. Natürlich ein Rolls-Royce, der dir kostenlos zur Verfügung steht.«

»Ich bin entzückt, Guillaume. Ich werde mich revanchieren. Danke und bis bald.«

Dann wählt er die Nummer der Avenue Foch, um mit Major Keifer zu reden. Der Deutsche war seit sechs Monaten ein Freund, der regelmäßig in Neuilly aß. »Sagt dir ein Anwalt Marquet etwas?«

»Ja, den haben wir verhaftet.«

»Gibt es Probleme, ihn freizulassen?«

»Ist er dein Freund?«, will Keifer wissen.

»Ja«, sagt er ohne Umschweife.

»Also gut. In einer halben Stunde ist er draußen.«

Obwohl er nicht unbedingt an alle Freundschaften glaubt, die der Chef der Avenue Montaigne vorgibt, wird Major Keifer seine Wünsche erfüllen. Henri stößt einen tiefen Seufzer aus. Er hat nicht gezögert, seine Schuld gegenüber seinem Schutzengel einzulösen. Er ertrug es nur schlecht, jedmandem gegenüber verpflichtet zu sein. Es war ihm wesentlich lieber, wenn ihm die anderen etwas schuldeten.

»Ab jetzt erhöhte Sicherheit«, sagt er seinen Männern.

»Schade, dass ich nicht dabei war!«, mault der Zwerg.

Dies bringt den Chef zur Weißglut.

»Ein Schuss in deinen Schädel und deine große Fresse wäre endgültig verstummt! Du würdest an der Stelle von Van Horn wahrhaftig eine gute Figur machen!«

Der Zwerg verzieht sich. Im Gang trifft er den Baron.

»Unser Chef ist wirklich seltsam«, meint er. »Heute ist sein Glückstag und er ist mies gelaunt. Blumen, Blumen, Blumen, Orchideen, Tulpen, Rosen. Keine Kränze. Man müsste Sigmund Freud heißen, wollte man ihn verstehen …«

Auf dem Gesicht des Barons ist Erstaunen zu sehen, als er in das Büro des Chefs eintritt. Der Zwerg geht brummend davon.

Kapitel 6

Ein goldenes Huhn mit umgedrehtem Hals

Eine Woche nach dem Attentat stürmt der Baron ins Büro des Chefs.

»So ein Pech …«

Lasserre runzelt fragend die Stirn. »Brennt es, Georges? Zündet Nero Rom an? Oder hat man Adolf kalt gemacht?«

»Göring hat die Abschaffung der Einkaufsbüros verkündet.« Ein Lächeln huscht über das Gesicht des Chefs.

»Ach, wenn es nur das ist …«

»Die Nachricht scheint Sie nicht sonderlich zu beunruhigen.«

»Nein, denn das habe ich erwartet.« De Salle, sein Vertrauensmann aus Pétains Umfeld, hatte ihn über die Pläne informiert.

»Es geht darum, die Inflation in den besetzten Ländern zu verhindern. Das ist zumindest die offizielle Version«, meint der Baron.

»Die Inflation verhindern? Verflucht, unser Herr Göring pfeift darauf. Ganz im Gegenteil, er fordert eine Inflation … Und zwar eine satte! Der angeführte Grund ist nichts als eine zynische Ausrede.«

»Was sagen unsere Freunde? Otto, Monsieur Michel, Monsieur Joseph … «

»Mach dir um die keine Sorgen. Glaubst du wirklich, dass die Deutschen dem goldenen Huhn den Hals umdrehen? Unsere Freunde haben dennoch täglich ihr Huhn im Topf. Nicht nur jeden Sonntag. Das große Fressen goldener Eier – ist diese Stunde gekommen? Weißt du was? Sie essen das Huhn und behalten das Gold …«

Er lacht über seine verrückte Idee.

»Sie haben ihre Schäfchen im Trockenen. Oder stürzen sich einfach auf andere Wirtschaftszweige.«

»Natürlich haben sie viel auf die Seite gelegt«, sagt der Baron. Was ihm einen strengen Blick und eine spitze Bemerkung einbringt.

»Verdammt, ja, sie haben eiserne Reserven, so wie du auch!«

In den letzten Monaten hatte der Baron ständig und immer wieder gerechnet. Er häufte Kohle an.

»Du wirst mehr und mehr zum Kleinkrämer. Als müsstest du deine Zukunft sichern, koste es was es wolle. Du weißt, dass ich einem solchen Lebensstil misstraue. Es ist erniedrigend, für die mageren Tage vorzusorgen. Siehst du, ich lebe in den Tag hinein … Wie in meiner Jugend. Natürlich gibt es einen riesigen Unterschied, das gebe ich zu. Heute fließt das Geld in Strömen durch meine Hände. Ich wühle nicht mehr in Mülleimern, bettle nicht mehr um Essen. Sollen sich doch die anderen um die Reste streiten, die ich ihnen übriglasse. Wenn du also horten willst, nur zu! Jeder, der will, darf zum Geizhals werden. Es ist deine Entscheidung. Ich werde es nicht tun. Was hat es dem armen Harpagon gebracht? Sag mir, mein Freund, was nützt es, einen Schatz anzusammeln?« Verlegen sagt der Baron kein Sterbenswörtchen.

Kapitel 7

Die Geheimnisse des Bois de Boulogne

Der leichte Frühnebel verspricht einen sonnigen Frühlingsmorgen. Die beiden Reiter haben mühelos Hecken und Wassergräben überwunden. Sie haben nicht ein Hindernis der Pferderennbahn von Auteuil, eine der Rennstrecken im Bois de Boulogne, ausgelassen.

»Sie verblüffen mich immer wieder, Monsieur Henri«, meint Burghausen, als sie in Richtung Ställe reiten.

»Sie sind tatsächlich ein ebenso guter Reiter wie ich! Das Reiten haben Sie tatsächlich im Blut.«

»Wenn wir so weitermachen, wird man bald nicht mehr über unsere Bierbäuche lachen«, meint Henri. »Alles wird sich in Schweiß auflösen.«

Der Gestapo-Chef lächelt, dann verfinstert sich seine Miene.

»Monsieur Henri, ich muss mit Ihnen über ein Problem reden. Ein heikles Problem. Ich spreche mit Ihnen lieber unter vier Augen …«

»Meine Güte, wenn Sie mir die Leviten lesen möchten, dann los! Welchen Schnitzer habe ich jetzt schon wieder begangen?«

»Sie haben überhaupt nichts angestellt. Ich habe den Herzog von Mont-Sénac verhaften lassen.«

»Na und? Das beweist doch nur, dass auch gekrönte Häupter nicht vor Schicksalsschlägen gefeit sind …«

»Ganz so einfach ist es nicht«, sagt Burghausen. »Charles de Neville, der Herzog von Mont-Sénac ist ein bedeutender Mann. Er gehört zu dem sehr engen Kreis der alten Adelsfamilien. Zu seinen Vorfahren gehören Prinzen, Herzöge, Marschälle, Akademiemitglieder. Außerdem hat er Verbindungen zu den bekanntesten Namen Frankreichs.«

Der Deutsche macht eine Pause, bevor er weiterredet. »Dies hat in Berlin ein riesiges Protestgeschrei ausgelöst.«

Im Gestapo-Hauptquartier in der Prinz Albrechtstraße hatte das Verschwinden des Herzogs große Sorge ausgelöst.

»Sie waren nicht auf dem Laufenden?«

Oberst Burghausen hatte auf eigene Initiative und ohne Rückendeckung gehandelt. Nun spitzte sich die Sache zu.

»Nein, sie sind es bis heute nicht.« Der Deutsche war mit der Sprache rausgerückt.

»Ich verstehe. Sie haben einen äußerst unliebsamen Gefangenen an der Backe!«

»Genau, Monsieur Henri.«

»Wo wird er festgehalten?«

»Versteckt im Cherche-Midi.«

»Muss er auch eine eiserne Maske tragen?«, will Henri spöttisch wissen.

Burghausen runzelt die Stirn. Die Anspielung auf den Mann mit der eisernen Maske hat er nicht verstanden.

»Die eiserne Maske?«

»Ein berühmter Gefangener in der Bastille. Seine Identität blieb unentdeckt. Er wurde gezwungen, die Maske sein Leben lang zu tragen. Es soll sich um den Bruder von Ludwig XIV. gehandelt haben.«

»Die Verantwortlichen wussten also ihr Geheimnis zu bewahren. Auch mein Geheimnis wird bestens gewahrt«, meint Burghausen sorgenvoll. »Dennoch bereitet mir der Herzog schlaflose Nächte.«

Burghausen weiß ganz genau, dass seine Lügen aufgedeckt werden, wenn man ihm in Berlin auf die Schliche kommt. Er hatte jegliche Beteiligung am Verschwinden des Herzogs geleugnet. Die Strafe würde nicht auf sich warten lassen …

»Eine tickende Zeitbombe, die jederzeit losgehen kann. Man sollte sie schnellstmöglich entschärfen …«

»Der Herzog muss umgehend verschwinden«, meint der Gestapo-Chef. Bei Nacht und Nebel.

Henris Züge sind wie in Stein gemeißelt. Welchen verdammten Nutzen könnte ich aus dieser neuen Situation ziehen! Wir sprachen über Pferde. Und bald ritten wir im Galopp. Nach dem Galopp reden wir nicht mehr über Pferde. Es geht um den Kopf eines Herzogs. Wenn die Bäume reden könnten … Ach, der Herr hat sie zu ewigem Schweigen verdammt. Bis zum Ende der Tage werden wir nicht erfahren, welch schreckliches Verbrechen sie begangen haben, um eine derartige Bestrafung zu verdienen. Was würden uns die Wälder für Geheimnisse preisgeben! Die Bandbreite würde von Liebesspielchen bis zu den abscheulichsten Verbrechen reichen. Der GestapoChef sitzt in der Klemme. Er selbst legt mir den Strick in die Hand. Im Bedarfsfall muss ich nur die Schlinge zuziehen …

»Der Körper darf niemals gefunden werden«, sagt Burghausen. Nun ging es darum, einen Plan zur Beseitigung des Herzogs von Mont-Sénac zu schmieden, ohne Verdacht aufkommen zu lassen.

Kapitel 8

Promenade des Allemands

Im Morgenlicht blendet das Weiß der herrschaftlichen Häuser; das Meer ist glatt wie ein See, kleine Wellen brechen sich an den Kieseln am Ufer; Schönwetterdunst bedeckt das Amphitheater der Berge. Wie gekünstelt und unwirklich dies in einer Welt wirkt, die den Schrecken des Krieges ausgesetzt ist. Michel Zacharoff und Hans Hessler flanieren am Meer auf der ehemaligen Promenade des Anglais. Jetzt ist es für 1.000 Jahre die Promenade des Allemands …

»Wenn ich daran denke«, sagt Michel, »wie gottverlassen dieser Ort letztes Jahr war im Vergleich zu dem, was hier heute los ist.«

Es ist noch nicht so lange her, da war dies die Promenade des Anglais, denkt Hessler. Die Uhrzeit von jenseits des Rheins hat die Sommerfrischler vom Ärmelkanal vertrieben. Derzeit ist es die Promenade des Allemands. Doch immer stärker weht ein für uns unguter Wind. Werden die Uhren bald wieder auf die englische Zeit umgestellt? Wäre es dann nicht besser, sich auf Französisch zu verabschieden? Die herrliche Promenade riskiert morgen wieder die Promenade des Anglais zu sein.

Ach, was für ein herrlicher Spaziergang durch das sanfte französische Königreich!

»Die Übernahme durch die Besatzungstruppen hatte wenigstens eine positive Auswirkung: Wir gehen als zwei Touristen auf Sauftour durch. Ich bin nur zu meinem Spaß hier. Was man von dir nicht behaupten kann, mein lieber Freund. Du, mit deiner Manie, ständig die Geschäfte im Auge zu haben.«

Die Beziehung zwischen den beiden Männern war sehr eng geworden: Nun verband sie echte Freundschaft. Im Januar hatten sie zwei Wochen mit Karin und Elke in Chamonix verbracht. Hans hatte dort Skifahren gelernt. Michel war dem spöttisch ausgewichen: »Ein Mann, der täglich Kopf und Kragen riskiert, muss wohl nicht mehr das Schicksal herausfordern und auf Bretter steigen, oder?«

»Du hast immerhin ein bemerkenswertes Talent als Balancekünstler bewiesen«, hatte Hans geantwortet.

»Vergiss es, ich werde meine Meinung nicht ändern.«

In Wirklichkeit interessierte sich Michel überhaupt nicht für Sport.

»Ach, heute Abend gehen wir ins Kasino von Monaco.«

»Seit dich die Spielsucht gepackt hat, riskierst du viel ... Und verlierst viel.«

Michel lacht schallend.

»Manchmal hast auch du den Größenwahn. Vergiss das nicht, mein Freund!«

»Doch eigentlich verlierst du immer.«

»Das ist nicht wichtig. Ich habe nicht denselben Ruf wie Monsieur Joseph, der an jedem Cent klebt.«

»Denke zuerst einmal an die Transaktion, die du heute Mittag mit deinen Anwälten, deinem Geschäftsmann und deinem Notar tätigst.«

»Das ist lediglich ein Geschäft wie jedes andere in letzter Zeit«, meint Michel.

Er würde ein weiteres Immobilienunternehmen zu seinem Besitz zählen.

»Sollten wir den Krieg verlieren, wirst du große Probleme bekommen.«

Michel macht sich weder Sorgen, noch ist er verärgert und wischt Hans' Warnung mit gleichgültiger Geste weg.

»Nach dem Krieg werde ich so reich sein, dass ich mir alles kaufen kann, egal was es kostet.«

»Du scheinst dir sehr sicher zu sein.«

»Geld stinkt nicht, das musst du doch wissen. Ich verschanze mich hinter einer Mauer aus Gold. Eine Schar Anwälte wird für mich einstehen. Die Besten, die Gewieftesten. Ich werde unantastbar sein.«

»Hoffen wir es. Ich wünsche es dir jedenfalls. Auch wenn du noch so viel Selbstvertrauen hast, weißt auch du nicht, was dir das Schicksal bereithält.«

»Hans, du bist ehrlich zu mir. Schon mehrere Mal hast du mir deine unerschütterliche Freundschaft bewiesen.«

Das ist noch gar nicht so lange her, denkt Hessler.

Drei Wochen zuvor hatte Otto gegen den Zaren gewettert.

»Vierzig Millionen … Das ist doch Abzocke! Diese Gemälde sind nichts als Schund! Morgen will ich meine vierzig Millionen wiederhaben. Hier auf meinem Schreibtisch, und zwar ohne Wenn und Aber! Mit seinen Gemälden kann sich der Zar den Hintern abwischen!«

Da sich Michel taub stellte, nahm die Geschichte feindselige Züge an. Der Zar hatte den Armenier verdächtigt. Goss er etwa Öl ins Feuer? Breitet sich ein Feuer erst mal aus, kann es außer Kontrolle geraten.

So hatte Hans Hessler eingegriffen, um Otto zu besänftigen. Innerhalb von zwei Tagen wurde der Streit zur vollsten Zufriedenheit aller Beteiligten geregelt. Aller, außer einem: Der Sündenbock war Michels Verkäufer selbst. Ihm wurde der schwarze Peter zugeschoben und er musste die Gemälde zurücknehmen. Der Zar hatte seine vierzig Millionen behalten und Otto zwanzig Millionen Schmerzensgeld einkassiert. Otto und Michel hatten sich im Maxim's wieder versöhnt.

Der von Hans Hessler auf Michels Käufer ausgeübte Druck hatte herrliche Früchte eingebracht. Bei dem Versuch, Otto dazu zu bringen, Michel zurechtzuweisen, hatte Assanian versucht, seinem Rivalen einen Tiefschlag zu versetzen.

»Der Zar glaubt, ihm sei alles erlaubt«, hatte er Otto hinterhältig wissen lassen.

»Wenn man dich so hört, könnte man glauben, du fürchtest um deinen Platz.«

»Er kann mich nicht beunruhigen«, hatte Joseph heuchlerisch geantwortet. »Dennoch wirft er einen Schatten auf deinen Sonnenplatz. Zwei Throne, zwei Könige.«

Ottos Ton war immer spöttischer geworden.

»Drei Throne, drei Könige«, hatte Monsieur Joseph geantwortet. »Du leidest an Demut.«

»Teile, um zu herrschen. Du kennst den politischen Leitspruch. Ich persönlich finde, dass das Königreich zwischen dir, mir und Michel bestens aufgeteilt ist.«

»Man sollte ihm den Mund stopfen«, hatte Monsieur Joseph gemurmelt.

Nur ein Donnerschlag könnte den Sockel des Zaren ins Wanken bringen. Daher musste man auf die Dicke Bertha zurückgreifen, wie Joseph zu sagen pflegte. Dicke Bertha, Kaiser Wilhelms gewaltige Mörserkanone. Er hatte Otto testen wollen, um zu sehen, wie weit der Schutz des Zaren ging. Die SS hatte ihn nicht fallenlassen. Durch seine Position als offizieller Einkäufer der SS war er wie durch eine Rüstung geschützt. Aber jeder Harnisch hatte ein Loch. In naher Zukunft würde es sich zeigen. Die Mauern von Jericho hatten auch nachgegeben.

Die Macht des Zaren war nicht zu unterschätzen. Dieser Zwischenfall war der unleugbare Beweis dafür. Und die Abschaffung der Einkaufsbüros hatten keinerlei negative Auswirkungen auf den reißenden Absatz seiner Geschäfte gehabt.

Dem Armenier blieb nichts anderes übrig, als seinen Ärger herunterzuschlucken.

Es war noch nicht an der Zeit, den Zaren zu Fall zu bringen.

Kapitel 9

Der Schauspieler, der nicht aus Samarien stammt

Leichter Regen fällt auf die Stadt.

Schnellen Schrittes durchquert der Armenier die Avenue Montaigne und tritt in das Refugium von Monsieur Henri ein. Am Eingang wacht ein Mann mit einer Maschinenpistole. Es ist Boris Rakine, ein Weißrusse, der den Massakern des Bürgerkriegs entkommen ist. Er ist ebenso bärtig und rau wie mürrisch und borstig. Da er Monsieur Joseph kennt, lässt er ihn mit einer groben Kopfbewegung durch. Im Conciergeraum sind die Leibwächter und werden Waffen gelagert. Seit dem neuesten Attentat sind dort mehrere Männer der Truppe dauerhaft stationiert.

»Mein Gott! Heute erhalten wir aber hohen Besuch«, ruft Mephisto aus, der gerade mit Valentino und dem Legionär Poker spielt. »Was verschafft uns die Ehre Ihres majestätischen Besuches, Herr Jozef?«, will er spöttisch wissen.

Monsieur Joseph würde den Grund für sein Kommen nicht nennen, das wusste der Zwerg ganz genau.

»Neugierde entstammt dem Neid«, meint Joseph schulmeisterlich. Ihr Chef erwartet mich. Hat er Ihnen meinen Besuch etwa nicht angekündigt? Er denkt sicherlich, dass die Angelegenheiten hoher Herren unter hohen Herren zu regeln sind und das Fußvolk nichts angehen …«

Der Zwerg erblasst, seine Züge spannen sich an. Mit wütender Handbewegung knallt er seine Karten auf den Tisch. Doch, bevor er antworten kann, geht Monsieur Joseph bereits pfeifend in den ersten Stock. Verdammt, dieser provokante Gnom sucht jedes Mal die Auseinandersetzung. Der Tag wird kommen, an dem ihm jemand auf sein blödes Maul haut.

»Dreckiger Jud! Ihr habt es gehört: Er behandelt uns als Fußvolk, dieser Volltrottel. Das werde ich dir heimzahlen!«

Als er um den Tisch herumgeht, um sich Monsieur Joseph zu schnappen, hält ihn der Legionär am Ärmel zurück.

»Halt, Gilles, bleib ruhig!«

»Der Dreckskerl hat uns beleidigt!«

»Lass es gut sein, habe ich gesagt.«

»Das nächste Mal lege ich ihn um!«

»Nein, das wirst du nicht tun. Du hast es provoziert. Zurück zum Spiel, Jungs.«

»Noch einmal so etwas, dann schlage ich ihm die Zähne ein!«

Der Zwerg wollte stets das letzte Wort haben.

»Wenigstens du rostest nicht unterwegs«, meint Henri an Stelle einer Begrüßung zu Joseph. Sie schütteln sich freundschaftlich die Hand.

Vor knapp einer halben Stunde hatte Henri angerufen:

»Ich quetsche gerade einen Verdächtigen aus, ein sogenannter Cassagne, er behauptet, dein Freund zu sein.« Joseph wusste, dass Pater Henri oft Geständnisse erzwang, und zwar nicht im Beichtstuhl, sondern in einer Folterkammer.

Daher hat er geantwortet: »Ja, er ist ein Freund. Ich komme sofort. Warte, bis ich da bin, Henri.«

Lasserre hatte die Gedankengänge von Assanian durchschaut.

»Du hältst mich wohl für einen Peiniger, was?«

Der gute Henri scheint zu vergessen, dass ich die Menschen immer für das halte, was sie sind. Lächelnd und mit ausgestreckter Hand geht Joseph auf den Verdächtigen zu. Es handelt sich um einen etwa vierzigjährigen großen, schlanken Mann mit ausgemergelten Gesichtszügen.

»Monsieur Yves, ich bin erfreut, Sie wiederzusehen!«

Wie zum Teufel gelang es diesem Monsieur Joseph, sich meinen Vornamen zu merken, fragte sich Cassagne verblüfft. Ihr einziges Treffen war vor über zwei Jahren gewesen. Als sie sich getrennt hatten, hatte ihm Monsieur Joseph eine Visitenkarte in die Hand gedrückt. »Falls Sie eines Tages irgendetwas brauchen, wenden Sie sich ruhig an mich. Für einen Freund lasse ich mich sogar vierteilen.«

Diese Freundschaftsbekundung hatte er als zu verfrüht empfunden.

Zum Glück hatte er sich heute an Monsieur Joseph erinnert. Als er um die Mittagszeit die Polizeipräfektur verließ, hatte er einen eigentlich typischen schwarzen Citroën übersehen, der mit drei Männern darin auf dem Quai de l'Horloge parkte. Die metallene Stimme des Legionärs hatte ihn zusammenfahren lassen: »Deutsche Polizei, folgen Sie uns!«

Plötzlich war er von zwei Männern gepackt worden, die ihn zum Auto führten. Den gefürchteten Knirps hatte er auf der Rückbank entdeckt.

»Schau an, einer dieser großen Schlauköpfe, die sich schwertun, uns Handschellen anzulegen«, meinte Mephisto mit kratziger Stimme. »Du kommst mit uns. Wir bereiten dir ein kleines Festessen, es wird dir gefallen.«

Ich sitze in der Falle, dachte er.

In der Präfektur hatten sie niederschmetternde Unterlagen über die Mitglieder der Bande aus der Avenue Montaigne angelegt. Auch wenn sie über rechtmäßig erlassene Haftbefehle verfügten, fluchten sie, weil es ihnen nie gelang, sie auszuführen.

Im Büro des Chefs der Carlingue hatte er sich an diesen Monsieur Joseph erinnert, der seit der deutschen Besatzungszeit zu einem sehr einflussreichen Geschäftsmann geworden war. In der Präfektur war bekannt, dass er mit der Bande aus der Avenue Montaigne in Verbindung stand.

»Monsieur Joseph ist einer meiner Freunde«, meint er ganz zufällig und ohne große Hoffnung zu Monsieur Henri. »Wenn ich ihn nur anrufen könnte …«

Die Reaktion von Monsieur Henri hatte ihm die Sprache verschlagen.

»Ach, Sie kennen Monsieur Joseph? Das könnte in der Tat einiges ändern. Das werden wir sofort klären.«

»Was hat er getan?«, will Joseph nun wissen und dreht sich zum Chef um.

»Nichts«, sagt der Inspektor und bringt Monsieur Henri in Verlegenheit.

»Nichts«, meint dieser lächelnd, »nichts, außer er ist Mitglied einer Widerstandsorganisation. Und noch ein paar Lappalien: Spionage zugunsten der Alliierten, Sabotage von Militärmaterial der Wehrmacht. Genug für einen Ehrenplatz auf dem Mont Valérien. Mit anderen Worten, es geht um den Kopf des guten Herrn«, schließt er immer noch lächelnd.

»Sie haben keinerlei Beweise«, entrüstet sich Cassagne.

Amüsiert runzelt Lasserre die Stirn.

»Beweise?«, meint er neckisch. »Beweise lassen sich finden, nicht wahr? Sie als Polizeiinspektor überraschen mich. Sie kennen sich doch in der Präfektur aus …« Dann sagt er mit rauer Stimme: »Die Gestapo pfeift auf Beweise!«

»Ich kenne Sie sehr gut, Monsieur Yves«, fällt darauf der Armenier ganz ruhig ein, ohne sich von Henris Anschuldigungen beirren zu lassen. »Sie haben nichts Schlimmes getan, davon bin ich überzeugt. Das alles ist nichts als ein bedauerliches Missverständnis. Wir vergessen einfach, dass Sie hier waren, nicht wahr, Henri?«

»Ich habe den Herrn Inspektor nie verhaftet«, sagt Henri gutmütig. »Und ich habe ihn hier niemals gesehen, ich kenne ihn noch nicht einmal.«

»Heute Abend gehen Sie mit Ihrer Frau feiern«, meint Herr Joseph.

Monsieur Henri klopft Cassagne freundschaftlich auf die Schulter. Der Inspektor glaubt seinen Augen und Ohren kaum zu trauen.

Noch vor einer viertel Stunde sah die Sache schlecht aus. Und jetzt diese wundersame Wendung dank des beherzten Eingreifens des liebenswerten Monsieur Joseph. Welche geheimen Verbindungen gab es zwischen ihm und Lasserre? Monsieur Joseph tauchte wie der Blitz auf, verwandelte sich in einen Zauberer und löste das Problem mit seinem Zauberstab. Das ist für mich unverständlich, denkt Cassagne. Weder Monsieur Henri noch Monsieur Joseph glauben an meine Unschuld. Und ich bin ja auch nicht unschuldig. Weshalb also diese bescheuerte Komödie, auf die keiner hereinfällt?

Yves Cassagne verjagt seine Gedanken. Was machte es schon aus, welches Motiv Henri für seine Befreiung anführte.

Das Wichtigste war, diesem düsteren Ort nicht mit den Füßen zuerst oder in Handschellen zu verlassen.

»Ich danke Ihnen, Monsieur Joseph.«

»Nichts zu danken, mein Freund, nichts zu danken.«

»Monsieur Joseph ist ein sehr scharfsinniger Mensch. Er hat gerade noch einen Justizirrtum verhindert«, sagt Henri, ohne angesichts des verwirrten Blicks des Polizisten mit der Wimper zu zucken.

Dieser Mann, der fast zu meinem Peiniger geworden wäre, glaubt doch sicherlich nicht ein Sterbenswörtchen von dem, was er gerade über einen Justizirrtum gesagt hat.

»Vielleicht brauche ich eines Tages Ihre Hilfe«, sagt Monsieur Joseph.

»Ich werde nicht vergessen, was Sie heute für mich getan haben.«

»Auf Wiedersehen, Inspektor«, sagt Monsieur Henri.

»Adieu«, sagt Cassagne.

Ich hoffe, dich nie mehr wiederzusehen, du Schuft. Oder aber in meinem Büro nach der Befreiung.

»Ich habe das Gefühl, dass wir uns bald wiedersehen, werden«, fügt Monsieur Henri hinzu.

In der Avenue Montaigne wird Yves Cassagne von einer plötzlichen panischen Angst erfasst. Schnell dreht er sich um, doch seine Befürchtungen bewahrheiten sich nicht. Niemand folgt ihm. Einen Moment lang hatte er den dringenden Wunsch, die Beine in die Hand zu nehmen. Schnell so viel Abstand wie möglich zwischen sich und diesen Monsieur Henri zu bringen.

Obwohl ihm klar wird, dass die unmittelbare Gefahr gebannt ist, gelingt es ihm nicht, das Angstgefühl zu vertreiben, das ihn erfasst hat. Er geht schneller. Monsieur Henri ist ein freilebendes Raubtier. Doch im Moment brauche ich mir keine Sorgen zu machen.

Henri und Joseph machen sich ebenfalls keine Sorgen, sondern leeren in aller Ruhe eine Flasche Jahrgangschampagner. Es stimmt, dass der Schein trügt.

Monsieur Joseph ist nicht der gute Samariter. Er ist kein Samariter, er ist ein Schauspieler.

Und er kommt nicht aus Samarien, sondern aus Armenien.

Kapitel 10

Briefe als Überlebensgarantien

An der Porte Dauphine fährt der Bentley in Richtung Bois de Boulogne.
Am frühen Nachmittag hatte er in der Avenue Foch angerufen.
»Ich habe Neuigkeiten für Sie. Sehen wir uns?«
»Um 19.00 Uhr, am selben Ort«, hatte Burghausen geantwortet.
Der Gestapo-Chef erwartet ihn bereits in weißer Sommeruniform, während er neben seinem Mercedes-Cabrio hin- und herläuft.
»Reiten wir eine Runde?«
»Ich habe jetzt keine Lust«, antwortet der Oberst. »Gehen wir lieber ein Stück.«
Als der Fahrer, der gleichzeitig auch Leibwächter ist, sich außer Hörweite befindet, sagt er ohne Umschweife:
»Der Herzog und sein Kerkermeister stecken unter einer Decke.«
»Wieso das denn?«, zuckt Burghausen zusammen.
»Der Kerkermeister fungiert als Briefübermittler. Der alte Schlauberger schreibt an die Herzogin. Sie ist über alles informiert. Der Kerkermeister übergibt ihr die Briefe des Herzogs persönlich. Natürlich gegen Bezahlung.«

Was einmal mehr meine Theorie bekräftigt, dass der Mensch von Natur aus käuflich ist, denkt er. Sie gehen einen Moment lang schweigend unter den Bäumen.

»Wie haben Sie es erfahren?«

»Ich musste mich nur in die Haut des Herzogs versetzen und mich fragen, was ich an seiner Stelle versucht hätte. Seine einzige Verbindung zur Außenwelt ist sein Kerkermeister. Nach dieser Feststellung war der Rest ein Kinderspiel. Eine Beschattung hat mich informiert, dass der Kerkermeister weit über seine Mittel lebt. Der Herzog war seit drei Monaten im Gefängnis. Und – was für ein Zufall – seit drei Monaten steht der Kerkermeister finanziell besser da. Das hat mich hellhörig gemacht.«

Danach ergaben die Nachforschungen, dass der Kerkermeister sich jede Woche ins Château de Mont-Sénac begab.

»Der Herzog hat dich gekauft! Wenn sie das in der Avenue Foch erfahren …«, hatte er dem Kerkermeister an den Kopf geworfen und ihm die Beweise unter die Nase gehalten.

Der Mann war leichenblass geworden. Er hatte sofort verstanden, dass die Würfel gefallen waren. Sein Dilemma war nur von kurzer Dauer. Dazu verdammt, zwischen einer Untersuchung durch die Gestapo und der Zusammenarbeit mit Lasserre zu wählen, hatte er sich, ohne eine Sekunde zu zögern für die zweite Lösung entschieden.

»Jetzt lese ich die heimliche Korrespondenz des Herzogs. Er schreibt weiterhin. Niemand ahnt etwas. Die Herzogin erhält nach wie vor die Briefe. Aber der Herzog ist bei Weitem nicht dumm. Er ist schön schlau und ist sich des Schwertes, das über seinem Kopf schwebt nur zu gut bewusst. Er hat der Herzogin genaue Anweisungen für den Fall erteilt, dass sie plötzlich keine Neuigkeiten mehr erhält. Die Korrespondenz ist gesichert. Es ist nicht möglich, sie zu beschlagnahmen.

»Die Angelegenheit wird zu einem gordischen Knoten«, meint Burghausen bestürzt.

»Das Blatt hat sich komplett gewendet. Der Plan, den Herzog verschwinden zu lassen funktioniert nicht mehr. Dies würde unweigerlich auf Sie zurückfallen.«

Der Gesichtsausdruck des Gestapo-Chefs ist noch verdrießlicher, als er kopfnickend sagt: »Ihre Argumentation erscheint mir unwiderlegbar, Monsieur Henri. Der Herzog hat uns den Wind aus den Segeln genommen.«

»Er hatte Glück. Weder Sie noch ich können mit Alexanders Schwert drohen, es ist zu schwer geworden … Unser Problem bleibt ein Geduldsspiel, ohne zwangsläufig zur Mördergrube zu werden …«

Der Gestapo-Chef ist bitter enttäuscht. Seine Zufriedenheit kann Henri nur schwer verbergen.

Alles kann an einem Faden hängen, auch das Leben. Hier hing es nicht an einem Faden, sondern an Briefen. Es war äußerst zweifelhaft, ob das Pferdehaar, an dem das Damoklesschwert hing, ohne Briefe gehalten hätte.

Das Leben des Herzogs hing an einem Faden und an Briefen. An Briefen als Überlebensgarantien.

Kapitel 11

Janus

Der Chef der Avenue Montaigne hat zwei gegensätzliche Gesichter. Wie Janus, einer der alten Götter Roms.

Er ist gleichzeitig Teufel und der liebe Gott.

An diesem Morgen entscheidet er sich für Satan. In seinen Augen blitzen plötzlich sämtliche Flammen der Hölle auf: Unheilvolle Vorzeichen.

»Nun gut, sie machen sich weiterhin wichtig … Ich werde sie wie Kakerlaken zertreten!«

Er haut mit der Faust auf seinen Schreibtisch. Trotz der heftigen Geste bleibt seine Stimme erschreckend ruhig.

»Sie werden nicht wissen, wie ihnen geschieht. Niemand tritt ungestraft meine Autorität mit Füßen!«

Ruhig wartet der Baron auf die Befehle, die ihm der Chef mit Sicherheit erteilen wird.

»Traue nie einem Korsen! Niemals! Ich habe den Fehler begangen, einen mitzunehmen … und prompt hat er mich verraten.«

Tony der Korse hatte mehrere Raubüberfälle begangen … und vergessen den Zehnt an den Chef abzuführen.

»Ich habe sie doch viele Male vorgewarnt! Ich höre, wie sie über meine Warnungen lachen … sich über mich lustig machen … Sie glauben, dass mich das schöne Leben weich gemacht hat … Die Dinge sind wie sie sind, sie haben es nicht anders gewollt …«

Er macht eine Pause und befiehlt dann trocken:

»Baron, hole den Nizzaer, den Legionär, Abel und Mephisto! Ich habe in dieser Angelegenheit eine Engelsgeduld bewiesen. Drei Warnungen sind mehr als genug, verdammt!« Er sieht den Baron aus dem Büro gehen. Jetzt kann mich nichts mehr umstimmen: Meine Entscheidung ist unwiderruflich. Wenn er der Herr bleiben wollte, musste er diesem Treiben ein Ende bereiten und ein drakonisches Exempel statuieren. Er würde seinen Männern die notwendigen Instruktionen erteilen.

Als Mephisto hört, was sich zusammenbraut, reibt er sich die Hände und seine Augen beginnen zu leuchten. Doch er verbietet sich jegliche unangebrachte Äußerung aus Angst, von der Operation ausgeschlossen zu werden. Er erinnert sich noch an den Wutanfall des Chefs nach dem Tod von Van Horn.

Antoine Paoli schaut jäh von seinem Kartenspiel auf, das er in der haarigen Hand hält. Fassungslosigkeit, dann Entsetzen entstellen sein sonnengebräuntes Gesicht. Seine Zigarre fällt ihm aus dem Mund. Die Tür des Hinterzimmers der Bar, in dem er jeden Mittwochabend eine Partie Poker mit seinen Stellvertretern Dominique Marso und Jean-François Frattoni spielt, war plötzlich aufgestoßen worden. Der Zwerg war mit einer Maschinenpistole in der Hand hereingeplatzt. Der Legionär und der Nizzaer halten die wenigen Kunden an der Bar in Schach. Achille Abel bewacht den Eingang.

»Wer sich bewegt ist tot«, hatte Mephisto zwischen den Zähnen hervorgestoßen und war durch die Bar in das Hinterzimmer gegangen.

Antoine Paoli weicht instinktiv zurück. Seine erstarrten Kumpels sind zu keiner Bewegung fähig.

»Monsieur Henri lässt euch schön grüßen«, stößt der Zwerg hervor.

Die Maschinenpistole kracht los. Antoine Paoli wird von den Einschüssen, die ihm die Brust zerreißen, nach hinten geworfen und bricht zusammen. Der Zwerg dreht sich um und tötet die anderen beiden Männer. Dann lässt er einem Gnadenstoß gleich eine neue Salve auf jeden zusammengesunkenen Körper prasseln. In einer Totenstille geht er durch die Bar zurück. Als würde er auf einer Theaterbühne stehen … Diese Szene würde niemand vergessen. Es war eine öffentliche Hinrichtung. An der Eingangstür sagt der Zwerg mit wutverzerrtem Gesicht eindringlich: »Warnung an Selbstmordkandidaten: Traut euch in den nächsten zehn Minuten nach draußen und ich mache mir einen Spaß daraus, euch zu durchlöchern.«

»Also?«, fragt Abel.

»Die drei Schweinehunde sind jetzt durchlöchert wie Siebe. Ich habe ihnen keinerlei Chance gelassen. Möge mir Gott vergeben! Aber was war das für ein göttliches Blutbad, unser eigener Valentinstag! Der alte Al Capone wäre stolz auf uns.«

»Fachmännische Arbeit«, kommentiert der Legionär, als sie mit dem Auto davonfahren.

Er sieht auf die Uhr. Das Ganze hat keine drei Minuten gedauert. Ein beispielhaftes Kommandounternehmen!

Antoine Paoli, der Chef der Korsenbande und seine beiden Stellvertreter hatten ihren Ungehorsam mit ihrem Leben bezahlt. In der Vergangenheit hatte er gelegentlich bei Hausdurchsuchungen auf Paolis Bande zurückgegriffen. Doch die Korsen waren schwer zu zügeln. Während der Aktionen hatten sie eigenmächtig Diebstähle und Plünderungen begangen. Dabei hatten sie Lasserres Männer ins Gesicht gelacht.

»Hitzköpfe –, diese Korsen haben zu heißes Blut«, hatte er beim ersten Mal gemurmelt, als ihm seine Männer von den Ausschreitungen berichtet hatten. »Sie sollen dies bloß nicht nochmal tun!«

Er hatte Paoli aufgefordert, seine Machenschaften bleiben zu lassen.

»Ich werde nicht mit verschränkten Armen zusehen, wenn so etwas noch einmal vorfällt.« Der Korse hatte bei allen Heiligen geschworen, seine Männer im Zaum zu halten. Doch bei der folgenden Aktion hatte er selbst geplündert.

»Bist du rückfällig geworden?«, hatte ihn der Nizzaer gefragt.

Paoli hatte seinen Revolver aus der Tasche gezogen und losgebrüllt: »Für wen hält sich dein Chef? Das Verhalten meiner Männer während einer Aktion geht nur mich selbst etwas an! Er vergeudet seine Zeit, wenn er anderen predigt, was sie zu tun oder zu lassen haben. Er soll sich zum Teufel scheren!« Paolis schlechtes Gewissen war deutlich zu sehen. Lasserre wurde erneut von Wut gepackt. Aber anstatt die Dinge zu überstürzen, hatte er Paoli angerufen. Und hatte ihm nachdrücklich seinen Vertrauensbruch vorgeworfen.

»Aha, der gnädige Herr hält sich für den capo di tutti capi … Lass dir eines gesagt sein: Ich bin nicht dein Diener«, hatte der Korse wütend erwidert. »Niemand erteilt mir eine Lektion! Hast du verstanden? Niemand!«

Daraufhin hatte er mit kalter, düsterer Stimme geantwortet:

»Diese Übergriffe haben aufzuhören! Ich sage es nicht noch einmal.«

Paoli hatte sich kaputtgelacht und aufgelegt: Die Beleidigung schrie zum Himmel. Er hatte immer noch nicht eingegriffen und dem Korsen eine letzte Chance gelassen. Dennoch hatte Paoli keine Vernunft walten lassen, obwohl er genau um die Provokationen wusste.

Als letztes, verzweifeltes Mittel hatte Henri sich die schwarze Maske des Henkers aufgesetzt. Am Tag nach der Ermordung ihres Chefs wurden mehrere Mitglieder der Korsenbande von der Gestapo verhaftet. Sie würden nach Mauthausen deportiert werden.

Zwei Tage nach dem Vergeltungsakt in der Bar Sampiero gab es noch ein Nachspiel. Dominique Giudicelli, der Mann, der Lasserre den Treffpunkt Paolis verraten hatte – ein ehemaliger Mitarbeiter der Bande, der sich mit seinem Chef verkracht hatte und dachte, ein Mittel für seine Rache in der Hand zu halten – begleitete den Zwerg und den Legionär nach Chartres, um eine Durchsuchung durchzuführen.

»Wir setzen dich bei dir im Boulevard Richard Lenoir ab«, meint der Zwerg, als sie nach Paris zurückfahren. Als sich Giudicelli vom Auto entfernt und in das Haus eintreten will, jagt ihm Mephisto kaltblütig mit der Mauser zwei Kugeln in den Rücken. Mit einer wütenden Fußbewegung dreht er den leblosen Körper um und hält eine Grabrede:

»So verrecken diejenigen, die die ihren verraten: Mit Kugeln im Rücken!«

Als Lasserre die Erschießung Giudicellis angeordnet hatte, hatte er gemurmelt:

»Ich hasse Verräter.«

Die Zusammenfassung des Zwergs enthielt zwei Worte:
»Mission erledigt.«

Lasserres Kommentar war noch lakonischer: »Perfekt«, meinte er.

Kapitel 12

Der Engel der Barmherzigkeit

Sie ist ganz zierlich, zerbrechlich, hat schneeweißes Haar, ein Gesicht so runzlig wie ein vertrockneter Apfel und wirkt wie der Stamm eines hundertjährigen Olivenbaums. Die sichtbar verängstigte Oma knetet nervös ihre abgewetzte Handtasche.

»Sie haben hier nichts zu befürchten, Madame«, sagt der Chef zu ihr.

»Mein Gott, so unheimlich kommen Sie mir auch nicht vor, Monsieur Henri.«

»Nicht so unheimlich, wie die Gerüchteküche es vorgibt? Vertrauen Sie mir!«

»Monsieur Henri …«

Er bemerkt, wie schwer es ihr fällt, die richtigen Worte zu finden. »Auf geht's, Madame, vergessen Sie das Gerede. Was kann ich für Sie tun?«, fragt er.

»Es geht um Jeannot, meinen Enkel …, Jeannot Paquet …«

»Hat er etwas angestellt?«

»Er ist gestern nicht nach Hause gekommen … Die Polizei …«

»Wurde er verhaftet?«

»Ja.«

»Von den Deutschen?«

»Ich glaube schon.« Tränen schnüren ihr die Kehle zu und Tränen laufen über ihre faltigen Wangen. »Man hat mir geraten, mich an Sie zu wenden, Monsieur Henri«, sagt sie, als sie sich etwas gefangen hat. »Ich habe meinen ganzen Mut zusammengenommen ...«

»Es war richtig, hierher zu kommen.« Er hat Mitleid mit ihr. Sie wirkt so verloren, verletzlich! »Jeannot wurde letzten Monat 14 Jahre alt ...«

»Kümmern Sie sich um ihn?«

»Ja, Monsieur Henri. Sein Vater ist 1940 in Sedan gefallen.«

»Und seine Mutter?«

»Jeannot war erst fünf Jahre alt, als meine Tochter starb. Ein plötzlicher Hirnschlag. Der Junge ist alles, was mir bleibt. Ich bitte Sie, Monsieur Henri, ich bin nicht reich, aber nehmen Sie das hier.«

Sie öffnet ihre Tasche und holt einige Geldscheine heraus. Er legt seine Hand auf die der alten Frau.

»Nein, nein«, sagt er. »Behalten Sie Ihr Geld. Ich werde unser Problem lösen, ich bin gleich zurück.«

Er verlässt sein Büro und geht in das des Barons:

»Versuche herauszufinden, ob die Deutschen einen gewissen Jeannot Paquet, einen vierzehnjährigen Jungen, geschnappt haben. Gib mir sofort Bescheid.«

Als der Baron bestätigt, dass sich der junge Mann tatsächlich in den Händen der Gestapo befindet, meint er zu der alten Frau:

»Heute Abend wird Ihr Enkel wieder bei Ihnen sein. Ich gebe Ihnen mein Wort.«

Die Rolle des barmherzigen Samariters steht mir gut, denkt er spöttisch. Der Teufel hat seine Handlanger und Gott seine Engel. Wenn die Engel aus dem Himmel und die Handlanger aus der Hölle auf die Erde kommen, kann es sein, dass sie sich treffen. So kann es manchmal vorkommen, dass eine Kreatur des Teufels vom Flügel eines durchfliegenden Engels berührt wird.

Er wählt die Nummer der Gestapo. Ich verteidige die Witwe und den Waisen. Wie ein Winkeladvokat. Ein einziges Mal stehe ich auf der guten Seite der Schranke. Er war es nicht gewohnt, ein Versprechen auf die leichte Schulter zu nehmen. Als sie gesagt hatte, dass sie sich allein um Jeannot kümmerte, war ihm seine eigene miserable Kindheit in den Gassen des Vieux-Port ins Gesicht gesprungen. Vielleicht wäre alles anders verlaufen, wenn ich eine solche Oma gehabt hätte. Er verscheucht seine Gedanken.

Eine Stunde später schließt die alte Frau Jeannot in ihre Arme. Für sie ist er der Engel der Barmherzigkeit.

Am nächsten Morgen kommt sie, um sich zu bedanken.

»Ich weiß nicht, wie ich Ihnen danken soll, Monsieur Henri …«

»Machen Sie sich keine Gedanken darüber, Madame. Es ist alles in Ordnung.«

»Nein, Monsieur Henri«, beharrt sie. Daraufhin fragt er:

»Haben Sie einen Garten, Madame?«

»Ja, sonst könnten wir nicht überleben.«

»Gibt es in Ihrem Garten auch Blumen?«

»Natürlich, Monsieur Henri.«

»Auch Rosen?«

»Ja.«

»Dann bringen Sie mir einfach ein paar Rosen.«

Kapitel 13

Cocktails, Gräfinnen und Kokotten

Von Ritter beugt sich mit spöttischem Gesicht zu Lasserre.

»Monsieur Henri, ich habe gehört, dass Sie den Beruf wechseln. Sie werden zum Tröster von Großmüttern. Ein echter Pfaffe …«

»Wir behalten ihn im Auge. Er zeigt ein neues Gesicht«, wirft Otto ein.

»Ja, wir anderen verhaften die Terroristen«, fährt von Ritter fort. »Monsieur Henri bemüht sich eifrig darum, sie zu befreien. Eine zumindest originelle Arbeitsteilung …«

»Mehr noch«, bekräftigt Otto, »Henri geht selbst auf die Jagd nach Terroristen. Heute fängt er sie, morgen lässt er sie wieder laufen. Er wird es den Psychiatern jedenfalls schwermachen, die sich irgendwann einmal mit seinem Fall beschäftigen. Auf Ihr Wohl, lieber Freund!«

Vergnügt heben von Ritter und Otto ihre Champagnergläser. Lasserre legt die Stirn in Falten.

»Spielen Sie auf die Sache von gestern an? Sie sind bestens informiert.«

Als sie seinen erstaunten Blick sehen, lachen Otto und von Ritter laut los.

»Na, das ist gut! Zweifeln Sie etwa an unseren beruflichen Fähigkeiten, lieber Freund?«, prustet von Ritter los.

»Wir strebsamen Polizisten plagen uns damit ab, die Schuldigen zu finden.«

»Das betrifft die Verbindungen von Richter und Polizist«, meint Otto. »Der gute Richter Henri verkündet auf der Stelle ohne weiteren Prozess einen klaren Freispruch. Verkehrte Welt.«

»Sind Sie gekommen, um sich über mich lustig zu machen? Oder um mich zu bearbeiten? Gefällt Ihnen meine Großzügigkeit nicht? Ich führe keinen Krieg gegen Kinder und alte Frauen.«

Er konnte es sich nicht verkneifen dem Chef der Abwehr gegenüber eine spitze Bemerkung fallen zu lassen.

»Was denken Sie, mein Freund?«, meint von Ritter und geht über Monsieur Henris Bemerkung hinweg. »Ihrer verblüffenden Umkehr folgen wir mit größtem Interesse. Wann treten Sie eigentlich ins Kloster ein? Wir werden zusammenlegen und Ihnen ein Brevier schenken.«

Ob es euch nun passt oder nicht, denkt Henri, ihr könnt mir nichts mehr antun. So verdorben, wie ihr seid! Wir sitzen alle im selben Boot. Doch solange ich über Leben und Tod entscheide und ihr meine Taten lediglich ins Lächerliche zieht, steht in dieser verdorbenen Welt ja alles zum Besten. »Wir strebsamen Polizisten plagen uns damit ab, die Schuldigen zu finden«, hatte von Ritter gesagt. Es stimmte, dass die Polizeiaufgaben immer bedeutender wurden, seit aufgrund der Schließung der Einkaufsbüros Ottos riesige Organisation dabei war, sich aufzulösen. Außer ein paar Buchhaltern, die sich um die Liquidation kümmerten, waren alle entlassen worden.

Die Cocktailabende der Gräfin Sofia Di Lorenzi waren immer noch sehr beliebt und erfolgreich. Jedes Mal drängte sich dort ein deutsch-französischer Kundenstamm. Die Dame des Hauses geriet gerade ob des herrlichen Smaragds ins Schwärmen, den Madame Karin stolz trug.

»Que meraviglia!«

»Ein Geschenk von Michel aus der Schweiz«, sagt Karin.

Sie, Michel, Elke und Hans waren gerade aus Genf zurückgekehrt.

»Die Gerüchte besagen, dass das Schmuckstück zwei Millionen gekostet haben soll.«

»Du bist zu neugierig, Sophia«, lacht Karin.

Monatelang war Olga Vereska Henris Leidenschaft gewesen. Nun tanzte sie mit Monsieur Joseph. Ihren Platz in Henris Herz hatte sie an Sofia Di Lorenzi weitergegeben. Er hatte auf jeden Fall ein Faible für Gräfinnen. Gräfin Di Lorenzi entstammte einem alten venezianischen Adelsgeschlecht, war 35 Jahre alt, impulsiv und hatte eine laute Stimme. Glaubte man der Gerüchteküche, so war sie drei Mal geschieden. Böse Zungen behaupteten, sie wäre eine unersättliche Männerverschlingerin. Derzeit war Henri ihr Herzblatt.

Die Gräfin war eine erstklassige Reiterin, besaß einen Reitstall und hatte ihm das Reiten beigebracht. Der morgendliche Ausritt war heilig. Jeden Morgen sah man gegen acht Uhr das Paar in den Alleen des Bois de Boulogne. Die Gräfin ritt auf Sultan und Monsieur Henri auf Cleopatra.

»Mein Kompliment für Gräfin«, sagt von Ritter schmeichelnd.

»Mit ihrer Figur würde sie einen Bischof um den Verstand bringen! Sie gehören zu den von den Göttern Auserwählten, Monsieur Henri.«

»Aber bitte, nur kein Neid, Oberst.«

Deine alte Schachtel ist ein Zugpferd, ein Ross, Sofia eine rassige Stute.

»Man wäre auch aus geringerem Grund neidisch … Was meinst du Otto? Du giltst doch als feiner Frauenkenner?«

»Die Frau, diese göttliche Kreatur!«, rezitierte Otto. »Zeit für einen Toast auf unsere Gastgeberin!«

Otto hebt sein Glas und alle machen es ihm nach.

Monsieur Joseph hat sich zu ihnen gesellt. Man sagte ihm ein Abenteuer mit der heißen Italienerin nach.

Henri, der davon wusste, scherte sich überhaupt nicht darum. Wenn die Gräfin Josephs Avancen nachgegeben hatte, war das ja wohl ihre Sache. Wie hatte sie einmal gesagt? »Ich bin zwar Italienerin, aber mein Hintern ist international.«

Die Situation hatte sogar den Vorteil, dass sie ihm so keine Szene wegen seiner eigenen Eskapaden machen konnte.

Monsieur Joseph hatte sich angewöhnt, die Frauen, die er umwarb mit großzügigen Geschenken zu bedenken. Als Verführer erwies er sich als großzügig und hartnäckig, gab nicht schnell auf und ließ seinen Charme spielen, dem nur wenige Frauen der Welt und der Halbwelt lange widerstehen konnten.

An diesem Abend schien er ein Auge auf Olga Vereska geworfen zu haben.

»Monsieur Joseph scheint in meine Fußstapfen treten zu wollen und wird direkt in Olgas Federn landen«, meint Henri zu Otto.

»Der alte von Treischke wird toben«, sagt Otto.

Seit Lasserre Olga verlassen hatte, war sie von Treischkes Mätresse, ein deutscher, zum Generalstab von Paris abkommandierter General.

»Er weiß was er will, unser Freund Joseph«, sagt Lasserre lächelnd. »In der Welt der Schönen und Reichen ist er manchmal vor mir, manchmal hinter mir, aber auf jeden Fall ist der Halunke immer in meiner Nähe.«

Außer für von Ritter und Lasserre endet der Abend für die Festgäste ohne Zwischenfall. Im Morgengrauen bekommt Lasserre eine Eifersuchtsszene der heißblütigen Gräfin ab.

»Henri, willst du dich an dieser Vania festsaugen? Bist du zum Blutegel geworden? Es fehlt nicht viel, und du vergewaltigst sie in der Öffentlichkeit …

»Ich ein öffentlicher Vergewaltiger? Du wirst lachen, sie ist willig, Bella!«

Daraufhin explodiert die Gräfin vor Wut.

»Ich reiße dieser Nutte die Haare aus«, schreit sie heiser und scheint auf Vania losgehen zu wollen.

Lasserre geht dazwischen.

»Hände weg, du Miststück! Der Veuve Clicquot macht dich streitsüchtig, Sofia!«

Die Gräfin versucht ihn zu ohrfeigen, doch er hält ihre Hand zurück.

»Komm Vania, gehen wir! Diese Itakerin ist übergeschnappt!

Das Fest ist zu Ende. Ich hasse Furien.«

Als der Chef der Abwehr auf der Freitreppe des Anwesens der Gräfin Di Lorenzi stolpert, verstaucht er sich das Bein.

»Ein Fehltritt der Abwehr«, meint Otto sarkastisch. Unser Chef ist nicht mehr seefest. Aber das ist auch nicht verwunderlich. Vielleicht werden wir alle zu Schwächlingen. Bei dem Lebenswandel, den wir führen, was meinst du, Henri?«

Er antwortet nicht und lacht nur. Als sie am Rolls-Royce ankommen, pinkelt er unter den amüsierten Blicken von Otto, Judy und Vania Kolovski auf die Haube.

»Du hältst wohl nicht viel von den schönen Engländerinnen«, ruft Otto aus. Er dreht sich noch immer lachend um.

»Na ja, hier wird eine vergewaltigt, eine sehr britische Tussi! Morgen besorge ich mir eine Neue. Was meint ihr, meine Freunde?«

Kapitel 14

Das Schauspiel im Lido

Auf der Bühne öffnet sich langsam eine riesige Muschel aus Porzellan.

Die Müllerin singt neben ihrer Mühle.

Der Müller zieht friedlich an seiner Pfeife, die Augen auf den im Fluss fließenden Schwimmer gerichtet. Plötzlich spannt sich die Angelrute an, der Müller kämpft mit einem Fang.

Es geschieht ein Wunder: Eine junge Frau mit rückenlangem, dichtem blondem Haar – Aline Bell, – der Leinwandstar, der neu in der Revue auftritt, steigt aus den Wellen. Zusammen mit ihren Tänzerinnen beginnt sie einen akrobatischen Tanz. Alle tragen Kostüme in den Farben des Delfter Porzellans: blau-weiß.

Ein Mann gesellt sich zu Lasserre, der champagnertrinkend dem Schauspiel beiwohnt.

»Sind Sie Monsieur Henri?«

»Wie er leibt und lebt. Dann sind Sie also mein Ansprechpartner. Geben Sie zu, dass das hier echte Schauspielerei ist. Eine Augenweide, ein Sinnesschmaus. Aline ist ein erotischer Traum.

»Der Rahmen ist perfekt gewählt«, sagt der Neuankömmling.

Er lässt Lasserre nicht aus den Augen. Es handelt sich um einen mittelgroßen, gedrungenen Mann mit lebhaftem Blick, einer Edelstahlbrille und einem Bürstenhaarschnitt.

»Ich bin Colonel Renard«, stellt er sich ohne Blick für die Bühne vor.

Lasserre lacht ironisch.

»Was ist schon ein Name! Es handelt sich sicherlich um einen Decknamen. Renard, Fuchs.«

»Wollen Sie, dass wir unseren Kampf mit offenem Visier führen?«, meint Renard hart.

Er ist auf der Hut, was Lasserre nicht entgangen war.

»Wollte ich Sie verhaften, hätte ich einen besseren Ort gewählt, glauben Sie mir«, sagt er ruhig. »Das Lido ist dem Vergnügen vorbehalten. Hier eine Verhaftung durchzuführen, wäre ein Sakrileg. Seien Sie beruhigt, für heute Abend haben Sie einen Passierschein. Sie sind als Unterhändler mit einer weißen Fahne gekommen.«

Trotz Lasserres Worten entspannt sich Renard nicht.

Die Chefs dreier Widerstandsbewegungen hatten beschlossen, den Chef der Carlingue zu kontaktieren. Renard hatte sich für diese Aufgabe freiwillig gemeldet, wohlwissend um die Gefahr, der er sich aussetzte. Seine Freunde hatten ihm von diesem Treffen abraten wollen. »Du springst beidfüßig in den Abgrund! Es ist irrsinnig, einem Mann wie dem Chef der Carlingue zu vertrauen!«

Renard schweigt, Monsieur Henri fährt fort:

»Mein Wort gilt, dazu stehe ich. Zwischen uns herrscht Waffenruhe. Ich bürge für Ihre Sicherheit auf diesem neutralen Boden.«

»Weshalb sollte ich Ihnen vertrauen? Sind nicht Sie es, der Hunderte von Widerstandskämpfer verhaften ließ?«

»Wir befinden uns nicht auf derselben Seite der Schranke. Man wird mir allerdings nicht nachsagen, dass ich Sie durch Verrat geschnappt habe. Ich respektiere Ihren Mut und werde mich an unsere Vereinbarung halten. Ich jage das Wild. Eine richtige Hetzjagd ist mir lieber. Ich halte nicht viel von mehr oder weniger subtilen Fallen, von List und Kunstgriffen, um an mein Ziel zu kommen.«

Er hebt sein Champagnerglas.

»Heute Abend trinke ich auf Ihr Wohl, Colonel Renard. Wer weiß? Vielleicht sitzen Sie mir eines schönen Tages in der Avenue Montaigne gegenüber, wenn es das Schicksal so will. Vielleicht verprügle ich Sie dann. Aber heute Abend werden Sie das Lido als freier Mann verlassen, ohne dass ich Sie verfolgen lasse.«

»Mir bleibt nichts anderes übrig, als Ihnen zu glauben. Als ich hierher kam habe ich mich Ihnen ausgeliefert«, sagt Renard.

»Immer noch skeptisch? Dann lassen Sie mich die Argumentation gegen Sie umkehren. Habe nicht auch ich heute Abend Risiken auf mich genommen? Bin ich nicht der Mann, den es zu töten gilt? Haben Sie nicht mehrere Male versucht, mich umzulegen? Wer sagt mir, dass Sie davon Abstand nehmen? Und dann gibt es noch das Liedchen …«

»Das Liedchen?«

»Ja, ich habe mein Lied und Sie das ihre. Sie haben eine Gegenantwort auf das Meine verfasst.«

»Sie sind gut informiert, das muss man Ihnen lassen«, sagt Renard.

»Ich kenne sogar den Wortlaut. Ich werde es Ihnen gleich beweisen.«

»Wir dürfen nicht die Aufmerksamkeit auf uns ziehen.«

»Es kommt mir nicht in den Sinn, die Vorstellung zu stören, nur keine Angst. Ich werde Ihnen einfach den Wortlaut aufsagen:

Erinnere dich an die Carlingue.

Von den Feldern her erklingt Das Lied der Partisanen,
Dringt in die Kerker der Avenue Montaigne.

Denk daran, mein Freund,
Von allen unseren Feinden,
Vergiss nicht Monsieur Henri,
In den schönen Tagen nach Kriegsende.

Die Verbrechen des Chefs
Werden wir rächen.
Bei unseren gefallenen Kameraden
Kannte er kein Pardon.

Ist der Deutsche verjagt,
Schlägt die Stunde für den Patron.
Wird das Ende eingeleitet,
Kommt der Baron an der Reihe.

Läutet die Sturmglocke
Zur Stunde der Abrechnung
Zitieren wir vor Gericht Kurt und King Kong,
Abel und Van Horn.«

Er macht eine Pause. »Übrigens sollten Sie Ihr Lied aktualisieren. Van Horn hat den Löffel abgegeben.« Dann fährt er fort:

»So wie alle Abgesandten der Hölle,
Stellt auch Henri an die Wand!
Für unsere Freunde des Maquis,
Den Erschiessungspfahl für Henri!

Ausweis im Namen Hitlers!
Zum Teufel mit Monsieur Henri!
Für alle Kollaborateure
Zwölf Bleikugeln in den Leib!«

Lasserre ist fertig. Eine schwere Stille lastet zwischen den beiden Männern.

»Ihre Leute habe viele Vergeltungspfähle für mich vorgesehen«, beginnt Lasserre das Gespräch erneut. »Ein Pfahl reicht für mich aus …« Er beugt sich zu Renard. »Wer versichert mir, dass nicht Sie mich in eine Falle locken wollten?«

»Die Widerstandsbewegung, der ich angehöre, hat mit den Attentaten gegen Sie nichts zu tun«, erklärt Renard.

»Dass ich nicht lache. Sie stehen nicht nur für Ihre eigene Bewegung …«

»Ich habe Ihnen aber die Wahrheit gesagt.«

»Ich lasse Sie außen vor … Wissen Sie, weshalb alle Attentate fehlgeschlagen sind? Weil ich zu gut beschützt werde … Und vor allem zu misstrauisch bin.«

Vor drei Wochen, hatten sie versucht ihm ans Leder zu gehen.

Kapitel 15

Schicksal, sich fügen oder frei verfügen

Ein sonniger Morgen.

Die beiden Soldaten der Wehrmacht waren in der Avenue Montaigne aus dem Wagen gestiegen. Gemächlich kamen sie näher und erweckten aufgrund ihrer Uniform bei Rakine, dem Weißrussen, der Wache schob, kein Misstrauen.

»Wir bringen von der Gestapo beschlagnahmte Unterlagen für Monsieur Henri«, sagte der Mann mit dem Koffer in der Hand.

Im selben Augenblick trat Rirette aus dem Wachraum. Da der Russe die strikte Anweisung hatte, in keinem Fall den Eingang des Gebäudes zu verlassen, übergab er Rirette den Koffer: »Das ist für den Chef. Von der Gestapo.«

Rirette stimmte kopfnickend zu, nahm den Koffer, ging durch den Gang und stieg die Treppe hoch, während die beiden Widerstandskämpfer zu ihrem Kübelwagen zurückgingen. Sie fuhren gerade los, als eine heftige Explosion ertönte. Im Innern des Koffers war eine Bombe explodiert. Rirette wurde in Stücke gerissen und war sofort tot. Doch die Explosion zerstörte lediglich das Treppenhaus, die Bombe war zu früh losgegangen. Der Chef, für den sie bestimmt war, blieb unversehrt. Rakine fiel im Eingangsbereich zu Boden, schwer verletzt von Splittern.

»Sie spielen bei der Niederschlagung der Résistance eine vorherrschende Rolle«, sagt Lasserre Gesprächspartner gerade.

»Ja, für viele bin ich zum Symbol für die polizeiliche Zusammenarbeit mit den Deutschen geworden.«

»Dennoch haben wir etwas anderes als Ihre Beseitigung beschlossen. Aus diesem Grund wurde dieses Treffen organisiert.«

»Worauf wollen Sie hinaus?«

»Wir sind der Meinung, dass Sie in die falsche Richtung zielen. Wenn Sie die echten Patrioten bekämpfen, sind Sie eher auf dem falschen Dampfer.«

»Was veranlasst Sie zu dieser Meinung?«, unterbricht Lasserre sofort.

»Auch wenn noch sehr viel Blut fließen wird, gibt es keinen Zweifel mehr über den Ausgang des Kriegs. In Stalingrad sind 300.000 Deutsche gefangen. Für sie wird bald alles »kaputt« sein. Sie haben auf das Verliererpferd gesetzt. Bis zum Hals stecken Sie in der Kollaboration drin. Wenn Sie weiterhin diese Richtung verfolgen, müssen Sie irgendwann Rechenschaft ablegen!«

»Ein Mann muss Risiken einzugehen wissen«, antwortet Lasserre. »Ich bin seit meinem zehnten Lebensjahr welche eingegangen. Und zwar immer in klarer Kenntnis der Lage. Und ohne einen Blick zurück …«

»Monsieur Henri, Sie haben Verbrechen begangen«, fährt Renard fort. »Dennoch hat jeder Mensch eine zweite Chance verdient.«

»Ich habe aber auch viele der Ihren gerettet«, meint Lasserre gelassen.

»Das wissen wir. Darum ist es auch noch Zeit, umzukehren. Das Nazi-Debakel ist sicher. Bestehen Sie weiterhin darauf, Ihr Schicksal mit dem der Nazis zu verbinden? Wäre es nicht besser, das verdammte Schiff zu verlassen, bevor es untergeht? Noch ist es nicht zu spät, in ein Rettungsboot umzusteigen. Sie haben Männer, die sich unserer Sache verschrieben haben, gerettet. Ohne Sie wären sie in einem Konzentrationslager oder vor einem Exekutionskommando gelandet.

»Im Grunde werfen Sie mir einen Rettungsring zu. Sie fordern mich zur Umkehr auf. Das ist wie bei den Pfaffen. Tun Sie Buße und Ihre Sünden sind Ihnen vergeben.«

»Ihre Qualitäten als ein Mann der Tat sind unumstritten. Stellen Sie sich in den Dienst der Résistance! Sie wären für uns eine wertvolle Hilfe. Und gleichzeitig würden Sie Ihren Kopf retten.«

Anstatt einer Antwort bestellt Lasserre eine neue Flasche Champagner. Einen Moment lang schweigt er.

»Was glauben Sie, welche Sorte Mensch ich bin? Ich bin Satan. Dennoch wollen Sie mir aus der Patsche helfen. Ich muss nur zugreifen … Und meine Verbrechen wären weggewischt, es gäbe sie nicht mehr? Ich habe sämtliche Hauptsünden begangen und werde freigesprochen … Und das sogar ohne Buße zu tun. Ach«, seufzt er, »wenn es nur so einfach wäre …« Seine schwarzen, stechenden Augen sehen Renard an, dem ein Schauer über den Rücken läuft.

»Ich bin bis tief in die Seele verdorben, einverstanden. Ich bin ein Hurensohn, auch einverstanden. Und würde ich nun beschließen, bis zum Ende meiner Leidenschaft zu gehen? Was würden Sie sagen?«

»Sie werden in den Flammen schmoren«, antwortet Renard mit tauber Stimme.

»Bis ans Ende der Leidenschaft, bis ich in der Feuersglut vergehe«, murmelt Lasserre.

»Eine tragische Rolle, dieser letzte Akt wird blutig sein.«

»Sehen Sie, meine Lebensphilosophie ist einfach: Es ist mir egal, woher ich komme und egal, wohin ich gehe. Nur eines ist sicher: Früher oder später wird der Vorhang fallen. Der letzte Akt ist immer blutig. Alles andere ist Theaterdekor.« Er hat mit einer plötzlichen Lebendigkeit gesprochen.

»Ich weiß, wofür ich kämpfe«, sagt Renard. »Und Sie? Wissen Sie es auch?«

»Ich beneide Sie.«

Macht er sich über mich lustig, oder meint er es ehrlich? fragt sich Renard.

»Sie können froh sein, einen Grund zum Leben zu haben. Ich werde einen guten Grund zum Sterben finden.«

Lasserre sieht dem in seinem Glas perlenden Champagner zu. Langes Schweigen, dann nimmt er seinen Gedankengang wieder auf.

»Unsere Wege sind von vornherein vorgezeichnet. Mein Leben ist von Anfang an entgleist. Schon als Junge lernte ich die schmutzigen Straßen des Vieux-Port kennen. Unerbittliche Straßen, das können Sie mir glauben. Ich weiß, wovon ich rede. Für zehnjährige, verlassene Jungen sind sie die Hölle. Zu früh habe ich die Grausamkeit der Menschen kennengelernt. Hatte ich zu diesem Zeitpunkt meines Lebens die Wahl? Verdammt noch mal, nein! Entscheidungsfreiheit? Weit gefehlt! Die Wirklichkeit sieht ganz anders aus. Mit zwölf Jahren sind die Würfel bereits gefallen. Der zurückgewiesene Junge begeht den fatalen Fehler. Die Gesellschaft tut alles, um den Ausgestoßenen loszuwerden. Der unvermeidliche tiefe Fall …

Ich habe auf die Deutschen gesetzt. Ich werde verlieren. Glauben Sie wirklich, dass ein Mann von heute auf morgen seine ganze Vergangenheit leugnen kann?«

»Niemand verlang von Ihnen, alles zu leugnen. Ich schätze nur, dass Sie über Ihr Schicksal immer noch frei bestimmen können.«

»Och, das Schicksal … Das Schicksal hat mir mehr als einen Streich gespielt. Alles begann, als ich ein unschuldiges Kind war. So etwas prägt für immer. Ich wiederhole, dass die Würfel mit zwölf Jahren gefallen sind.«

»Ihre Kindheit liegt Ihnen schwer im Magen. Aber Sie hätten das Blatt wenden können …«

»Meine Kindheit, meine Jugend, mein Leben als Mann, alles, bis zum Juni 1940. Dann hat sich alles von heute auf morgen geändert. Meine Rache an diesem verdammten Leben hat begonnen. Ich spreche offen und ehrlich mit Ihnen. Ich hätte Ihren Vorschlag knallhart ablehnen können. Stattdessen lasse ich mich zu Geständnissen hinreißen. Ich vertraue mich Ihnen an, der Sie für mich nur ein Unbekannter sind. Aber seien Sie sicher, ich werde wegen meines Schicksals keine Träne vergießen, ich verlange keine Vergebung.«

Er ist eine Weile still, dann beginnt er zu monologisieren:

»Geboren bin ich in einem Palast, mit dem silbernen Löffel im Mund.

Doch der Löffel zerkratzt meinen Gaumen.

Ich werde ihn auskotzen, ihn abgeben.

Ich schlafe jetzt unter den Brücken der Seine.

Ich bin ein Vagabund, ich lebe in Lumpen am Ufer.

Die mir heilige Rotweinflasche ist meine treue Begleiterin.

In der Antike wäre das Fass des Diogenes mein Zuhause gewesen.

Selbst Alexander hätte sich von meinem Sonnenschein ferngehalten!

Der Kapitän wurde zum Clochard.

Meine Prinzenkleider habe ich abgeworfen.

Wäre ich als Bischof geboren oder aus dem Orden ausgetreten, wäre ich zum Minnesänger geworden und an den Hof der Borgia gegangen.

Ich bin frei wie der Vogel, der dort drüben in den Ästen singt. Der Vogel, der von Baum zu Baum fliegt und von Ast zu Ast zwitschert.

Ganz unten, an den Stufen des Palastes bin ich geboren.

Doch ein Gefangener bin ich nicht.

Und ich trage keine Ketten.

Aus eigener Kraft werde ich bald zum Kapitän.

Als Diener bin ich geboren, Diener werde ich bleiben.

Bin ich als Kapitän geboren, werde ich Kapitän bleiben.

Im goldenen Buch des Schicksals hat der Herr mit eigener Hand vermerkt:

Alles ist vorherbestimmt, alles aufgeschrieben.

Ich behalte meine Ketten.

So sei es! Gott sei gepriesen!«

Er bricht in Gelächter aus und zieht sich selbst ins Lächerliche.

»Wenn ich so weitermache, glaube ich tatsächlich noch, dass ich auf dem falschen Dampfer bin!«

Erneut tritt tiefe, drückende Stille zwischen den beiden Männern ein.

Renard findet das Selbstgespräch komisch, er weiß nicht was er davon halten soll.

Kapitel 16

Das Feuerrad

»Auf Ihre Gesundheit, Colonel Renard«, sagt er und hebt sein Glas.

»Kennst du das Lied des Feuerrads?« Ohne auf eine Antwort zu warten, beginnt er zu trällern.

»Sag mir was,
Das Feuerrad, was ist das?
Erlaube mir,
Dass ich dir einen Hinweis gebe:
Es ist ein Instrument.

Ein Musikinstrument?
Nein, nein, nein!
Es ist keine Violine, keine Geige.
Ist es eine Oboe?
Es ist nicht was du glaubst.

Dann ist es ein Cello.
Kein Cello.
Also eine Klarinette, das ist sicher,

Da dies ein Ratespiel ist.
Violine, Oboe, Cello und Klarinette,
Alles gehört in den Mülleimer.

Ich sage dir,
Es handelt sich um ein infernalisches,
Mittelalterliches Folterinstrument.

Es brennt, brennt, brennt,
Es dreht, dreht, dreht,
Seit Anbeginn der Zeit
Bis die Trompete erschallt
Am Tag des Jüngsten Gerichts.

Das Rad,
Das Feuerrad,
Glutrote Rad
Der entfesselten Leidenschaft.«

»Ich kenne dieses Lied nicht,« sagt Renard. »Aber ich kenne die Schreie, die aus den Kerkern entfliehen und die Last der Ketten.«

»Nehmen wir uns nun Ihr Angebot mit dem Skalpell vor. Enthält es für mich irgendetwas Verlockendes? Seit Beginn dieses Krieges wird mein Leben von drei Dingen beherrscht: Geld, Freuden und Macht.

Zuerst das Geld.

Meine Rache an der Gesellschaft hat mir berauschende Mengen an Kohle eingebracht.

Der ehemalige armselige Taugenichts, der Hungerleider suhlt sich in Prunk. Stellen Sie sich vor, es ist noch gar nicht so lange her, da wusste ich nicht, was ich essen oder wo ich schlafen soll. Geld berauscht mich, ich besitze es gerne. Aber ich liebe es nicht um seiner selbst willen, nicht um es zu horten. Ich bin kein Geizhals. Ich liebe es als Mittel, mir Freuden und Macht zu ermöglichen. Ich schmeiße es gerne zum Fenster hinaus, liebe die neue Freiheit, die ich durch seinen Besitz habe.

Ich habe Geschmack am Luxus gefunden. Ich möchte mich weiterhin bei den renommiertesten Schneidern einkleiden. Ich habe keine Lust, mich von meinem Bentley und meinen Rolls Royce zu trennen. Und in meinem Herrenhaus in Neuilly fühle ich mich sehr wohl. Das alles möchte ich behalten. Bis zum Ende.

Jetzt zu den Freuden.

Meine Rache an der Gesellschaft hat mich damit überhäuft. Kostspielige, raffinierte Freuden. Auf meine Mätressen verzichten? Ich suche sie mir vorzugsweise in der Aristokratie aus. Sie kosten mich ein Schweinegeld. Lieben Sie Frauen, Colonel? Sehen Sie, diese Leidenschaft habe ich nun entdeckt. Ich bin verrückt nach Frauen, egal ob sie rothaarig, blond, braun, schlank oder füllig sind. Egal ob sie langes seidiges Haar, Locken oder kurze Haare haben. Ich liebe sie alle. Ich liebe sie gefügig, aggressiv, sanft, hitzig, verrückt. lasziv, pervers, sinnlich. Seit der Besatzung des Landes habe ich die Qual der Wahl. Ich habe alle Frauen, die ich mir wünsche. Leider kann ich sie nicht alle beglücken.

Und nun zur Macht.

Meine Rache an der Gesellschaft hat mir auch Macht verliehen.

Als Kind habe ich nur Tritte in den Hintern bekommen. Und das mit ebenso schweren Stiefeln wie die der Deutschen! Nun gebe ich allen meinen Willen vor, sogar den Deutschen! Ich muss nur den Hörer abnehmen und der Chef der Gestapo unternimmt alles, um meine Wünsche zu erfüllen. Ich verstehe mich bestens mit dem obersten Boss der Polizei und der SS. Weil ich allmächtig bin. Politiker, Minister, Präfekten, Schriftsteller, Journalisten, Unternehmer machen mir den Hof, bitten mich um Gefälligkeiten. Sie kriechen vor mir, erniedrigen sich, machen sich klein, schmeicheln mir, entblößen sich, flehen mich an, um an ihr Ziel zu gelangen. Sie sind zu allen Zugeständnissen bereit, werden devot, begehen Treuebruch, Gemeinheiten, sind feige. Haben Sie eine Ahnung, welche Gefühle mir das beschert? Und nun soll ich auf all das verzichten? Was erhalte ich im Gegenzug? Was bieten Sie mir? Freikauf, Gnade, Rehabilitierung? Alles unwichtig! In meinen Augen sind dies alles Belanglosigkeiten.«

Er schweigt.

»Morgen ist es zu spät«, meint Renard.

»Die letzte Chance? Die Wegkreuzung habe ich verpasst. Wie sagt man schon? Ach ja! ›Den Rubikon überschreiten‹. Den Rubikon habe ich bereits seit Jahrhunderten überschritten und die Würfel sind schon seit Urzeiten gefallen.« Täuscht sich Renard? Ein Anflug von Traurigkeit in Monsieur Henris Stimme? Es war nur ein flüchtiger, bereits verflogener Eindruck.

»Ich lehne Ihren Vorschlag ab«, schließt er in entschiedenem Tonfall. Es ist zu spät. In Wirklichkeit drei Jahre zu spät. Hätte Sie sich 1940 blicken lassen, hätte ich vielleicht ja gesagt. Nun leider habe ich keinen Widerstandskämpfer kennengelernt. Damals wimmelte es nicht von diesen Typen wie heute. Diese Art kam damals eher selten vor!

Jede Spur von Melancholie ist aus seiner Stimme verschwunden. Herausfordernd meint er: »Ihnen gebührt die Ehre, Sie gehören zu den Gewinnern von Morgen. Es steht geschrieben, dass sich mein Weg im Dunst, in der Dunkelheit verlieren wird. Am Ende wartet ein schwarzes Loch, der Abgrund. Mir bleibt nur meine Rache. Und sie gehört mir bis zum Ende. Sprechen wir nun nicht mehr darüber. Das Kapitel ist abgeschlossen. Betrinken wir uns! Du bist mein Gast.«

»Das kann ich nicht annehmen.«

»Du willst nicht? Dann trotzdem auf deine Gesundheit. Solltest du dummerweise den blöden Deutschen in die Hände fallen, gib mir Bescheid. Ich glaube, ich würde dir helfen. Alles in allem bist du mir eher sympathisch. Leb wohl, mein Freund!«

Der Mittelsmann der Résistance geht hinaus in die Nacht. Trotz der Hitze ist ihm kalt. Meine Mission ist gescheitert, denkt er. Schade, dass dieser Monsieur Henri nicht zu uns gehört! Hätte er seine ganze Entschlossenheit im Kampf für das Gute eingesetzt … Du meine Güte! Er hätte in den Rängen der Feinde ein wahres Blutbad angerichtet! Aber kann man einen Menschen retten, der so entschlossen in sein Verderben läuft? Er geht schneller und beschließt Monsieur Henri aus seinen Gedanken zu verjagen.

Dennoch würde er ihn nicht vergessen.

Und er sollte ihm noch zweimal unter dramatischen Umständen begegnen: Bei einem Guerilla-Einsatz in der Corrèze und bei der Teilnahme am Prozess vor dem Gerichtshof.

Kapitel 17

Die Alarmglocke!

Als Lasserre am nächsten Morgen gerade nach Neuilly zur Rennbahn von Auteuil aufbrechen will, erhält er einen alarmierenden Anruf.

»Die Deutschen haben Docteur Pierre verhaftet!«

Joseph Stimme klingt höher als sonst. Ein Zeichen für seine Beunruhigung. Für einen Moment schließt er die Augen.

»Es ist nur eine dunkle Wolke, die vorüberzieht …«

»Mensch Henri, stell dir das doch einmal vor!«

»Der Doktor wird nicht reden.«

»Wie kannst du dir so sicher sein? Was ist mit der Badewanne, den Elektroschocks, gefrästen Zähnen? Du weißt, dass die von der Gestapo Experten hierfür sind.«

Ganz aufgeregt hat Joseph angefangen zu schreien.

»He, wie redest du? Beruhige dich! Noch ist nichts verloren.«

»Aber der Kampf ist bereits in vollem Gange!«

»Du dramatisierst zu sehr. Sag mir zuerst einmal, ob du sicher bist, dass er verhaftet wurde.«

»Ganz sicher! Ich bin über die Rue des Saussaies gefahren. Ein Feldgendarm hat den Verkehr angehalten, um ein Auto durchzulassen. Ich habe Docteur Pierre hinten zwischen zwei

Männern erkannt. Der Wagen fuhr in den Hof eines der Gebäude des früheren Innenministeriums.«

»Hm, hast du ihn genau erkannt?«

»Ein Irrtum steht außer Frage. Ich bin mir sicher. Sie sind wenige Meter vor mir vorbeigefahren.«

»Gut.«

»Was sollen wir tun, Henri?«

Er überlegt einen Augenblick.

»Ich erkundige mich. Du machst im Moment nichts. Und vor allem keine unüberlegten Handlungen!«

»Was? Aber ich kann nicht einfach nichts tun!«

»Und was willst du tun? In die Rue de Saussaies einfallen?«

»Aber ich riskiere ...«

»Viel, so wie ich auch, Joseph! Und du machst dir in die Hosen vor Angst. So kenne ich dich gar nicht!«

»Koch ist mein Erzfeind. Sollte er auch nur die geringste Verbindung zwischen dem Doktor und mir entdecken ...«

»Komm heute Abend nach Neuilly. Vania organisiert ein kleines Fest. Wir schmieden einen Verteidigungsplan für den Extremfall.«

Ein Anruf im Haus von Docteur Pierre, Boulevard Barbès bestätigte ihm umgehend die Verhaftung des Doktors durch die Gestapo.

»Sind der Nizzaer, Abel und der Legionär verfügbar?« fragt er den Baron.

»Ja, Chef.«

»Wir fahren sofort los.«

Im Auto, das sie in die Rue de Tilsitt fährt, wo der Doktor ein Herrenhaus besitzt, sagt er zu seinen Männern:

»Doktor Pierre fiel der Gestapo in die Hände. Wir räumen schnell bei ihm auf.«

Mehr sagte er nicht. Am wichtigsten war es, den Männern aus der Avenue Foch zuvorzukommen und eventuelle Hinweise oder vom Doktor zurückgelassene Beweise verschwinden zu lassen. Er und Joseph waren die Einzigen, die von der tatsächlichen Tätigkeit des Doktors wussten. Sie hatten Glück. Die Deutschen hatten offensichtlich noch keinen Wind von diesem Haus in der Rue de Tilsitt bekommen.

»Beeilen wir uns, wir wollen hier keine Wurzeln schlagen. Ich will diesen gefährlichen Ort so schnell wie möglich verlassen.«

In einem der Keller finden sie mit Zivilkleidung vollgestopfte Koffer. Außerdem mehrere Koffer mit deutschen Uniformen.

»Was machen wir damit?«, will Abel wissen.

»Wir nehmen alle deutschen Uniformen mit und verbrennen sie«, entscheidet er. »Die Koffer mit anonymer Kleidung bleiben hier.«

So könnte der Doktor immer noch behaupten, dass die Eigentümer die Stadt nicht verlassen hätten. Kurz darauf findet er eine Liste mit Namen und Dienstgraden von rund dreißig deutschen Soldaten. Er steckt sie ein.

Dann verlassen sie die Rue de Tilsitt und fahren ohne einen Zwischenfall zurück in die Avenue Montaigne.

Kapitel 18

Auf dem Grill gedrehtes Schaf

Ein Spitzel hatte die Deutschen auf die Spur gebracht, dass eine geheime Organisation Juden über Spanien nach Südamerika schleuste. Besagte Spur ging über einen gewissen Pierre, einen Arzt mit Praxis auf dem Boulevard Barbès. Die Dienststelle von Werner Koch hatte den Auftrag, besagtes Fluchtnetzwerk schnellstens zu neutralisieren. Koch, vor dem Krieg Kommissar bei der Kripo München, hatte sich in diesen Vorfall hineingekniet. Dort gab es interessante Informationen über die Schleuser von Doktor Pierre.

Eine Sache war Koch sofort ins Auge gefallen: In den Unterlagen fehlten jegliche Angaben über den eigentlichen Beginn der Operationen. Wie waren die Juden mit ihrem Geld geflohen, hatte sich der Polizist gefragt. Um hier Licht ins Dunkel zu bringen, hatte er es für notwendig befunden, das Netzwerk zu durchdringen. Da das Schaf der klassische Köder ist, wollte er dieses verwenden. Aufgrund der ihm bekannten Daten fiel die Wahl auf einen wohlhabenden Israeliten. Er würde an Ménard, den Hauptagenten und Anwerber des Doktors verwiesen und würde das Verlassen Frankreichs angeben. »So werden wir die Spur zurückverfolgen«, hatte er seinem Stellvertreter Stradel berichtet. Dieser Docteur Pierre würde bald im Netz zappeln.

Sie hatten sich auf die Suche nach dem idealen Schaf gemacht und es im Lager von Compiègne gefunden. David Cohn erfüllte perfekt die vorgegebenen Bedingungen für die geplante Operation: Er war mit dem Rücken an der Wand, war Jude und stammte aus einer reichen Bankiersfamilie, was ein ordentliches Lösegeld zuließ. Zwei Männer sollten mit Cohn und seiner Familie Kontakt aufnehmen. Laroche, ein abberufener Polizeiinspektor, der zurück in die Dienste der Präfektur wollte und Devallier, ein Winkeladvokat, Mann von Welt und Schieber. Laroche war nach Compiègne gegangen, um mit dem verhafteten Cohn zu reden. »Ihre Frau schickt mich. Wir haben Kontakt mit einem gewissen Devallier aufgenommen, der sich um Ihre Angelegenheit kümmert.«
Cohn hatte Laroche kalt angesehen und angemerkt:

»Bevor wir dieses Gespräch weiterführen, müssen Sie mir beweisen, dass Sie von meiner Frau kommen.«

Zum Glück hatte Madame Cohn an ein Passwort gedacht.

»Bodensee, 15. August 1932«, hatte Laroche umgehend geantwortet.

»Was ist das?«

»Ort und Datum Ihres ersten Treffens mit Ihrer zukünftigen Ehefrau.«

»Wer ist dieser Devallier«, wollte Cohn wissen.

»Ein durchtriebener Anwalt, der sich gut mit der Gestapo versteht und bei delikaten Angelegenheiten als Mittelsmann dient. Es ist ihm gelungen, Ihre Freilassung mit den Deutschen in der Rue des Saussaies auszuhandeln. Ein äußerst geschickter Mann. Ihre Frau erklärte sich bereit, den von den Deutschen verlangten Betrag zu zahlen.«

»Wie viel?«

»Drei Millionen.«

»So etwas nennt sich räuberische Erpressung.«

Cohns Gesichtszüge hatten sich verhärtet.

»Nun ja, Sie sind viel wert, Monsieur Cohn.«

»Für wann ist meine Freilassung vorgesehen?«

Die Tage vergingen und täglich fuhren Viehwagons mit Juden ins Reich. Wenn er das Lager nicht schnellstens verließ, würde bald er an der Reihe sein. David Cohn hatte keine Angst. Er hatte im Juni 1940 und während der gesamten Zeit als Widerstandskämpfer beispiellosen Mut an den Tag gelegt. Bei dem Gedanken, von seiner Frau und seinen Kindern getrennt zu sein, war er schwach geworden. Er verzehrte sich bei dem Gedanken, sie nicht wiederzusehen.

»Für Ihre Freilassung bedarf es Fingerspitzengefühl«, hatte ihm Laroche gesagt. Und Sie selbst müssen auch guten Willen an den Tag legen. Sie verstehen wohl, dass der hochrangige Deutsche, den Devallier bestochen hat, einen plausiblen Grund für Ihre Freilassung braucht.

In Cohns Gesicht war Enttäuschung zu lesen gewesen, er hatte mit den Schultern gezuckt und beinahe das Gespräch abgebrochen. Daraufhin hatte ihm Laroche ein mit Maschine geschriebenes Blatt hingehalten.

»Lesen Sie das hier. Das hat die Gestapo vorbereitet.«

Widerwillig hatte Cohn das Blatt langsam mit gerunzelter Stirn durchgelesen und es kopfschüttelnd und herablassend an Laroche zurückgegeben.

»Damit kann ich einfach nicht einverstanden sein. Das wissen Sie genau.«

»Wie bitte? Man verlangt von Ihnen nicht, Ihre Überzeugungen aufzugeben. Unterschreiben Sie und ich gebe Ihnen mein Wort, dass Sie Ihre Familie in drei Tagen wiedersehen werden.«

»Eine eidesstattliche Verpflichtung, zukünftig keinerlei feindliche Aktivitäten gegen den Besatzer zu unternehmen? Ist Ihnen klar, was Sie da von mir verlangen?«

»Unterschreiben Sie«, hatte Laroche nachdrücklich gesagt.

»Es ist doch nur eine Formalität.«

»Außerdem verlangen Sie von mir, den Deutschen mir bekannte Auskünfte über Geheimorganisationen für die Ausreise von Juden ins Ausland zu verraten! Ich kenne solche Schleusen ja gar nicht.«

»Aber dann verpflichten Sie sich doch zu nichts und haben einen Grund mehr, in aller Ruhe zu unterschreiben.«

Wütend hatte David Cohn letztendlich unterschrieben. Eine erzwungene, eidesstattliche Verpflichtung, unter derlei Bedingungen abgenötigt, war völlig wertlos und verpflichtete ihn in keiner Weise … Was die Fluchtwege betraf, so wollte er diese nach seiner Befreiung selbst nutzen. Zwei Tage später hatte Cohn das Lager Compiègne verlassen und im Büro der Gestapo erklärte ihm Werner Koch, was man von ihm verlangte.

»Sie nehmen Kontakt mit Louis Deveraux, einem Fotografen in der Rue de Rivoli auf und bitten darum, über den Fluchtweg von Docteur Pierre das Land zu verlassen. Sie geben sich als reicher Exilbewerber aus und teilen uns Datum und Ort der Abreise mit. Und egal was Sie tun, ab jetzt sollten Sie im Hinterkopf behalten, dass wir ständig ein Auge auf Sie und Ihre Familie werfen.«

Fest entschlossen, die Deutschen an der Nase herumzuführen, hatte David Cohn vorgegeben, auf die Sache einzugehen. Da Koch Cohn nur bedingt vertraute, hatte er die strenge

Überwachung seiner Familie angeordnet. Somit war Davids Spielraum begrenzt.

Er erinnert sich an die Schafe des Panurges.

Das Schaf, das in das Gehege anderer eindringt, ist nicht unschuldig, sondern hinterlistig, denkt er. Ein umgedrehtes Schaf, das in die Zange genommen wurde wie ich, ist nicht ungefährlich, sondern aggressiv. Ein Schafspelz rettet denjenigen nicht vor dem Schafott, der im Innern nichts weniger als ein Schaf ist. Sehe ich dort auf der Wiese ein weißes Schaf? Egal ob es Panurge gehört oder nicht, auf der grünen Wiese tollt es herum und ist glücklich, nicht gegrillt worden zu sein.

Zu dem mit Docteur Pierre vereinbarten Zeitpunkt glaubte er die Spürhunde der Gestapo abgehängt zu haben.

Dies war ihm jedoch nicht gelungen. Der Doktor tappte in die Falle.

Kapitel 19

Der Geheimnisknacker

Lange vor Werner Koch hatte ein anderer Mann den Doktor bereits in die Zange genommen: Henri Lasserre.

Ende Dezember 1942 hatte sich die Carlingue an die Fersen von Adrien Besque, der Einäugige genannt und ein Abtrünniger der Bande, geheftet. Besque hatte Angriffe auf Geldtransporter für rentabler als seinen derzeitigen Beruf als Zuhälter erachtet. Was die Rentabilität anging, hatte er sich nicht getäuscht. Doch weigerte er sich schließlich, Monsieur Henri, der das gesamte Milieu kontrollierte, seinen Zehnt zu zahlen. Als er bestraft wurde, hatte er jeglichen Treuebruch von sich gewiesen.

»Der Herr Henri hält sich jetzt wohl für Al Capone«, hatte er in den Bars von Pigalle herumposaunt. »Aber dafür ist er nicht geschaffen. Er gibt höchstens einen Mini-Capone ab!« Das war eine Majestätsbeleidigung, die Monsieur Henri nicht verzieh. Als Besque erfuhr, dass er von der Carlingue gesucht wurde, erfasste ihn Panik. In seinem Kopf machte sich ein Gedanke breit: Sich so weit wie möglich von Monsieur Henri und seinen Meuchelmördern entfernen. Wenn er dem blutrünstigen Zwerg in die Hände fiel, hätte sein letztes Stündchen geschlagen! Nachdem er Docteur Pierre kontaktiert hatte, wägte er sich in Sicherheit. Er war ohne Spuren zu hinterlassen verschwunden.

Der Doktor hatte seinerseits keine Ahnung von der Gefahr, der er ab jetzt ausgesetzt sein würde. Die Männer von Monsieur Henri hatten die Jagd auf Adrien Besque nicht aufgegeben. Mit einem Glas Pfefferminzsirup mit Wasser saß er in der Bar eines Luxushotels auf den Champs-Elysées und sah sich die Aktienkurse an. Da legte sich eine Hand schwer auf seine Schulter:

»Die Kurse Ihrer Aktien sind zusammengefallen wie die Mauern von Jericho, Doktor! Ihre Papiere sind keinen Pfennig mehr wert!«

Der Doktor sah auf. Ein Gnom lachte ihm ins Gesicht.

»Was wollen Sie von mir?«

»Gestapo! Folgen Sie uns!«

In Mephistos Hand war die gelbe Karte des SD zu sehen.

»Was werfen Sie mir vor?«

»Das wirst du später erfahren, mein Freund.«

Der Zwerg lacht.

In der Avenue Montaigne hatte der Chef mit seinen dunklen Augen den Doktor lange gemustert.

»Der Einäugige ist uns entkommen, aber Sie haben wir in der Hand. Mir scheint, Sie sind mir einige interessante Erklärungen schuldig.«

Die Gesichtszüge des Doktors waren undurchdringlich geblieben.

»Du hast bestimmt schon von mir gehört. Man hat dir Horrorgeschichten über mich erzählt. Du hast Glück, dass ich heute gut gelaunt bin. Wir werden von Mann zu Mann reden. Der Doktor hatte ohne mit der Wimper zu zucken zugehört.

»Wann ist der Einäugige gegangen?«

»Am Abend vor Weihnachten«, hatte der Doktor mit rauer Stimme geantwortet.

»War er allein?«

»Er hatte eine Frau dabei.«

»Groß, blond, leicht hinkend?«

»Und eine echte Giftschlange. Sie wollte mit mir über den Preis verhandeln.«

»Das sieht der Belle Toinette ähnlich. Sie ist eine ehemalige Puffmutter. Über den Preis verhandeln, das ist typisch! Wo sind sie hin?«

»Nach Spanien.«

»Wo sind sie über die Grenze?«

»In Las Illas. Mehr verrate ich nicht. Ich habe keine Angst vor Schlägen.«

Nach kurzem Schweigen sagte er: »Ich glaube dir. Du hast keine Angst. Reden wirst du trotzdem. Die Namen der Schleuser? Die Strecke? Die Kontakte in Spanien?«

Auf die Fragen hatte er keine Antwort erhalten.

»Ich glaube, ich verliere langsam die Geduld. Soll sich doch die Gestapo mit dir herumschlagen! Alles in allem ist mir dein Fluchtnetzwerk egal. Egal ob es existiert oder nicht!« Abrupt war er verstummt. Es war ihm eine Idee gekommen. Und wenn es überhaupt keinen Fluchtweg gab? Eine leichte, kaum wahrnehmbare Bewegung. Ungewollt war der Doktor zusammengezuckt. Ein günstiger Moment, um ihn in die Enge zu treiben.

»Dein Fluchtweg ist also nur ein Hirngespinst«, merkte er an. »Eine reine Erfindung deinerseits. Das erklärt alles. Du beantwortest meine Fragen nicht, weil du sie nicht beantworten kannst.«

Er hatte den Doktor angesehen, dessen Augen waren fast so dunkel wie seine.

»Was hast du mit denen gemacht, die wegen eines Ortswechsels zu dir gekommen sind? Hast du sie kaltgemacht? Du riskierst nicht die Kugeln der Deutschen, sondern die brave Guillotine. Sollen wir zusammen einen Blick in deine Praxis in der Rue de Tilsitt werfen?« Daraufhin hatte der Doktor einen langen Seufzer von sich gegeben und war in sich zusammengesunken.

Monsieur Henri hatte sein schreckliches Geheimnis aufgedeckt.

Kapitel 20

Mein Wort ist hier Gesetz

»Wer hat die hier gültigen Gesetzestafeln geschrieben? Ich bin der Prophet! Ich bin das Gesetz! Ich bin der Staatsanwalt! Ich bin auch der Strafverteidiger! Auch der Richter bin ich! Der Vollstrecker des Urteils bin immer noch ich! Jede Gesellschaft hat ihre eigenen Gesetze. Jede Gesellschaft braucht Gesetze, sonst funktioniert sie nicht«, tobt er. »Schreib' dir das in deinen blöden Dickschädel hinein! Vor allem unser Unternehmen braucht Vorschriften. Hier bin ich das Gesetz. Und ich erwarte, dass dieses Gesetz respektiert wird! Wortwörtlich und blind!«

Die Wutausbrüche des Chefs waren stets heftig. Jeder in der Avenue Montaigne hatte eine Heidenangst davor. Der Zwerg stand mit feuerrotem Gesicht vor ihm und wirkte wie ein verlegener Schüler, der vom Lehrer auf frischer Tat ertappt worden war. In solchen Momenten musste man sich ruhig verhalten.

»Du hast das Gesetz gebrochen! Du hast dich mir gegenüber respektlos verhalten! Wie viel?«

Seine Stimme ist trocken und kalt. Es galt schnell und richtig zu antworten. Irrte man sich, wurde die Strafe für einen Gesetzesbruch von vornherein verdoppelt. Mit krachender Stimme verkündete er: »Doppelter Preis, du Hurensohn!«

Aber Mephisto kannte die Preise ganz genau und lag hier niemals falsch.

»Austausch von Schimpfwörtern, zweitausend Francs.«

»Und jetzt raus!«

Der Zwerg hatte Abel bei einer Pokerpartie provoziert. Ein völlig willkürliches Unterfangen.

Der Zwerg hatte sich aufgeregt, weil er verlor und war ausfällig geworden.

»Es würde mich nicht wundern, wenn du schummeln würdest!« hatte er Abel vorgeworfen.

»Bisher hat mich noch niemand als Falschspieler bezeichnet!«

Abel war aufgestanden, um Mephisto zu packen, doch der war ausgewichen. Die Sache wäre vermutlich schlecht ausgegangen, wenn der Chef nicht genau in diesem Moment einen Blick in den Wachraum geworfen hätte. Mit einem Blick hatte er die Situation erfasst und gebrüllt:

»Wer hat angefangen?«

»Ich«, hatte Mephisto mit schuldvollem Blick gestanden.

Er wusste genau, dass es gefährlich gewesen wäre, die Sache zu leugnen.

»In mein Büro, sofort!«

Der Zwerg würde auf der Stelle bestraft werden. Er warf Abel einen wütenden Blick zu und war schnell dem Chef gefolgt.

»Warte!«

Jetzt bleibt der Zwerg auf der Türschwelle zum Büro stehen.

»Du kommst mit einem blauen Auge davon. Ich hätte daraus den Versuch einer Schlägerei machen können.«

Für dieses Vergehen belief sich die Strafe auf fünftausend Francs.

»Bei dem Tempo, das du vorgibst, wird dir niemand die Trophäe streitig machen ... Hör verdammt nochmal auf, den Hanswurst zu spielen! Das ist alles ... Halt, noch eines: Ich an deiner Stelle würde mich formgerecht bei Achille entschuldigen!«

Mit einem Seufzer der Erleichterung schleicht der Zwerg wie ein geprügelter Hund davon. Der Chef geht ins Büro des Barons. Dort stapeln sich die Akten. An den Wänden stehen Ordner in Reih und Glied wie in einer Bibliothek. Das ist das Universum des Barons. Hier fühlt sich dieser gewissenhafte Mann wohl.

»Notiere eine Strafe von zweitausend Francs zu Lasten von Mephisto. Grund: Beleidigende Worte.«

Der Baron nimmt das persönliche Dossier des Zwergs zur Hand und nimmt in der Spalte »Disziplinarstrafen« den entsprechenden Vermerk vor.

»Sein Strafregister wiegt immer schwerer«, sagt er. 17.000 Francs in zehn Wochen! Er ist ein unrettbarer Wiederholungstäter.«

Der Chef sieht den Baron einen Moment lang starr und schweigend an. Wie alle Männer der Abteilung mit Ausnahme von Abel, hatte auch der Baron Angst vor dem Zwerg. Einzig in der Gegenwart des Chefs ließ er sich manchmal zu hinterhältigen Bemerkungen hinreißen. Doch dieses Mal wagt er nichts mehr hinzuzufügen. Das Schweigen des Chefs war nicht gerade ermutigend.

Dank des Systems der strengen Strafen für jeden Mangel an Disziplin hatte der Chef seine Männer in der Hand. Man muss dazusagen, dass die Strafen nie in Frage gestellt wurden. Natürlich gab es von Zeit zu Zeit sporadische Vorfälle wie die heutige Auseinandersetzung zwischen Mephisto und Abel.

Dennoch musste der Chef nicht oft zur Rute greifen. Schwere Vergehen wie beispielsweise Prügeleien mit und ohne Blut kamen selten vor. Hier musste der Schuldige mit einer Strafe von zehntausend bzw. siebentausend Francs rechnen.

Diese vom Baron eingeführten Strafen hatten sich als abschreckend und effizient erwiesen. Die Männer erhielten hohe Gehälter sowie verlockende Prämien. Aber sie fürchteten sich vor den Strafen, die automatisch bei der Auszahlung des Monatsgehalts abgezogen wurden. »Heute ist der Erste«, sagt der Baron und öffnet einen dicken Buchhaltungsordner. Er erstellte immer am letzten Tag eines Monats eine Bilanz und legte sie dem Chef vor. Er war organisiert, methodisch, ja sogar schulmeisterlich und hatte innerhalb der beiden Jahre, in denen er jetzt zur Bande gehörte, nicht ein einziges Mal seine Aufgabe vernachlässigt.

»Du würdest einen hervorragenden Buchhalter abgeben. Solltest du eines Tages den Beruf wechseln müssen, denk daran.«

Was die Organisation der Abteilung und die Führung von Registern anging suchte der Baron in der Tat seinesgleichen und war unersetzlich geworden. Er kümmerte sich um die Buchhaltung und war froh, mit den Zahlen jonglieren zu können.

»Das Monatsergebnis ist mehr als zufriedenstellend«, berichtet er. Neunzehn Millionen bei Hausdurchsuchungen. Eine Million zweihundertzehntausend Francs in Dollar und zwei Millionen siebenhundert siebenundsiebzigtausend Francs in Englischen Pfund. Elf Goldbarren, einhundertdreizehn Goldstücke, Ringe, Kette, Armbänder, Eheringe.«

Lasserre sieht sich die Auflistung an. Alle möglichen Kunstgegenstände, Gemälde, antike Sessel, kostbare Accessoires. In der Rubrik »Schmuck« waren vier Klammern, mehrere Diademe aus Gold, fünf mit Diamanten bestückte Broschen aufgeführt.

»Eine wunderbare Bilanz«, sagt er. Ich bin begeistert. Er wirft dem Baron einen flüchtigen Blick zu. »Ich befürchte nur, dass es uns nicht gelingen wird, diese ganzen Kostbarkeiten zu verschwenden.«

Der Baron zog ein Gesicht, denn Verschwendungssucht war ihm zuwider. Diese sarkastischen Bemerkungen des Chefs ärgerten ihn jedes Mal. Leider war dies ein Thema, dass der Chef immer wieder gerne aufgriff.

»Wieso sollten wir auch nur einen Centime sparen?«, fragt er ihn neckend. »Selbst der Liebe Gott weiß noch nicht, was uns die Zukunft bringt. Wenn ich an die ganze Knete denke, die aus unseren Kassen quillt, … Diese verfluchte Kohle, die uns nichts nutzen wird! Bei diesem Gedanken könnte ich verzweifeln. Heute Abend machen wir eine Riesensause. Wir beginnen im One Two Two.«

In diesem Etablissement, das seinen Namen seiner Lage in 122, Rue de Provence verdankte, war er Stammkunde.

»Sag mal, wie fühlst du dich bei dem Gedanken, diesen Schatz für nichts und wieder nichts zu horten? Bereitet dir der Gedanke, dies niemals nutzen zu können keine schlaflosen Nächte?«

»Nach dem Krieg werde ich keine Geldsorgen mehr haben«, antwortet der Baron gefasst.

»Nach dem Krieg … was nach dem Krieg ist, wissen wir nicht! Ich hasse illusorische Zukunftsprojekte. Ich lebe lieber in der Gegenwart. Ich habe in meiner verdammten Kindheit zu viel Zeit vergeudet. Darum stürze ich mich mit unersättlichem Appetit in alle Freuden. Weshalb machst du es nicht so wie ich?«

»Das ist nicht meine Art.«

»Na so was – du bringst mich zum Lachen. Nicht deine Art? Dann musst du deine schlaffe Natur eben zwingen! Damit sie feuriger wird! Hör mir gut zu: Du wirst dich ärgern, wenn du meine Ratschläge nicht ernst nimmst. Im Sarg wird jeder von uns allein sein!«

Der Baron glaubt, dass der Chef seine Rede beendet hat, doch er fährt fort.

»Hast nicht auch du eine riesige Rechnung offen? Du warst der beste Polizist des Landes … Der Minister hat dir gratuliert. Wie einen Weihnachtsbaum haben sie dich mit Preisen überschüttet, haben dich auf einen Sockel gehoben, sich vor dir niedergeworfen, sind dir in den Hintern gekrochen. Und dann tobte die Meute, jagte dich. Das Halali! Die Köter haben dich gebissen, wollten dich zerreißen, haben sich gegen dich gewendet und es ist ihnen gelungen, dich durch den Schmutz zu ziehen. Du wurdest deines Amtes enthoben, bekamst den Stempel der Niedertracht aufgedrückt, wurdest in den Knast geworfen. Dein Ehrgeiz wurde gebrochen. Sie haben dich durch den Schmutz gezogen.«

Mit gesenktem Kopf blickt der Baron in den geöffneten Buchhaltungsordner vor ihm.

»Du darfst nicht trauern, ich verlange von dir nicht, die Dinge so zu sehen, wie ich das tue. Du bist weiterhin frei in deinen Entscheidungen.«

»Es ist stärker als ich, ich kann mich nicht völlig ändern«, meint der Baron fast entschuldigend.

»Begleitest du mich heute Mittag auf die Rennbahn?«

»Natürlich komme ich mit.«

Eine Verweigerung hätte den Chef verärgern können, das wusste der Baron ganz genau.

Kapitel 21

Das Goldgewicht eines Marquis

Monsieur Henri geht zurück in sein Büro.

Er erwartet Albert Rey, der jeden Augenblick mit seiner Knollennase auftauchen würde. Rey ist ein ehemaliges Mitglied des Stadtrats von Paris. Er hat wirres Haar wie ein Dirigent, ist fett wie ein Schwein und feierte gerade seinen 60. Geburtstag. Bei den von Monsieur Henri organisierten Diners, Cocktailabenden und Empfängen ist er Stammgast.

»Ich werde als Dolmetscher für einen spanischen Marquis, José de Herreda eingesetzt. Die Deutschen haben ihn gestern verhaftet«, erzählt ihm Albert Rey einige Minuten später.

»Wo ist er eingesperrt?«

»Im Fort Montluc in Lyon.«

»Aus welchem Grund?«

»Ich weiß es nicht«, antwortet Rey freundlich lächelnd.

»Wahrscheinlich wegen Aktivitäten gegen die Deutschen. Spielt das eine Rolle?«

»Nicht wirklich.«

»Die spanische Regierung hat sich geweigert, den diplomatischen Weg einzuschlagen und ich wurde mit der inoffiziellen

Aufgabe beauftragt. In Madrid halten sie ein offizielles Eingreifen in Berlin für unangebracht.«

Aga Khan mit Gold aufwiegen ist möglich, denkt Monsieur Henri. Seine Untertanen haben es bewiesen. Und der Wiegevorgang entspricht einem großen Sack Gold. Welches Goldgewicht hat dann eigentlich ein Marquis? Da ein Marquis kein Aga ist, braucht man für das Aufwiegen eines Marquis keine Waage. Das Aufwiegen ohne Waage erfolgt nach Gutdünken.

»Ist dein Marquis betucht?«

»Aristokrat alter Abstammung. Er ist mit einigem Gold aufzuwiegen«, lacht Rey überhaupt nicht überrascht.

Er hatte eine solche Frage erwartet.

»Drei Millionen«, entscheidet Lasserre.

»Sie erhalten Sie noch heute«, verspricht ihm Rey sogleich. Bat man ihn darum zugunsten von angesehenen Bürgern oder Aristokraten zu intervenieren, verlangte Monsieur Henri für seine Dienste viel Geld. »Sie oder ihre Ahnen haben jedenfalls viel gestohlen, sonst wären sie nicht so reich«, pflegte er zu sagen. » Dass sie einen hohen Preis zahlen, ist nicht mehr als gerecht.«

Ging es jedoch darum, armen Menschen einen Dienst zu erweisen, verlangte er nichts. Manchmal sagte er lediglich:

»Schicken Sie mir ein paar Blumen.« Arme Menschen erinnerten ihn zu sehr an das Elend in seiner Jugend. Es wäre ihm nicht in den Sinn gekommen, sie auszubeuten.

Als Rey zwei Stunden später zurückkehrt, legt er lächelnd einen dicken braunen Umschlag auf den Schreibtisch des Chefs.

»So, Monsieur Henri, ich habe meinen Teil des Vertrags erledigt.«

»Ihnen sind wohl Flügel gewachsen, mein Freund. Ihr Auftrag ist sicherlich ein königlicher.«

»Nun sind Sie an der Reihe, Monsieur Henri.«

»Die Millionen des Marquis werde ich schnell verdient haben … In wenigen Minuten wird er wohlbehalten in Hendaye über die Grenze gehen.«

Er ruft in der Avenue Foch an.

»Wie geht es Ihnen, Oberst? Könnten Sie mir einen kleinen Dienst erweisen? Ein spanischer Marquis de Herreda, der in Lyon verhaftet wurde … Er ist ein Busenfreund Francos. Lassen Sie ihn laufen … Perfekt. Danke, Oberst.«

Er legt auf und dreht sich zu Rey um.

»Burghausen ist einverstanden. Wir brauchen einen Moment Geduld. Er wird zurückrufen. Wir können nur hoffen, dass Ihr Marquis von Hartmann noch nicht übel zugerichtet wurde. Der Chef der Gestapo in Lyon gilt als hartnäckig …«

Kaum zehn Minuten später klingelt das Telefon. Es ist Obersturmführer Klaus Hartmann selbst. Von seinem Büro in der École de Santé Militaire, Avenue Berthelot in Lyon aus bestätigt er, der Marquis werde unverzüglich freigelassen.

»Was sagen Sie jetzt, Albert?«, meint Henri mit ironischem Lächeln. »Ich arbeite sogar schneller als Sie, nicht wahr? Und auch ich habe einen astronomischen Stundenlohn …«

Kapitel 22

Ein sehr britischer Prix de Diane

Der Bentley fuhr entlang des Jardin des Tuileries in Richtung Place du Châtelet.

Zusammen mit dem Baron, dem Legionär und der Gräfin Di Lorenzi war er auf dem Weg nach Vincennes. Eines seiner drei Rennpferde, Scheherazade, nahm am Prix de Diane teil.

»Ich besitze zwar keinen Rennstall wie Boussac, aber ich habe Scheherazade und diese Rosinante ist eine wahre Perle.«

»Also wirklich, Henri, du setzt ganz schön viel Hoffnung auf dein Fohlen. Man könnte meinen, die Gäule wären dir wichtiger als die Frauen.«

»Weißt du weshalb?« sagte er und drehte sich zu Gräfin um. »Weil Pferde treu sind, Bella.« Der Baron mochte keine Pferde. Er fand sie dumm und hinterhältig. Daher begleitete er den Chef nur widerwillig. Er wollte sich nicht seinen Zorn zuziehen, wenn er mit einer Ausrede daherkommen würde.

»Vergiss nicht Lord Byron, den Star aus dem Rennstall Boussac.«

»Ja, der einzig würdige Gegner für Scheherazade.« Von Anfang an hatte Lord Byron drei Mal hintereinander den Prix de Diane gewonnen, der aus einer Strecke von 2.250 Metern bestand.

»Du kannst es wohl kaum erwarten, Henri«, sagt die Gräfin übermütig.

»Ich spüre, dass mir dieser Tag Glück bringen wird. Ich bin dir ewig dankbar, dass du mich in die Freuden des Reitens eingeführt hast, meine liebe Gräfin. Falls Scheherazade gewinnt, kaufe ich zwei andere Pferde. Um Boussac zu reizen!«

Das Schauspiel sollte jedoch eine völlig andere Wendung nehmen.

Heute Mittag stehen die Zeichen auf Herausforderung … Er wird dem Schicksal herausfordernd trotzen und mit Verachtung entgegentreten … Aber was, wenn sein Name ausgerechnet heute im Buch der Schicksale vermerkt wäre? Dann würde seine Kampfansage nichts bringen … In unserem Fall eher mit einem fürchterlichen Knall explodieren … Die Sirenen heulen, als sie über die Place de la Bastille fahren.

Der Alarm war zu spät ausgelöst worden. Die Flugzeuge, britische Lancaster-Maschinen sind bereits über der Stadt. Sie fliegen tief in dem wolkenlosen Himmel. Vom Boden aus sind sie leicht zu erkennen und man sieht sogar, wie jetzt Bombenhagel aus den Laderäumen fällt. Die Menschen rennen zu der nächstgelegenen Metrostation.

»Halt an, Kurt«, sagt er zum Legionär. »Wir steigen aus, Baron, du bringst Sophia in Sicherheit!«

Eilig packt der Baron Sophia am Arm und nimmt sie mit. Der Legionär möchte dem Baron folgen.

»Ich bleibe, ihre Knaller vertreiben mich nicht von hier.« Unter dem fragenden Blick von Kurt zuckt er nicht einmal mit der Wimper.

»Du kannst ruhig gehen«, sagt er.

Kurt bleibt. Schutzlos gehen sie ein paar Schritte vom Auto weg. Bomben explodieren in der Rue Saint-Antoine.

»Haben Sie keine Angst, Chef?«

Er nimmt ein Etui aus der Tasche und zündet sich eine Zigarre an. Seine Hände zittern nicht.

»Sollten wir nicht alle beide Angst vor dem haben, was uns erwartet?«, antwortet er rätselhaft. Sein Gesicht strahlt völlige Verachtung aus.

»Da habe ich schon ganz andere Dinge erlebt«, sagt der Legionär. »Dennoch muss ich zugeben, dass ich zittere.«

Er lächelt Kurt an, selbst als das Dach eines nahegelegenen Gebäudes in einem Höllenkrach birst. Die Männer bleiben trotz der Trümmer und Splitter, die es bis in hundert Metern Entfernung von ihnen auf die Straße regnet, regungslos stehen.

»Na ja, diese Engländer verfehlen ihr Ziel mit Schneid. Wie zum Teufel konnten sie ihr verdammtes Kolonialreich erobern?«

Er lacht und steckt Kurt damit an.

Eine Stunde später geht Lord Byron in Vincennes als Erster auf der Gerade.

»Schera«, ruft er, »lass dich nicht einkreisen!«

Scheherazade war ausgewichen, um durchzukommen und löste sich aus der Verfolgergruppe. War es zu spät? Sie nähert sich in einem Höllentempo. Doch der Pfosten ist bereits da! Nur wenige Sekunden zu früh!

»Was für ein herrliches Finish!«

Er ist in keiner Weise wegen der Niederlage seines Pferdes enttäuscht. Als Scheherazade mit ihrem Jockey Maurice Clement zum Auswiegen gebracht wird, geht er hin und streichelt leidenschaftlich ihren Hals.

»Du hast nicht verloren«, jubelt er, »das nächste Mal gewinnst du, da bin ich mir sicher!

Heute kann nichts mehr seine Freude trüben. Bomben trotzen, über das Schicksal lachen, den Begleitern ein Schauspiel bieten, über seinen eigenen Mut und seine Kaltblütigkeit staunen, was alles sollte ein Mann sonst noch an einem einzigen Mittag tun? fragt er sich.

»Du bist mein Bruder«, sagt er zum Legionär. »Gemeinsam haben wir dem Tod eines ausgewischt und die Solidarität von Todeskandidaten empfunden. Wären im ›Buch des Schicksals‹ unsere Namen auf den heutigen Tag eingetragen, so hätten wir jetzt schon unsere Verneigung vor Luzifer gemacht.« Bei den Worten des Chefs fühlt sich der Legionär plötzlich unwohl in seiner Haut. Er lacht auch, sein Lachen klingt ein bisschen gezwungen.

Kapitel 23

Girouette

Das Herbstlaub raschelt unter den Füßen des Armeniers. Es ist ein klarer und sonniger Morgen. Dennoch hegt er dunkle Gedanken, während er im Park seines Herrenhauses in Clichy umhergeht. Es betrifft nicht seine Geschäfte, die florieren wie eh und je. Doch vor einer halben Stunde war Mikla, sein jugoslawischer Gärtner mit bedrückter Miene zu ihm gekommen:

»Monsieur Joseph, ich wollte das zuerst wegwerfen, habe mich dann aber nicht getraut.«

»Zeig' mir, was dich so sehr durcheinander bringt.«

Er hatte das Flugblatt gelesen und sein Gesicht wurde ernst.

Unsere Heimat
Das Land der Mörder, Denunzianten, Verräter und Schwarzhändler

Unsere Heimat ist Mördern, Denunzianten, Verrätern und Schwarzhändlern in die Hände gefallen.
Wir werden sie jagen, die Mörder unserer Freunde, die Denunzianten unserer Brüder, die Verräter unseres Volkes, die Schwarzmarkthändler, die Blutsauger unseres Landes.

Der Verbrecher wurde zum Polizisten, der Glaubensmann zum Spitzel, der Schwarzmarkthändler zur Respektsperson!
Unter den abscheulichen Stiefeln des Boche und dessen blassen Anhängern wurden alle Werte auf den Kopf gestellt!
Die neuen Werte heißen: Mord, Denunzierung, Verrat, Entführung, Diebstahl, Plünderung ...
Die ganze Bandbreite der neuen Nazi-Ordnung.
Unser Land wurde zu einem Dschungel voller Raubtiere.
Wir werden die Räuber fortjagen.
Den heiligen Schwur haben wir geleistet. Unsere Heimat wird wieder erstehen!

Darunter eine mit roter Tinte handgeschriebene Anmerkung:

Wir werden Sie nicht vergessen,
falls Sie Ihre Pro-Deutschen Aktivitäten weiterführen!

Seine erste Eingebung war, das Flugblatt wütend zu zerreißen. Doch konnte er sich gerade noch zurückhalten, wollte er doch seine Reaktion vor Mikla verbergen. Seine Nerven liegen blank. Das Flugblatt der Résistance hat ihn mehr getroffen, als er dies im Beisein seines Gärtners zugeben wollte. Er hat feuchte Hände und die Gedanken überschlagen sich in seinem Kopf: Alles Zeichen einer starken Emotion. Es stand außer Frage – dieses infame Flugblatt war nicht zufällig an seinem Eingangsportal gelandet. Der handgeschriebene Zusatz schien dies zu beweisen. Sollte man diesen Vorfall auf die leichte Schulter nehmen? Bisher hatte er sich nicht um die Flugblätter der Widerstandsbewegung geschert. Was ist plötzlich mit mir los? Ich, der immer stolz verkündet hat, dass ich mich vor niemandem fürchte, sagt er sich. Er würde ihnen den Wind aus den Segeln nehmen. Eine Verhaltensweise ließ sich wie alles in dieser verdorbenen Welt kaufen. Nach dem Krieg würden sie ihm Medaillen der Résistance verleihen.

Girouette, gentille girouette …

Er hört den Wind.

Der Hahn dreht sich im schönen Federkleid. Aus der Ferne weht kein Lufthauch mehr. Trotz Hadern, Klagen, Bitten und Flehn, ist der Hahn eine tote Gans. Der Bordun, die grosse Glocke, läutet das Ende ein, die Turmspitze steht still. Aber es ist nicht zu verzagen. Schon hört er sanfte Brise, flau und mild, hört Sturmbö heftig, laut und wild. Der stolze Hahn bleibt niemals stehn, sondern darf sich auf der Turmspitze drehn. Die Girouette dreht sich bei allen Winden.

Die Entscheidung des Armeniers stand fest: Er würde sein Fähnchen nach dem Wind drehen!

Kapitel 24

Noche espaniola

Der schwarze Mercedes mit den deutschen Wappen fährt in Richtung Madrid.

»Olé«, jubelt Otto fröhlich. »Nun sind wir also auf gastfreundlichem, spanischem Boden angekommen. Eine Corrida würde mir gefallen! Ein Ausflug nach Spanien ohne Corrida ist undenkbar. Das wäre, als würde man Paris besichtigen, ohne Montmartre gesehen zu haben …«

»Was für ein komischer Vergleich, Otto!«, ruft Michel aus. Wenn du wenigstens gesagt hättest »Paris ohne Pigalle gesehen zu haben. Du denkst doch sonst immer nur an Mädels.«

»Ruhe, meine Freunde«, unterbricht Hans Hessler, der neben Mölendorf sitzt. »Wir sollten allen Dingen Rechnung tragen! Was hält ihr von einer Corrida mit Flamenco-Tänzerinnen?«

»Sehr gut, Hans«, stimmt Otto zu. »Du hättest Diplomat werden sollen.«

Wenn Hans Hessler lachte, sah er sehr jugendlich aus.

»In einer düsteren Botschaft Trübsal blasen … Was für ein Leidensweg!«, sagt er. »Karl, ich will schnellstens nach Madrid, drück das Gaspedal durch.«

Ottos Gedanken gehen zurück.

»Doktor Otto König, Reichsführer«, sagte der Mann im schwarzen Ledermantel vor einer Woche, als er ihn in den ersten Stock des Gestapo-Hauptsitzes in Berlin, Prinz Albrecht Straße 8, führte. Himmler hob seinen leicht zur Seite geneigten Kopf und sah von den Unterlagen auf, die er gerade las.

»Es ist gut, Keller, für heute können Sie freimachen.« Er nahm im Sessel gegenüber dem Reichsführer Platz.

»Otto, Sie haben außergewöhnliches Talent bewiesen. Ihr Einkaufsbüro war eine beispielhafte Organisation. Derzeit sind Ihre wirtschaftlichen Tätigkeiten wohl eingeschränkt. Daher können Sie sich mit der Ihnen eigenen Energie einer neuen Aufgabe widmen. Ich möchte Sie mit einer wichtigen Aufgabe betrauen. In Ihrer Seele waren Sie stets ein Spion, Otto, auch wenn die wirtschaftlichen Tätigkeiten den größten Teil Ihrer Zeit einnahmen.«

»Die Rückkehr zu meiner ersten Liebe«, meinte er. »Sprechen wir unter vier Augen. Der Krieg hat eine für das Reich ungünstige Wende erfahren. Es fällt uns immer schwerer, an unseren Sieg zu glauben. Und ich glaube auch nicht an Wunder. Das ist etwas für Kirchenmänner ... Es ist unsere Aufgabe, weiter hinauszublicken ... auf die Zeit nach Deutschlands Niederlage.«

Himmlers Augen wurden hinter seinem Zwicker klein.

»Wir müssen für das Überleben unserer Geheimdienste im Falle einer Niederlage sorgen«, fuhr Himmler nach einer Pause fort. »Hierfür müssen wir uns Devisen besorgen und Anlagen in neutralen Ländern wie Spanien und der Schweiz tätigen. Das ist eine geheime Reichssache. Diese Anlagen werden in strenger Rechtmäßigkeit erfolgen.«

Und so erhielt er von oberster Stelle, nämlich dem SS-Chef selbst, Anweisungen.

Am selben Tag war er auch zu Canaris bestellt worden.

»Sie waren mein bester Agent, Otto«, sagte der Admiral zu ihm. »Es ist also völlig normal, dass ich Sie in Beschlag nehme.«

»Ich begann schon einzurosten, Admiral.«

»Würde Ihnen die Bildung neuer Netzwerke zusagen?«

»Wo?«, wollte Otto mit regem Interesse wissen.

»Spanien und Portugal.«

»Ich wäre begeistert.«

»Zuerst gehen Sie nach Spanien. In unserer Botschaft in Madrid werden Ihnen Mittel zur Verfügung gestellt. Wenden Sie sich an den Berater Herzog.«

Als Hans Hessler von Ottos Mission in Spanien erfuhr, schlug er ihm vor, ihn zu begleiten.

»Wie könnte ich nein sagen«, hatte Otto halbherzig gemeint. Hessler hatte über Ottos spitzfindige Bemerkung gelacht. Otto hatte verstanden, dass der Reichsführer seine Überwachung angeordnet hatte.

»Kann Michel auch mitkommen?«

»Wenn Himmler nichts dagegen hat«, hatte Otto spöttisch geantwortet.

Für Michel kam die Reise nach Spanien gerade recht. Er würde das Terrain in Richtung Immobilieninvestitionen erkunden.

»Versuche, einen Teil deines Vermögens anzulegen«, hatte Hans gesagt. »Und soviel ich weiß, hast du keine Vorurteile gegenüber dem Caudillo!«

Das Land war neutral. Es würde noch eine Weile dauern, bis der Bürgerkrieg vergessen war. Franco regierte mit eiserner Faust. Das Terrain war sicher. Es würde so bald keine Änderung geben. Im besetzten Frankreich verschlechterte sich das Klima von Tag zu Tag, selbst an der Côte d'Azur.

Bei seiner letzten Reise in die Schweiz hatte Michel mehrere Hundert Millionen auf einem Nummernkonto bei einer Züricher Bank deponiert. Aber er wollte nicht alles auf eine Karte setzen. Falls die Alliierten demnächst das Bollwerk Europa angreifen und die Deutschen aus Frankreich verjagt würden, wären seine Immobiliengeschäfte ernsthaft in Gefahr. Wer weiß, was kommen würde? Michel hatte es für klug gehalten, sich nicht überraschen zu lassen.

»Du hast Recht, Hans«, hatte er Hessler geantwortet. »Mit Investitionen in Spanien habe ich einen hohen Trumpf in der Tasche. Meine Wundertüte ist noch nicht leer.«

Ach, wie sanft sind sie doch, die spanischen Nächte, und so voller Geheimnisse.

Kapitel 25

Ein maßgeschneiderter Sarg

»Wenn mir der Urheber dieses makabren Scherzes zwischen die Finger gerät …«

Der Satz bleibt unvollendet. Von seinen Augen, vor denen sich viele Menschen fürchten, sind nur noch zwei Schlitze zu sehen. Seiner Stimme ist die Wut anzuhören. Der plötzlich kreidebleiche Postbeamte der Gepäckaufbewahrung glaubt sich rechtfertigen zu müssen.

»Wissen Sie, Monsieur, mit der ganzen Unordnung, die hier herrscht … Ich kann mich wirklich nicht daran erinnern, wer diese Kiste gebracht hat. Mein Dienst hat erst um 14.00 Uhr begonnen.«

Er sieht den Mann an, der von blanker Angst ergriffen, den Blick senkt.

»Diese große Kiste hätte doch auffallen müssen… Es sei denn …

In der Kiste befindet sich ein großer Sarg. Vor allem das mit einem Nagel im Holz befestigte Begleitschreiben brachte den Chef in Rage.

*Sehr geehrter Herr Heinrich,
Da Sie der Sache in vielerlei Hinsicht gedient haben, möchten wir Ihnen als Dank dieses Geschenk schicken.
Wir sind uns sicher, dass es Ihnen gefallen wird und hoffen, dass es für Sie passt.
Bis bald, werter Herr.*

*Wir grüßen Sie mit dem Hitlergruß
Ihre Freunde, die oft an Sie denken*

Der Legionär neben dem Chef ballt die Fäuste vor Wut. Für ihn ist diese Sache ein persönlicher Affront. Das ähnelt überhaupt nicht diesem Colonel Renard, denkt Lasserre. Er ist niemand, der seine Zeit mit derlei Kinderkram vergeudet. Er hätte das Ganze abtun, sich keinen Deut darum scheren und ins Lächerliche ziehen können: »Sehr witzig, aber ganz schön knausrig! Sie hätten mir wenigstens eine Kiste mit Silbergriffen liefern können.« Stattdessen ballte sich seine Faust ob eines Wutanfalls, der sich erst nach seiner Rückkehr in die Avenue Montaigne auflöste. Dort fand er zu seinem üblichen Zynismus zurück: »Wenigstens werde ich entsprechend gewürdigt. Mir gebührt nicht nur einer dieser kleinen, schnell produzierten Ramschsärge, die einfach per Post verschickt werden. Was, wenn es für mich nur eine lächerliche Todesanzeige gegeben hätte? Mein Selbstwertgefühl ist somit befriedigt.«

Der Zwerg verkneift sich lieber jeglichen Kommentar.

Was wäre, wenn der Chef der Avenue Montaigne den Urheber dieses makabren Scherzes gefasst hätte? Dann hätte der Sarg, um den es hier geht, den Besitzer gewechselt. Und wäre post mortem genutzt worden, entsprechend dem allgemein üblichen Zweck. Zu seinem Glück hat sich der Schuldige aus dem Staub gemacht. Man hat ihn nicht gefunden.

Drei Tage später, Krisensitzung im Büro des Chefs.

Alle Altgedienten der Abteilung sind anwesend. Das Gesicht des Chefs ist undurchdringlich.

»Vor einer halben Stunde haben sie Kurt auf dem Boulevard Magenta erwischt«, verkündet er. Der Legionär war dem Maquis seit längerem aufgefallen. Seine offensichtlich antikommunistische Haltung hatte bunte Blüten getrieben. Widerstandskämpfer hatte er gnadenlos verfolgt und bei denjenigen, die er verhaftete, kannte er keine Gnade. Von allen Mitgliedern der Bande war nur der Zwerg noch wilder als er. Die Gemüter erhitzten sich und auf der Straße war Hass zu spüren.

»Ich erteile absolutes Verbot, alleine rauszugehen. Wir bewegen uns zu zweit wie Polizisten oder in Gruppen, wie die Deutschen. Fünftausend Francs Strafe bei Verstoß gegen diesen Erlass. Wir lassen uns nicht abschießen wie die Hasen!«

»Rache für Kurt«, schlägt Abel mit rauer Stimme vor. Er war von Anfang an von der Kaltblütigkeit des Legionärs beeindruckt gewesen und die beiden Männer hatten sich gut verstanden. Sie waren vom selben Kaliber.

»Ich bin auch für Vergeltung«, erklärt der Nizzaer.

Wie zu erwarten, stimmte auch Mephisto zu. Seine Augen strahlten mörderische Entschlossenheit aus. Kurt hatte er sich nicht gerade freundschaftlich verbunden gefühlt: Die beiden Männer waren mehr als einmal aneinandergeraten und der Zwerg hatte mehrere Strafen aufgebrummt bekommen.

»Ich muss über euren Vorschlag nachdenken.«

Er dachte nicht lange nach: Auf Terror musste man mit Terror antworten.

Am nächsten Abend läutet das Telefon bei Doktor Simonet in der Rue de Buci. Jeder wusste um die gaullistische Gesinnung des Arztes, der als einer der Chefs der Widerstandsbewegung galt.

»Doktor, kommen Sie schnell zu Madame Charvet«, sagt eine Stimme hektisch. »Ich glaube, sie hat einen Herzinfarkt.«

»Ich komme«, antwortet Simonet umgehend.

Er schnappt seinen Notfallkoffer und begibt sich eiligst zur Witwe Charvet, seit rund dreißig Jahren seine Patientin. Als er die ersten Treppenstufen zur Wohnung seiner Patientin erklimmt, tauchen zwei Männer aus der dunklen Nacht auf und geben mehrere Schüsse aus allernächster Nähe auf ihn ab. Der Arzt sackt tödlich getroffen zusammen. Seine rechte Hand umklammert den Abzug des Revolvers, der er immer bei sich trug, den er jedoch nicht mehr betätigen konnte. Achille Abel lässt ein Schild auf den Körper fallen: Hingerichtet von den Antiterroristen als Vergeltung für Attentate gegen die Kollaborateure.

»Kurt ist gerächt«, verkündet der Zwerg in der Avenue Montaigne.

Er hatte auf das Pflichtbewusstsein des Arztes gesetzt und war richtig gelegen.

Seine gemeine Strategie war aufgegangen.

Kapitel 26

Fällt sie …
fällt sie nicht, die Zarenkrone

Bei Tagesanbruch brannte Köln noch immer.

Mehr als 300 Hektar vollständig verwüstet, tausende zerstörte Häuser, die Eisenbahnververbindungen stark beschädigt. In der Nacht hatte die RAF erneut die Stadt mit über tausend Flugzeugen angegriffen. Die Luftoffensive des Bomber Command über dem Reich wurde immer heftiger. Die Stadt war schon über hundert Mal aus der Luft angegriffen worden. Als die Bombardierungen zugenommen hatten, hatte Hans Hessler seine Eltern gebeten, aufs Land zu ziehen, fernab von den großen Industriezentren. Sein Vater hatte ihn traurig mit entschlossenem Blick angesehen:

»Ich bin hier geboren. Hier habe ich immer Literatur gelehrt. Verlasse ich diese Stadt, bin ich ein Deserteur. Ich könnte mich nie mehr im Spiegel anschauen.«

Nachdem Hans erfahren hatte, dass seine Eltern tot aus den Trümmern geborgen worden waren, hatte er organisiert, dass er mit einer Junker 88 der Luftwaffe nach Deutschland gebracht wurde. Zufällig war der Zar auch nicht in Paris. Diese gleichzeitige Abwesenheit des Zaren und seines SS-Beschützers ist der Grund für das, was passieren sollte.

Hauptmann Steinheimer, Chef der Sektion V der Gestapo und mit der Niederschlagung des Schwarzmarktes betraut, stimmt in seinem Büro den Worten von Oberst Burghausen zu.

»Eine solche Chance wird nicht wiederkehren, sie ist einmalig. Wir müssen sie nur ergreifen«, sagt der Gestapo-Chef. Auf Steinheimers Gesicht ist ein hämisches Grinsen zu sehen.

»Der SS eins auszuwischen, gefällt mir.«

»Hessler fertigmachen«, stellt Burghausen klar.

»Genau« sagt Steinheimer.

Er hatte für Hans Hessler nichts übrig und machte aus seinen Gefühlen keinen Hehl.

»Der liebe Hans liebt zu sehr den Prunk. Ich bin empört, wie sehr er am Hintern dieses Widerlings von einem Zaren hängt. Man könnte glauben, sie seien siamesische Zwillinge. Diese ständigen Festlichkeiten, ihre Eskapaden in den Süden, die herrschaftlichen Schlösser, in denen sie wie Satrapen mit ihren Höflingen leben – das alles sind mir Dornen in den Augen.«

»Sie meinen wohl eher Balken«, merkt Burghausen an.

Der Gestapo-Chef, der selbst im besetzten Frankreich nicht schlecht lebte, war neidisch auf Hans Hessler. Und er ist nicht der Einzige. Hans hatte unter seinen Landsleuten nicht nur Freunde. Viele fürchteten sich vor ihm, weil er für ihren Geschmack zu viel Macht besaß. Verstand er sich nicht ausgesprochen gut mit Himmler? Und war er nicht ein enger Freund von General Oberg, dem obersten Chef der SS und der Polizei? Das alles führte zu hartnäckigem Groll. Es gab sehr viele, die es gerne sähen, wenn Hans Hessler von seinem Podest gestoßen würde. Daher wurde bei der Gestapo der Beschluss gefasst, den beiden Kumpels einen Tiefschlag zu verpassen.

»Der Zar ist Hesslers Achillesferse«, sagt Burghausen. »Ihn treffen wir über diesen Schwarzmarkthändler. Dieser Zar stolziert seit Jahren ungestraft hier herum, treibt äußerst unverschämt alle möglichen Arten von Handel, das alles vor unseren Augen und mit sehr viel Arroganz. Ich gebe Ihnen grünes Licht.«

»Monsieur Michel ist eine harte Nuss«, sagt Steinheimer.

»Ein Problem wie das unsere läuft Gefahr, eine knifflige Angelegenheit zu werden.«

»Sie haben völlige Deckung«, versichert ihm der Gestapo-Chef.

Ist nun die Zeit gekommen, Monsieur Michel zu vernichten? Würde er Hans Hessler mit sich reißen?

Als der Gestapo-Chef Steinheimers Büro verlässt, spielt ein Lächeln um seine Lippen. Was ist sie wert, die im Schlamm versunkene Krone, die Zarenkrone von ganz Russland? Lenin wollte sie nicht haben. Für ihn war sie keinen Pfifferling wert. Aber lässt sie sich nicht wenigstens mit ihrem Goldgewicht aufwiegen?

Wie dem auch sei, der Armenier würde sich nicht bitten lassen, um sie zu ergattern.

Um sich selbst zu krönen. Wie Bonaparte.

Kapitel 27

Die Beschlüsse des SS-Reichsführers

Michel hat keine Ahnung, was sich da gegen ihn zusammenbraut.

Er fährt zurück nach Paris und wird vor dem Hotel Ritz von einer Mannschaft der Gestapo unter Leitung von Hauptmann Steinheimer verhaftet.

»Ich verhafte Sie«, sagt Steinheimer und muss sich dazu zwingen, seine Befriedigung angesichts dieser Maßnahme nicht zu zeigen.

»Was soll das heißen, mich verhaften?«, will Michel verblüfft wissen. »Wofür?«

»Illegaler Handel.«

»Ich hoffe, Sie wissen, was Sie tun. Ich habe viel Einfluss.«

»Ist das eine Drohung?«

»Nein, einfach nur eine Klarstellung«, lautet Michels Antwort.

Steinheimer lacht schmutzig.

In seinem Leben als Abenteurer hat Michel ganz andere Dinge erlebt. Lässig steckt er die Hände in die Tasche. Sie zittern. Nicht die Angst versetzt Michel in diesen Zustand, sondern das brutale Bewusstsein, dass man seine Macht mit Füßen tritt. Handelt dieser Deutsche auf eigene Initiative? Nein, dazu ist er sich zu sicher! Oder ist das nur reine Fassade? Von wem geht dieser Haftbefehl aus? Aus welchem Grund führt die Gestapo diese Aktion gegen ihn aus?

Michel versucht dies im Auto, das ihn zur Avenue Foch bringt, zu verstehen. Gewiss, die Deutschen hatten die Maßnahmen zur Unterdrückung des Schwarzmarktes verstärkt. Also gingen sie auch gegen ihn vor. Diese Erklärung verwirft er jedoch sofort. »Illegaler Handel« hatte Steinheimer gesagt. Das war sicherlich nur eine Ausflucht. Dahinter muss sich ein anderer Grund verbergen. Und Hans ist in Köln und würde erst in ein paar Tagen zurückkehren. Wehe dem, der allein ist. Sie nutzen dies aus, um mich in Grund und Boden zu verdammen. Und was, wenn auch die SS darin verwickelt war?

»Sagen Sie, wieso tragen Sie nicht den gelben Stern?«, will Steinheimer wissen und beginnt mit seiner Befragung.

»Weil ich davon ausgeschlossen bin, stellen Sie sich vor!«

»Aha! Sie gehören also zu diesen seltenen Vögeln, die eine Ausnahmeregelung erhalten haben? Von wegen! Auch für Sie gilt das Tragen dieses Zeichens. Ein Stern mit sechs Zacken und schwarzen Konturen, handtellergroß«, fuhr Steinheimer mit boshaftem Blick fort. »Aus gelbem Stoff und der schwarzen Inschrift Jude. Der Stern ist sichtbar auf der linken Seite der Brust, fest auf das Kleidungsstück genäht zu tragen …« Michels Gesicht wirkt wie versteinert. Steinheimer ist entschlossen, mit dem Messer in der Wunde zu wühlen.

»Sie sind ein noch viel seltenerer Vogel als ich dachte. Sie sind der einzige Jude, der den Wortlaut der achten Verordnung der Wehrmachtsführung in Frankreich vom 29. Mai 1942 missachtet! Für Sie, wie auch für alle Ihre Glaubensbrüder ist es verboten, Restaurants und Cafés zu besuchen. Wie viele Male haben Sie seit Inkrafttreten dieser Maßnahme im Maxim's gefeiert? Ich wette, Sie wissen es noch nicht einmal.«

»Wieso macht es Ihnen so viel Spaß, einige meiner Privilegien aufzuzählen?«

»Ihre Privilegien? Von wegen! Eher Ihre Vergehen gegen das deutsche Gesetz«, antwortet Steinheimer.

In Fresnes wird Michel in einen Wachraum geführt, brutal durchsucht und dann in Handschellen von bewaffneten deutschen Soldaten in eine Zelle gebracht.

Steinheimer, der ihn persönlich abliefern wollte, fährt zurück zum Sitz der Gestapo und sagt zu seinen Männern, die auf ihn gewartet haben:

»Los geht's, Phase zwei der Operation Z wie Zar.«

Sie fahren nach Marly-le-Roy. Als sich die Männer von der Gestapo im Schloss vorstellen, schreit Karin bissig:

»Das ist unerhört! Sie müssen sich in der Tür irren!«

»Sind Sie Karin Sommer?«

»Ich werde Ihnen schon beibringen, wer ich bin!«

»Mäßigen Sie sich im Ton, sonst lege ich Ihnen Handschellen an!«

»Bisher hat es niemand gewagt, mich so zu behandeln. Ich muss nur beim Gestapo-Chef anrufen!«

»Soso! Sie verkennen die Situation total.«

»Das wir Ihnen den Kopf kosten!«

»Sind Sie sich sicher, dass es nicht Ihrer sein wird, der bereits bedenklich wackelt?« Steinheimer bleibt ungerührt. Angesichts dieser Antwort gerät Karin vor Wut außer sich.

»Du meine Güte, Sie sind ja völlig verrückt! Ich rufe sofort meinen Mann an.«

»Ich nehme an, Sie sprechen von diesem Juden namens Zacharoff. Ich bezweifle, dass er Ihnen behilflich sein kann …«

Karin schnürt es die Kehle zu. Sie stellt sich das Schlimmste vor.

»Ist mit Michel etwas passiert?«

»Na ja, es ist so, dass er im Gefängnis von Fresnes keine Anrufe erhalten kann.«

»In Fresnes?«

»Dort ist er inhaftiert.«

»Weshalb?«

»Wieso sollte ich es Ihnen verheimlichen? Schließlich sind Sie seine Komplizin! Schwarzhandel.«

»Ich wette mit Ihnen, dass er innerhalb von 24 Stunden entlassen wird.«

»Wette angenommen.«

»Und dann möchte ich nicht in Ihrer Haut stecken!«

»Hiermit verhafte ich Sie, so wie alle, die bei Ihnen sind«, erwidert Steinheimer.

Die Männer der Gestapo dringen in das Schloss ein und durchsuchen es von oben bis unten, während Karin einen Nervenzusammenbruch erleidet.

Als Hessler von den Verhaftungen erfährt, kehrt er zwei Tage früher als geplant nach Paris zurück. Eiligst geht er in die Avenue Foch, um die sofortige Freilassung von Michel und Karin zu erwirken. Steinheimer erteilt ihm eine unmissverständliche Abfuhr. Daraufhin geht Hessler zum Gestapo-Chef. Auch bei Burghausen stößt sein Ansinnen auf taube Ohren.

»Was ist denn plötzlich in Sie alle gefahren?« will Hessler in scharfem Ton wissen.

»Diese stadtbekannten Schwarzmarkthändler …«

»Ich dachte, Michel sei Ihr Freund«, unterbricht ihn Hessler.

»So oft, wie Sie bei ihm als Gast am Tisch sitzen!«

»Nicht so oft wie Sie«, erwidert Burghausen.

»Unterdrückung des Schwarzmarktes? Zum Totlachen! Lassen Sie Michel sofort frei!«

»Kommt nicht in Frage!«

»Diese Angelegenheit wird schwerwiegende Folgen haben!«

»Fragt sich nur, für wen«, sagt Burghausen sichtlich unbeeindruckt. »Ich bleibe bei meiner Entscheidung. Es steht Ihnen frei, die Maßnahmen zu ergreifen, die Sie für richtig halten!« Wütend geht Hessler und schlägt die Tür zu.

An den darauffolgenden Tagen unternimmt er weitere Schritte. Die Angelegenheit Zacharoff droht zu einem offenen Konflikt zwischen SS und Gestapo zu werden. Mit einem komischen Einsatz im Spiel: Das Schicksal von Monsieur Michel. Doch Hessler handelt nicht nur aus Freundschaft zu Michel. Er hat verstanden, dass er durch Michel selbst zur Zielscheibe wurde. Das Ganze war voller Fallstricke. Wenn Michel erst am Boden wäre, würden seine Feinde im Anschluss versuchen, ihn selbst zu Fall zu bringen. Es galt also Michel aus den Fängen der Gestapo zu befreien. Um jeden Preis! Hessler setzt Himmel und Hölle in Bewegung. Vergeblich. Bei der Gestapo bleibt man unerbittlich.

Daraufhin bittet er Oberg um Unterstützung. Dieser entzieht sich dem nicht und spricht persönlich bei Burghausen vor. Doch auch er erhält eine freundliche, jedoch unmissverständliche Abfuhr. Hier geht es offensichtlich um das Schießen auf Ziele, denkt Hans. Ich sollte allerdings wissen, was für Ziele. Das Problem ist, dass es echte und falsche Ziele gibt. Falsche Ziele als Bauernfängerei. Was das Schießen auf Zielscheiben noch verkompliziert ist die Tatsache, dass es durchaus sichtbare Ziele geben kann. Ziele, die jedoch nur den Anschein einer Zielscheibe haben. Die entgegen dem, wie es aussieht, in Wirklichkeit keine Zielscheiben sind. Die nur Attrappen sind. Und manchmal versteckt sich das richtige Ziel hinter dem sichtbaren Ziel. Kann es sein, dass ich selbst das Ziel bin und Michael nur eine Attrappe ist?

Erst eine Woche später findet das zähe Ringen ein Ende. Hessler hat sich in seiner Verzweiflung an den ReichsführerSS gewandt, der das letzte Wort hat. Karin und Michel kommen mit einem blauen Auge davon und werden aus der Haft entlassen.

»Diese Tage in der Hölle haben mich nachdenklich gemacht«, meint Michel zu Hans. Eines habe ich gelernt: Nie wieder unterliege ich der Illusion, in Sicherheit zu sein.«

Er hat sich geschworen, ab nun ständig auf der Hut zu sein. Sicherlich würden ihm auch in der Zukunft Fallen gestellt werden!

Hessler selbst glaubte den eisigkalten russischen Winterwind im Rücken zu spüren. Ohne die alte Freundschaft mit Himmler …

Gleich nach der Freilassung des Zaren telefoniert Burghausen mit einem Mann, der im Verborgenen ungeduldig die Vorgänge rund um diese Angelegenheit verfolgte.

»Ich habe den Zaren freigelassen.«

»Auf wessen Befehl?«, will der Angerufene wissen.

»Himmler selbst.«

»Na ja, da blieb nichts anderes übrig, als sich zu beugen«, seufzt Monsieur Joseph resigniert.

»Die Beschlüsse des Reichsführers SS sind unwiderruflich.«

Kapitel 28

Pollice verso

»Schuldig!«

Das Wort, das der Chef gerade völlig gleichgültig ausgesprochen hat, hallt in seinem Mund schrecklich nach. Sein gelassener Gesichtsausdruck ändert sich nicht, wenn er den Daumen nach unten dreht. Dieselbe unwiderrufliche Geste, mit der römische Kaiser besiegte Gladiatoren in den Arenen zum Tode verurteilten.

Für die Urteilssprüche von Monsieur Henri gibt es keinerlei Gnadengesuche. Für ihn zählt das Leben anderer nicht. Das hat er soeben bewiesen. Auch sein eigenes Leben zählt nicht mehr. Bei der Bombardierung des Bastille-Viertels hat er auch dies eindrücklich bewiesen.

»Ein Kriegsgericht in einem Rolls, das ist ja etwas ganz Neues«, sagt der Nizzaer am Steuer des gepanzerten Fahrzeugs.

»Das Kriegsgericht der Widerstandsbewegung verpflichtet jeden patriotischen Franzosen dazu, das Urteil auszuführen und den Verurteilten zu suchen, egal, wo er sich befindet. So drücken sie sich aus«, sagt Lasserre. »Ich könnte dies genauso tun. Jedem französischen Kollaborateur befehlen, das Urteil auszuführen. Ich hasse diese hochtrabenden Sprüche. In meinem Leben habe ich jetzt schon alles getan, habe sämtliche Rollen gespielt: Gauner, Polizist, Richter und Scharfrichter! Wenn ich bedenke, dass mir derjenige, den ich gerade verurteilt habe alles verdankt! Ich habe Antoine De Leca 1941 aus Fresnes rausgeholt. Er hat mir Treue geschworen. In den letzten beiden Jahren gab es keinerlei Ärger … (Er seufzt) Jetzt, wo die Sache brenzlig wird, fallen die Masken. Die Menschen enthüllen ihr wahres Gesicht. Selbst einige meiner Männer. Schade, dass er mit Sack und Pack verschwunden ist!«

»Und mit meinen 45.000 Francs!«, fügt der Nizzaer hinzu. De Leca hatte die Frechheit besessen, sich am Geld des Nizzaers zu vergreifen.

»Du hast sie in deiner Jackentasche gelassen, mein Freund. Gelegenheit macht Diebe«, sagt Abel.

»Ich hatte Vertrauen …«, grummelt der Nizzaer.

»Alles hat einmal einen Anfang. De Leca war ganz schön dreist.«

»Er handelte eiskalt und mit Zynismus, denn er wusste, was die Verräter für ein Schicksal erwartet«, schaltet sich der Chef ein. Er hat mich verraten und damit den irreparablen Fehler begangen.«

Verräter fanden in den Augen des Chefs niemals Gnade. Für sie fällt das unerbittliche Urteil wie ein Fallbeil.

»Wer mich verrät, weiß was ihn erwartet«, so sein üblicher Ausspruch.

»Organisieren wir eine Treibjagd?«, will der Nizzaer wissen.

»Das ist nicht nötig. Aber wenn De Leca einem von euch über den Weg läuft, weiß er, was er zu tun hat.«

Damit überließ er alles dem Zufall und dem Schicksal. Der zum Tode Verurteilte hatte eine Überlebenschance. Sein künftiges Los hing noch teilweise von ihm selbst ab. War er gerissen genug, um aus Paris zu fliehen und sich im Maquis zu verstecken, erhöhte das seine Chancen. Blieb er in der Stadt, forderte er das Schicksal heraus. Er würde nicht mehr an De Leca denken bis zu dem Moment, an dem ihm einer seiner Männer dessen Hinrichtung bekanntgeben würde.

Kapitel 29

Schonfrist

Es wird mir immer ein Rätsel bleiben, denkt der Baron an diesem Morgen, als er Monsieur Henri beim Durchsehen der Unterlagen zusieht, die er ihm soeben gegeben hat. Was würde der Chef entscheiden? Das war unmöglich vorherzusehen! Und sein Prinzip war, eine Entscheidung niemals zurückzunehmen. Sprach man ihn erneut wegen einer bereits verurteilten Sache an, riskierte man einen heftigen Wutausbruch. Der Baron erinnerte sich an den Tag, als ein Bittsteller versucht hatte, erneut über eine Verweigerung zu sprechen. »Halts Maul, du Blödmann!«, hatte der Chef getobt. »Du bist gestrichen, verschwinde! Der Zwerg wird dich hinausprügeln, falls du noch einmal versuchst, deine Füße hier hereinzubringen!« Lemoine war durch seinen Leichtsinn in Ungnade gefallen, obwohl er monatelang ein Dauergast bei den Festen des Chefs war. Eiligst hatte er sich, vergebliche Entschuldigungen stammelnd, zurückgezogen.

Der Baron bleibt in Wartestellung. Was würde siegen?

Die Seele des guten Samariters oder die des Folterknechts? Seit langem gab sich der Baron keinen Prognosen mehr hin und hatte es aufgegeben, die geheimen Beweggründe der Urteilssprüche des Chefs zu erkunden.

War es die Hoffnung, sich für das Verhalten zu rehabilitieren? Der Chef hatte jedoch die ausgestreckte Hand von Colonel Renard zurückgewiesen.

»Er wollte mich bekehren«, hatte er gesagt. »Verdammt, mich kann man doch nicht kaufen!«

Eine unbegründete Geste, eine rein willkürliche Entscheidung? Der Baron schließt diese Erklärung nicht aus. Oder gar die Liebe für eine noble Geste? Vielleicht ... Dem Chef war ein derartiges Handeln zuzutrauen. Als würde man sein Schicksal mit Würfeln bestimmen. Der Wunsch, seine Macht auszuspielen? War dieser Beweggrund, wenn auch plausibel, nicht zu einfach?

Oder gab es einen anderen, subtileren Grund? Und was, wenn sein Verhalten nur eine der zahlreichen Facetten seiner Rache an denjenigen wäre, die ihn vor 1940 zurückgewiesen hatten? Handelte er aufgrund einer irrationalen Eingebung, ohne sein Verhalten selbst erklären zu können? Der Baron hat das Gefühl, völlig zu schwimmen. Der Chef unterbricht die Gedankengänge des Barons.

»Er hatte eine goldene Jugend. Den einen Löffel aus Gold, den anderen die Mülltonnen. Alles in allem ist es nicht jedem gegeben, einen Staranwalt zum Vater zu haben. Ein reicher Sohn, Einzelkind, die École polytechnique. Und dennoch hängt heute alles von mir allein ab, denn er ist zur Hinrichtung in einem Gefängnis in Köln verurteilt. Die Deutschen haben selbst seinen Patriotismus gewürdigt. Der Kerl hat Eier in den Hosen, das gefällt mir. Er hatte nicht gerade Glück, als er den Deutschen in die Hände fiel, oder?«

Er schließt das Dossier und gibt es dem Baron.

»Antrag stattgegeben«, beschließt er. »Ich rufe Burghausen an. Er soll die Gnade des Verurteilten erfahren, der unversehrt aus dem Krieg zurückkehrt.«

Kapitel 30

Beerdigungen sind schwarz

Heute kann nichts die hervorragende Laune von Monsieur Henri trüben. Weder der trübe Oktoberhimmel noch die Beerdigung, an der er teilnimmt.

Am Boulevard Montmartre wird die Fassade des Gebäudes des Cri du Peuple von einem riesigen Trauerflor geschmückt. Sie sind etwas vor der offiziell für die Beerdigung von Maurice Fabre, dem Chefredakteur der Tageszeitung, vereinbarten Zeit. Er war von der Résistance umgebracht worden. Der Leichenzug setzt sich zusammen.

Monsieur Henri, flankiert von Abel und dem Nizzaer, würde das Sterbebuch unterzeichnen. Während die Augen seiner Begleiter stets die Umgebung absuchen – seit dem Attentat, dem Kurt Kranz zum Opfer fiel, fühlten sie sich nirgendwo mehr sicher – schüttelt der Chef Hände. Die von Paul Bucard, dem Vorsitzenden des Presseverbands, die von Hubert Lascombier, Leiter von *Paris-Soir*, die von Marcel Déat, Direktor der Zeitung *L'OEuvre*, die des Kommandanten Berson, Vorsitzender des bolschewistischen Komitees, die von Jean-Marc Renaudin, Chefredakteur von *La Gerbe*. Er kannte sie alle, weil sie zu seinen Empfängen strömten.

»Welch ein großer Glücksfall für unsere Terroristen«, sagt er lachend. »Hier könnten sie jetzt eine echte Glanzleistung vollbringen. Ins Schwarze treffen ... Und wieviel bösartige Wespen mit einem Schlage ... Das wäre ein schönes Blutbad.« Nach einer kurzen Pause fährt er in zweideutigem Tonfall fort:

»Ja, sie würden uns alle gleichbehandeln.«

Wären sie bei einem Sieg der Alliierten alle gleichermaßen schuldig? Würden alle dasselbe Schicksal erfahren? Anders kann er es sich nicht erklären.

Der Eingang zur Redaktion ist ein einziges Blumenmeer mit zahlreichen Gebinden, Kränzen aus Rosen, stets in den Farben Frankreichs, mit der Francisque geschmückte Kissen, von den verschiedenen Innungen gestiftet. Der große Saal des Cri du Peuple ist in eine Leichenhalle umgestaltet worden. Eine Ehrengarde der Milizionäre erweist Maurice Fabre die letzte Ehre. Um 15.00 Uhr wird der Sarg auf einen Leichenwagen gehoben.

Langsam setzt sich der Leichenzug in Bewegung. Ganz vorne die Wagen mit dem Blumenschmuck. Eine Abordnung des Ordnungsdienstes der französischen Volkspartei in Uniform geht vor dem Leichenwagen, die Witwe Fabres, sein Sohn und seine Tochter, der Vorsitzende des PPF und das gesamte Politbüro, öffentliche Persönlichkeiten, die Redaktionsmitarbeiter der Zeitung, die Delegationen, die Volksjugend, die Freunde des Verstorbenen.

Der Sarg wird auf dem Platz des Petits-Pères auf einem extra errichteten Katafalk abgestellt. Nun beginnt die Parade der Anwesenden.

»Seltsam«, sagt er zu Abel, »bei solchen Beerdigungen habe ich immer große Lust zu essen und mir den Bauch vollzuschlagen.«

Diese Politiker langweilten ihn schon immer. Diejenigen, die dort drüben steif hinter ihren Vorgesetzten standen, mit feierlicher Miene und ausgestrecktem Arm grüßten, während die Menge am Katafalk vorbeizog. Während der Rede von Doriot ist auf seinem Gesicht ein ironischer Ausdruck zu lesen. Selbst Doriot würde es nicht gelingen, seine gute Laune zu verderben.

»Fabre starb als Soldat im Kampf für eine Sache, für die er ohne zu zögern sein Leben geopfert hat. Von der Beisetzung eines auf dem Feld der Ehre gefallenen Soldaten geht eine symbolische Bedeutung aus: Die Hoffnung und der Glaube an eine bessere Zukunft. Jedes Mal, wenn ein Kamerad von gemeinen Mördern umgebracht wird, schreit das vergossene Blut nach Vergeltung. Der Hauch der Rache erfüllt den Geist, dann vergeht die Zeit und der Schrei nach Rache wird leiser und läuft Gefahr, nicht gehört zu werden. Somit würde man die Erinnerung an unseren Kameraden verraten. Den Feinden unseres Landes, die für Moskau arbeiten, gelingt es nicht, uns zu terrorisieren oder uns niederzuschlagen. Kein Verbrechen bleibt mehr ungesühnt. Verbrechen bringen uns nicht zu Fall, sondern sind unsere Antriebskraft.«

Worte, Worte, nichts als Worte, eine Flut weitschweifender Worte, die in seinen Ohren leer klingen, geschwollene Reden, Floskeln, für die er keinerlei Verständnis hat. Reicht ein Schlag mit dem Zauberstab aus? Man könnte es glauben. Ein einziges Wort ist ja nur zu ändern. Und man befindet sich in Berlin oder in Moskau!

»He Jungs, habt ihr bemerkt, dass der Chef nur ein einziges Wort austauschen muss, um umzuschwenken: Moskau wird durch Berlin ersetzt«, brummt er zu seinen Begleitern.

Sein eigener Kampf war viel persönlicher. Er ist nicht der Mann, der sich in den Ehrenmantel der einen oder anderen

Seite hüllte. In Wirklichkeit kämpfte er weiterhin denselben Kampf wie in seiner Jugend – der einsame Kampf eines hungrigen Wolfes. »Legionäre, Söldner, Männer ohne Ideologie, das sind wir alle«, hatte Abel einmal beim Verhör eines Widerstandskämpfers gesagt. »Wir verkaufen uns an den Meistbietenden. So ist das, und es sieht so aus, als wäre der Boche derjenige der am meisten zahlt.« Diese Worte brachten gut die Gesinnung der Bandenmitglieder auf den Punkt. Und seine auch. Für sie blieben das Geld und die Macht, die ihnen die Zusammenarbeit mit den Deutschen bescherte.

»Es gibt viele Dinge, die ich hasse«, sagt er, als sie die Place des Petits-Pères verlassen. »Unter anderem diese Beerdigungen mit langweiligen Reden.«

Es herrscht Stille, eine Todesstille, die angesichts der gegebenen Umstände angebracht ist, bevor er in schlimmer Vorahnung fortfährt.

»Bei mir wird es keine pompöse Beerdigung geben, dem Teufel sei Dank! Wenn es so weit ist, werde ich nichts bereuen. Außer einer Sache: Es wird eine Beerdigung ohne Blumen und Kränze sein.«

Amüsiert sieht der Nizzaer den Chef an.

Stutzig runzelt Abel die Stirn. Sentimentalität ist ihm ein Graus, diese erkennt er jedoch manchmal bei Henri.

Kapitel 31

Die am Busen genährte Schlange

Die Deutschen hatten von der Adresse in der Rue de Tilsitt keinen Wind bekommen.

Einer der Schlepper von Doktor Pierre war von den Inspektoren der Polizeipräfektur verhaftet worden und hatte den Kopf verloren. Er hatte durchblicken lassen, dass der Doktor ein Mörder war, der seine Opfer verschwinden ließ.

Aber Monsieur Henri hatte sofort folgende Anweisung erteilt: *Docteur Pierre ist mein Freund. Ich lasse nicht zu, dass ihm auch nur ein Haar gekrümmt wird. Er ist tabu. Derjenige, der das Gesetz des Schweigens bricht, wird mein eigenes Gesetz zu spüren bekommen.*

Der Bericht der Polizeipräfektur wurde auf Befehl von Monsieur Henri vernichtet. Keiner hatte Lust, sich die Finger schmutzig zu machen. Jeder fürchtete sich davor, sich den Zorn des Chefs der Carlingue der Rue Montaigne zuzuziehen. In der rund um den Doktor errichteten Schweigemauer würde es keinen Riss geben. Werner Koch hatte sich in der Rue des Saussaies wie ein Wahnsinniger aufgeführt, wollte er doch um jeden Preis das Treiben des Doktors ans Licht bringen.

Wir lassen dich nicht fallen, du gehörst zu uns. Wir holen dich aus diesem Wespennest heraus, in das du hineingeraten bist. Unter einer einzigen Bedingung: Dass du schweigst wie ein Grab!

Gestärkt durch diese Nachricht, die ihm Monsieur Henri zukommen ließ, bietet der Doktor den Deutschen hartnäckig die Stirn. Er weiß, dass seine Freunde alle Hebel in Bewegung setzen, um ihn zu retten.

»Geben Sie zu, dass Sie der Chef für die Fluchtwege sind!«, schrie Werner Koch.

»Ich kenne den Chef nicht einmal. Ich bin nur ein kleines Rad im Getriebe«, antwortet Doktor Pierre, ohne sich aus der Ruhe bringen zu lassen.

»Sie sind der Chef, Doktor Pierre! Geben Sie es zu!«

»Ein kleines Glied in der Kette, das bin ich!«, beteuert der Arzt weiterhin beharrlich und unbeirrbar.

Er leugnet nicht, in der Organisation eine Rolle zu spielen, spielt diese jedoch völlig herunter.

»Ich hatte Verbindungen zu einem gewissen Marinelli. Ihm brachte ich die Kunden. Das Treffen war an der Metrostation Montparnasse. Mehr weiß ich nicht.«

Doktor Pierre wurde bei der Befragung mit Gummiknüppel und Sie frästen seine Zähne ab, tauchten seinen Kopf in Eiswasser, zerquetschten seine Finger. Es war nichts zu machen. Der Doktor spukt zwar Blut aus, aber kein einziges Wort.

Trotz der unerschütterlichen Haltung des Doktors, schwitzt der Armenier Blut.

»Er wird die Nerven verlieren, Henri. Irgendwann wird er nachgeben. Die ständigen Folterqualen werden ihn zum Reden bringen.«

»Du siehst alles schwarz, Joseph. Niemand wird reden, das verspreche ich dir.«

»Die Lunte brennt. Ich fühle mich nicht sicher. Dass die Deutschen nun den Doktor verdächtigen Deserteuren der Wehrmacht zur Flucht verholfen zu haben, verheißt mir nichts Gutes und lässt mich alles schwarzsehen. Henri, besorge mir einen anderen Pass!«

Als ihm Monsieur Henri einige Tage später einen neuen Pass mit einem Franco Visum versehen übergibt, bedankt sich der Armenier überschwänglich.

»Henri, ich weiß nicht, wie ich meine Schuld bei dir begleichen kann. Ich schwöre dir, dass ich mich hierfür bei dir revanchieren werde. Wir sind nun in unerschütterlicher Freundschaft verbunden.«

Bei den Worten von Monsieur Joseph lächelt er.

Er weiß nicht, dass er eine Schlange an seiner Brust nährt. Zugegebenermaßen, die Zunge einer Schlange kann bis aufs Blut reizen. Aber wegen einer Zunge wird man wohl kaum das Leben lassen.

Ganz anders sieht es mit einer am Busen genährten Schlange aus. Das Ärgerliche dabei ist, man bemerkt sie erst, wenn sie gebissen hat. Und mit dem Biss einer solchen Schlange ist nicht zu spaßen. Außer, man hat ein Gegengift zur Hand.

Kapitel 32

Ein Schüler Machiavellis

Mit halb geschlossenen Augen, aber wachsam wie ein Raubtier auf der Lauer, hört Monsieur Joseph dem ihm gegenübersitzenden Mann zu.

Mit seinem gutmütigen Gesichtsausdruck und der großen Schildpattbrille, würde Letellier als unschuldiger Buchhalter durchgehen. Doch die lebhaften Augen, der harte Blick und das energische Kinn widersprechen diesem ersten Eindruck.

»Ihr Ruf flößt mir nicht gerade Vertrauen ein«, sagt Letellier.

»Sie haben Angst, in die Falle zu tappen«, murmelt Monsieur Joseph kopfnickend. »Ich kann Ihre reservierte Haltung verstehen, glauben Sie mir. Doch von mir haben Sie nichts zu befürchten.«

»Der Gestank der Gestapo haftet an Ihrer Haut«, sagt Letellier kalt.

Der unmissverständlichen Anmerkung seines Zuhörers gelingt es nicht, das Lächeln auf Monsieur Josephs Gesicht verschwinden zu lassen.

»Sie gehen ganz schön weit! Ihre Vorsicht in Ehren, aber leider dramatisieren Sie die Dinge.«

»Meine Vorsicht hat mir mehr als einmal das Leben gerettet«, brummt Letellier.

»Verstehen Sie doch, dass ich nicht Ihr Feind bin, und legen Sie das Misstrauen beiseite«, betont Monsieur Joseph.

Er erinnert sich an die Warnung von Inspektor Yves Cassagne, den er aus den Fängen von Monsieur Henri befreit hatte: »Du wirst es mit einer harten Nuss zu tun bekommen. Letellier ist hartnäckig.«

Monsieur Joseph hatte mit einem Schulterzucken geantwortet. Letelliers Stimme wird hart und anklagend:

»Sie wohnen in einem Schloss. Meine Männer verkriechen sich im Wald. Sie sammeln ein Vermögen an, indem Sie sich über die Lebensgrundlagen unserer Wirtschaft hermachen. Meine Männer krepieren vor Hunger und geben ihr Leben für die gerechte Sache. Und Sie, Sie haben tatsächlich die Dreistigkeit sich vorzustellen, es wäre noch Zeit umzusatteln!

Monsieur Joseph schweigt einen Augenblick.

Der Wind drehte sich, es war ein ungünstiger Wind. Dieser ungünstige Wind würde bald zu einem Wirbelsturm, der alles auf seinem Weg wegfegen und viele Gerippe und Kadaver zurücklassen würde, seinen jedoch nicht.

»Noch einmal, ich will nichts von Ihnen«, sagt er sanft als bitte er um Verzeihung.

»Die Rolle des guten Samariters steht Ihnen überhaupt nicht! Sie wollen mich kaufen.«

»Dank mir verrottet Ihr Freund Yves Cassagne nicht in einem deutschen Gefängnis.«

Ein böser Blick auf Monsieur Joseph ist Letelliers Antwort.

»Sie halten mich wohl tatsächlich für einen üblen Halunken.«

»Liege ich falsch? Angesichts Ihrer Vorgeschichte liegt es an Ihnen, das Gegenteil zu beweisen!«

Gleich nachdem er die Entscheidung getroffen hatte, sich eine zweite Chance zu verschaffen, hatte Monsieur Joseph die geeigneten Mittel zur Ausführung des Vorhabens gesucht. Es war ihm die Geschichte in den Sinn gekommen, bei der er Yves Cassagne geholfen hatte.

Cassagne war ihm verpflichtet und gehörte zweifelsohne zu einem Widerstandsnetzwerk. Daher hatte er ihn darum gebeten, eine Verbindung zum Leiter seines Netzwerks herzustellen und der Polizist hatte dies getan.

»Ich wiederhole, dass ich nicht als Bittsteller gekommen bin«, sagt Monsieur Joseph mit unbedarfter Miene. »Ich möchte Ihnen im Gegenteil etwas geben …«

Wie der Zauberer, der einen weißen Hasen aus dem Zylinder zieht, legt er ein Päckchen auf den Tisch.

»Nehmen Sie diese Gabe als Zeichen meines guten Willens. Ich werde Sie über unseren Freund Yves erneut kontaktieren.«

Letellier betrachtet den Köder einen langen Moment lang schweigend und unentschlossen, er weiß offensichtlich nicht, was er tun soll.

Da ist Monsieur Joseph bereits aufgestanden, um die Brasserie eilig zu verlassen. Er versucht mich zu überrumpeln, dieser Mistkerl, mich vor vollendete Tatsachen zu stellen, denkt Letellier. Er schwankt zwischen den beiden Lösungen, die sich ihm bieten. Annehmen bedeutet, gemeinsame Sache mit diesem skrupellosen Menschen zu machen. Monsieur Joseph kann noch so laut verkünden, dass er im Gegenzug nichts möchte.

Ich glaube nicht ein verdammtes Wort davon. In den Augen von Monsieur Joseph war sein schmutziges Geld das Allheilmittel, das für Straffreiheit für seine vorherigen Aktivitäten sorgen würde. Sein Gerechtigkeitssinn wehrt sich gegen diese Lösung. Sollte er sie also verweigern?

Das Netzwerk brauchte dringend Geld. Das Manna fiel vom Himmel. Hatte er das Recht dazu, einen solchen Glücksfall auszuschlagen? Geld stinkt nicht und verrät seine Herkunft nicht. Staatsraison. Ich nehme aus Staatsraison an. Alle moralischen Bedenken werden im Namen des Gemeinwohls ausgeschaltet. Das Überleben des Netzwerks steht an erster Stelle. In einem solchen Fall heiligt der Zweck die Mittel. Er würde dieses unrechtmäßig erworbene Geld für einen guten Zweck verwenden.

Seit der Renaissance bis zu den Nachfolgekongressen der Schüler Machiavellis standen wahrscheinlich immer praktische Übungen auf der Tagesordnung. Wer eifrig Sammlungen praktischer Übungen liest, weiß Bescheid. Der Zweck heiligt die Mittel. Um zum Ziel zu gelangen, können alle Mittel genutzt werden, egal ob umstritten oder nicht.

Letellier steht auf, nimmt das Päckchen und geht hinaus auf den Boulevard Malesherbes.

In seinem Auto gegenüber der Brasserie lächelt Monsieur Joseph zufrieden, als er Letellier mit dem Päckchen unter dem Arm herauskommen sieht.

Er war von vornherein überzeugt gewesen, Letellier würde annehmen. Meine Theorie wird mal wieder bestätigt, denkt er. Niemand kann sich der Macht meines Geldes entziehen, niemand. Der Kontakt ist hergestellt und der Armenier überlegt sich den nächsten Schachzug. Morgen würde er Letellier die Lieferung von Waffen für das Netzwerk vorschlagen.

Pfeifend startet er seinen Delahaye.

Kapitel 33

Lektion in Sachen Fatalismus

»Auf eine schwarze Eskorte hätte ich wahrlich verzichten können«, ruft Marceau bei seiner Ankunft in der Avenue Montaigne aus. »Dir habe ich also diese Ehre zu verdanken, Henri.«

»Lass ihn sofort frei«, hatte Monsieur Henri vor einer halben Stunde zu Ernst Engels gesagt.

»Aus welchem Grund?«, hatte der Deutsche gefragt.

»Ich brauche ihn, um eine Falle aufzustellen.« Das war eine Lüge und Ernst war nicht behämmert.

»Einverstanden« hatte der Deutsche nach einer kurzen Pause mürrisch geantwortet.

»Ich lade dich heute Abend ins Maxim's ein.«

Damit wollte er keine Skrupel unterdrücken, denn der SS-Offizier hatte keine, sondern einfach nur eine bittere Pille versüßen. Ernst lehnte nicht ab, er muckte nie auf.

Er ließ sich auf seine Art bestechen und er hatte darauf bestanden, Marceau persönlich in die Avenue Montaigne zu fahren. »Sag lieber, dass du mir zu verdanken hast, dass dein blöder Kopf gerettet wurde«, brummt Monsieur Henri jetzt. »Du enttäuscht mich! Sich wie einen Dummkopf fassen lassen, du, ein Anwalt, ja sogar ein so genannter Staranwalt! Ich hielt dich für pfiffiger! Nochmal so ein grober Fehler und dein Schädel landet im Weidenkorb! Am Schwurgericht müssen sie dann auf einen ihrer Staranwälte verzichten.«

»Wenigstens kennst du meine Fähigkeiten als Verteidiger an«, lacht Marceau. »Wenigstens schon mal das. Danke, für deine lange Ansprache.«

»1941 hatte ich die Deutschen an der Backe und wusste nicht, wo ich unterkommen sollte. Du hast mir spontan wie einem Bruder geholfen. Jetzt sind wir quitt. Aber pass auf, ich kann nicht garantieren, dass sich die Gestapo überhaupt nicht mehr für dich interessiert.«

»Also sollte ich nun schleunigst ein gutes Versteck finden?«

»Aha, der Kleine kapiert ganz schnell! Papa Henri wird vielleicht das nächste Mal nicht da sein, um dich aus der Scheiße zu ziehen.«

»Du musst schon eine lustige Nummer sein, Henri, dass dir die SS derart die Stiefel leckt.«

»Na ja! Ich habe meine Beziehungen, so wie jedermann …«

Er verschweigt, dass er bei der SS gerade den Grad eines Hauptmanns erhalten hat.

»Ich stecke bis zum Hals in einer Güllegrube, ahne jedoch, dass du in Zukunft derjenige sein wirst, der mich braucht.«

»Sollte dies der Fall sein, dann verteidigst du eine von vornherein verlorene Sache, mein Freund.«

»Für einen Anwalt ist keine Sache von vornherein verloren«, wirft Marceau ein.

»Der Tag wird kommen, an dem ich mich dafür rechtfertigen muss, mit den Deutschen gemeinsame Sache zu machen! Alles was kommt, ist vom Schicksal vorbestimmt. Es ist der Grund für unsere Taten. Der Lauf der Dinge ist von vornherein festgelegt. Was kommen soll, wird kommen«, murmelt er zum Abschluss. Marceau sieht Lasserre gedankenvoll an.

Whatever will be, will be … Fatalismus. Laut Henri sind alle unsere Handlungen von vornherein unweigerlich vorbestimmt. Ich mache jetzt keinen Ausflug in die Philosophie. Also weder ein römisches *Fatum stoicum* noch griechische Tragödien. *Über das Schicksal* von Cicero? Nein. Oder *Vom Übel* von Thomas von Aquin? Nochmals nein. *Jacques der Fatalist*? Auch nicht. *Sophismus des Faulen* von Leibnitz? Immer noch nein.

Was wir auch tun, es kommt, wie es kommen muss. Que será, será.

Die Metapher des Richters kommt Marceau in den Sinn. Der Richter: »Angeklagter, was haben Sie zu sagen?«

Der Angeklagte: »Ich berufe mich auf den deterministischen Fatalismus. Ich bin unzurechnungsfähig. Ich verbiete Ihnen, mich zu verurteilen, Herr Richter.«

Der Richter: »Es ist verboten zu verbieten.«

Der Angeklagte: »Ganz genau! Sie sitzen jetzt in der Falle, Herr Richter.«

Angesichts dieses Paradoxes ist der Richter ratlos … Wenn es verboten ist zu verbieten, muss es dann logischerweise nicht verboten sein zu sagen, dass es verboten ist zu verbieten? Der Richter glaubt das Spiel verloren zu haben und darüber hinaus jegliche Daseinsberechtigung und kommt zum Schluss: Da es verboten ist zu verbieten, kann man mir nicht verbieten mich zu erhängen.

Jetzt ist Schluss mit diesem Gedankengang, sagt sich Marceau.

Henri hat noch keinen Grund sich zu erhängen. Und auch ich bin vorerst aus dem Schneider. Marceau kann ein flüchtiges Lächeln nicht ganz unterdrücken.

Kapitel 34

Doppelspiel

In der Villa der Butte Montmartre, in der man den polnischen Offizier verhaftet hat, wiederholt dieser immer wieder:

»Romanski Karel, Oberst.«

Trotz angedrohter Schläge gelingt es Monsieur Henri, Abel und King Kong nicht, mehr als den Namen und den Dienstgrad aus ihm herauszulocken.

Dank James North, dem umgedrehten englischen Offizier der SOE, konnte Monsieur Henri einen gewissen Emilien Ravanne fassen. Er schnaubte ihn an: »Falls du vom Schweigerecht Gebrauch machst, übergebe ich dich der Gestapo. Danach wasche ich meine Hände in Unschuld. Ich spiele den ehrwürdigen Pilatus. Dann bist du geliefert, Alter!«

Ravanne denunzierte ein halbes Dutzend Mitglieder des Netzwerkes Ajax. Darunter Oberst Romanski, ein Nachrichtenoffizier der polnischen Armee. Nach dem Fall Warschaus war Romanski nach London gelangt und über Frankreich mit dem Fallschirm abgesprungen, was mit den Engländern über Funk abgesprochen worden war.

Bei Tagesanbruch läutet eine blonde junge Frau an der Tür der Villa. Michèle Lavalle teilte alle Gefahren des heimlichen

Lebens mit Karel. Sie war seine vertraute Mitarbeiterin und gleichzeitig seine Geliebte geworden.

»Was zum Teufel werden wir mit dieser schönen Sirene machen, die in unserem Netz zappelt?«, will der Zwerg wissen.

»Schade, dass dieser Polacke nichts rauslässt«, sagt Abel. Henri schweigt. Romanski interessierte ihn nun nicht mehr. Er hat eine Idee. Egal, ob der Pole redete oder nicht! Diese Frau, die mir in die Hände fiel, ist ein Geschenk des Himmels!

Er lädt Michèle zum Abendessen ins Tour d'Argent ein. Erst beim Dessert wirft er in bedauerlichem Ton seinen Köder aus:

»Die Deutschen verlangen nach Ihnen. Ich habe nur eine Fristverlängerung bis morgen früh erhalten. Wenn Sie denen in die Hände fallen, kann ich nichts mehr für Sie tun.«

Er versucht, überzeugend rüberzukommen. Durch die Beschlagnahmung der Villa, hat er Informationen über das Netzwerk erhalten.

»Ich will ja nicht indiskret sein, aber ich möchte gerne wissen, ob Sie vorankommen, Chef«, will Abel am nächsten Tag wissen.

»Es ist eine Frau und mir kann keine Frau widerstehen.« Michelle gibt er den Namen Wölfin. Er hat sie in seinen Bann gezogen und lässt sie in Freiheit. Sie wird sich viel Mühe geben, ihm ihre Dankbarkeit zu erweisen.

Vor allem das Material der Funker hat Monsieur Henris Interesse geweckt.

Er telefoniert mit von Ritter und erzählt ihm von seinem Plan.

»Ich benutze weiterhin die vollständig funktionierenden Funkgeräte. Wir werden direkte Informationen vom Intelligence Service erhalten.«

Von Ritter überlegt einen Moment.

»Ich zweifle am Erfolg einer solchen Vorgehensweise«, sagt er schließlich. »Die Funker haben geheime Kennungen, das dürfen wir nicht vergessen. Die nutzen sie, wenn sie unter Zwang Nachrichten übertragen. London wird gewarnt, das scheint mir unvermeidlich.«

»Nehmen wir an, sie wechseln auf unsere Seite, nehmen wir an, ich kann sie zur loyalen Mitarbeit bringen …«

Von Ritter unterbricht ihn lachend.

»Sie finden immer einen Ausweg, nicht wahr, Monsieur Henri? Es versteht sich von selbst, dass ich Ihnen gutes Gelingen wünsche. Ich erlaube mir lediglich, meine Vorbehalte bezüglich der Erfolgschancen einzubringen. Natürlich zählt einzig und allein nur das Ergebnis. Klappt es mit der Manipulation, wäre ich der Erste, der Ihnen gratulieren würde.«

Und du würdest dich bestimmt gleich mit neuen Pfauenfedern schmücken, wie in der Affäre Vandermaele.

»Ich schicke Ihnen Oberst Eicher, einer unserer besten Spezialisten für Spionageabwehr.«

Eicher, ein großer, etwa dreißigjähriger Bayer mit fröhlichem Auftreten, ist ehemaliger Polizeiinspektor und begeisterter Kenner des Geheimkriegs. Gemeinsam legen sie die Taktik fest. Zuerst informiert die Wölfin London über Romanskis Verhaftung. Sie nimmt die Leitung des Netzwerks selbst in die Hand. Ihr neues Pseudonym für die Engländer lautet Aurora. Auf Befehl von Monsieur Henri und Oberst Eicher übermittelt Aurora wahre Auskünfte, um eventuelle Zweifel der Engländer zu zerstreuen.

Die Gestapo hat die Verhaftung von Charret, einem von der Wölfin denunzierten Pariser Anwalt, nicht vorgenommen. Er würde als Köder eingesetzt. Aurora isst mit ihm im Restaurant des Hotels George V zu Abend. Der Anwalt ist in Begleitung eines Mannes, den er als Bastide vorstellt, einem zusammen mit einem Freund mit dem Fallschirm in Frankreich abgesprungen Funker. Der Freund wurde inzwischen von den Deutschen verhaftet. Bastide sucht eine Möglichkeit, seine unterbrochene Verbindung mit London wiederherzustellen.

»Sie müssen sich einfach nur meines Funkers bedienen, um Nachrichten nach London zu übermitteln«, schlägt Aurora vor, fügt dann aber aus Angst, zu voreilig gewesen zu sein hinzu: »Unter der Bedingung, dass mein Verbündeter einverstanden ist.«

Eicher hat keine Einwände. Das Vorhaben steht unter den besten Vorzeichen. Glucksend meint er:

»Der Intelligence Service wird das Privileg haben, direkt mit uns zu kommunizieren.«

Die Engländer sind erleichtert, als sie Neuigkeiten ihres Agenten Bastide erhalten. Sie hatten ihn für verschollen gehalten.

Ab jetzt schwört Bastide nur noch auf Aurora. Bei ihrem nächsten Treffen wird Aurora von einem Unbekannten begleitet.

»Pierre Duval, ein Freund, der gerade aus Brüssel kommt«, stellt sie ihn vor.

Als Bastide seinen Wunsch vorbringt, einen Abstecher nach London machen zu wollen, bringt Duval ihn mit dem Auto in die Nähe von Nantes, wo eine Westland Lysander erwartet wird. Aber das Wetter spielt verrückt. Das Sauwetter macht ihnen einen Strich durch die Rechnung. Das Flugzeug kommt nicht und die beiden Männer fahren nach Paris zurück. Es wird umgehend mit London vereinbart, dass Bastide in einer Calanque bei Cassis an Bord eines Schnellbootes gehen würde. Das Ganze findet ohne Zwischenfall statt. Als Duval

– in Wirklichkeit Unteroffizier Naumann von der Abwehr – zurückkehrt, zeigt sich von Ritter euphorisch: »Bravo, Naumann! Hahaha, Bastide, unser Agent aus London, wird eine wahre Auskunftsquelle sein.«

Monsieur Henri und Eicher begehen allerdings den Fehler, dem Netzwerk zu gut nachgemachte Papiere zu liefern. Somit wird das Misstrauen der Widerstandskämpfer geweckt. Die Wölfin ist plötzlich ungeschützt. Eicher hat die Idee, den Bogen etwas weiter zu spannen.

»Wollen wir nicht Aurora höchstpersönlich nach London schicken?«, schlägt er Henri vor.

»Sie wird uns verraten …«

»Vielleicht … Allerdings kann sie das auch hier tun. Und wer garantiert uns, dass sie es nicht schon getan hat? Dass man sich drüben nicht gerade über uns lustig macht? Wir müssen die Flucht nach vorne wagen.«

»Sie wird uns verraten«, wiederholt Henri. »Aber dieses Doppelspiel beginnt mir zu gefallen. Ich stimme der Flucht zu«, sagt er und lässt nach vorne weg.

Die Wölfin wird also nach London geschickt. Bastide grübelt immer wieder über die Frage der falschen Papiere. Bei seiner Rückkehr nach Frankreich, beschließt er, Aurora zu befragen.

»Von wem hast du diese Papiere?«

Einen Moment lang sieht sie ihn nachdenklich an und entscheidet dann, alles auf eine Karte zu setzen. »Von den Deutschen, sie haben das Netzwerk unter Kontrolle.«

»Du machst wohl einen Witz!«

»Es stimmt. Sie haben die Fäden in der Hand, ich bin ihre Marionette. Ich agiere unter Zwang.«

»Ich lasse dich nicht fallen«, entscheidet Bastide, nachdem der erste Schreck vorüber ist.

Der Joker hat zu den Alliierten gewechselt.

Aurora schlachtete jede Gelegenheit aus. Und täuschte alle. Sie hatte Romanski verraten. Sie würde Oberst Eicher verraten. Sie würde Monsieur Henri verraten. Eines Tages würde sie auch Bastide verraten. Im Moment schwört sie Stein und Bein auf seiner Seite zu sein.

»Die Deutschen haben mir das Leben schwer gemacht. Ich freue mich, ihnen alles heimzahlen zu können.«

Für Bastide war es am wichtigsten, dass er und seine Freunde wohlbehalten nach London zurückkehren konnten. Es liegt nun an Aurora selbst, die Deutschen hinters Licht zu führen. Wie würden sie reagieren, wenn sie von ihrem Doppelspiel Wind bekämen? Würden sie dann nicht alle verhaften?

Als die Wolken aufreißen, lässt der Mondschein die Nacht weniger düster erscheinen. Sie können die dunklen Umrisse des Schnellboots ausmachen sowie ein Schlauchboot, das sich dem Ufer nähert.

»Hier sind sie!«, sagt Bastide mit blank liegenden Nerven.

»Schnell weg von den diesen verdammten Deutschen! Ich fühle mich erst sicher, wenn ich über den Trafalgar Square gehe.«

Ein Marineoffizier springt aus dem Schlauchboot, gefolgt von zwei Männern in Zivilkleidung, Mitglieder der SOE. Aurora will gerade ins Boot steigen, als sie plötzlich mit einem Angstschrei nach hinten ins eisige Wasser fällt.

»Du meine Güte, das hat gerade noch gefehlt. Mein Fuß ist verstaucht oder gebrochen.«

»Es kommen Schatten gelaufen! Verschwinden wir«, sagt Bastide.

»Es ist zu spät, um das Schnellboot zu erreichen, wir müssen uns trennen«, entscheidet der Marineoffizier. »Fliehen wir über die Küste!« Das Schnellboot legt eilig ab. Die drei Engländer versuchen ihrerseits ihr Glück.

Aurora und Bastide kehren ohne Zwischenfall nach Saint-Malo zurück.

In der Kommandantur sagt die Wölfin zu Oberst Eicher: »Ich möchte die Aktion so schnell wie möglich noch einmal versuchen.«

»Also gut, ich setze mich mit Paris in Verbindung«, gluckst Eicher. »Und auch mit London.« Doch kein weiteres englisches Schnellboot kommt zum neuen Treffpunkt. Bastide sorgt sich mehr und mehr über den Verlauf der Dinge. Er beschließt, sich in die Höhle des Löwen zu stürzen und wagt sich in die Höhle von Monsieur Henri.

»Helfen Sie mir bei der Rückkehr nach London, und ich bin Ihr Mann.«

Als ihn die schwarzen, feurigen Augen ansehen, fühlt er einen Schauer über seinen Rücken fahren.

»Du weißt schon, was für ein Schicksal die Verräter erwartet: eine Kugel in den Rücken. Sollte dir also einfallen, besonders schlau sein zu wollen, würdest du gut daran tun, bei den Engländern zu bleiben.«

Der Nachrichtenaustausch zwischen der Abwehr und dem Intelligence Service wird wieder gestartet. Aurora und Bastide gehen nach London. Bastide setzt sich bei den Ermittlern des englischen Geheimdienstes durch: Aurora kehrt nicht nach Frankreich zurück. Sie legt ein Geständnis ab.

Als Oberst Eicher einige Tage später die Funknachricht der Engländer an das Netzwerk Ajax liest, ziehen sich seine Gesichtszüge zusammen:

Aurora und Bastide sind nach Hause zurückgekehrt.
Sie freuen sich wie Schneekönige über ihre schöne Reise und ihre Verabschiedung auf Französisch.
Ein besonderes Dankeschön an die Abwehr für die wertvolle Zusammenarbeit.

Der Intelligence Service

Monsieur Henri nimmt die Niederlage gelassen hin.

»Hut ab! Die Wölfin hat Biss. Das ist das erste Mal, dass mich ein Weib an der Nase herumführt …«

»Wenn das alles ist, was du dazu zu sagen hast!«, mault Eicher.

»Und du bist ein schlechter Verlierer, mein lieber Freund«, erwidert Monsieur Henri.

Handelt es sich nicht nur um ein Spiel? fragt er sich. Natürlich ein besonders gefährliches Spiel, aber eben ein Spiel.

Um zu sehen, wer wen am besten betrügen kann. Wer Meister im Betrügen ist. Verraten und verraten werden, ist das letztendlich nicht unsere Bestimmung?

Dennoch werde ich mich nie selbst verraten.

Kapitel 35

Vermissmeinnicht

Der Chef konnte manchmal an einem Tag, in ein und derselben Stunde, fast gleichzeitig grausam und großmütig sein.

Vom unerbittlichen Folterer wurde er übergangslos zum großzügigen Menschen und seine Großzügigkeit erfolgte oft ohne erkennbares Motiv. Wie an diesem Morgen, als der Zwerg und King Kong eine junge Widerstandskämpferin verhörten. Bei solchen Gelegenheiten war Gilles freudig erregt, ließ seinem Blutdurst freien Lauf und sein Sadismus brach auf wie eine reife Frucht. Während sich King Kong damit begnügte mit seinen großen behaarten Händen zu klopfen, war der Zwerg bestrebt, sich Raffinessen der Grausamkeit auszudenken.

»Deine Freunde Garnier, Chabert und Maurat haben gestanden«, hatte er zu Beginn des Verhörs gesagt. »Das heißt also, dass du kein Geheimnis verrätst. Fehlende Belanglosigkeiten interessieren mich nicht. Das Puzzle ist zusammengefügt. Es müssen nur noch einige Eckpunkte verfeinert werden.«

Der Zwerg wusste, wie man sich mehrerer Befragungsmethoden bediente. Wenn er sich für den Moment für Samthandschuhe entschieden hatte, wie er es ausdrückte, dann sicherlich nicht aus Mitleid für das junge, knapp 18-jährige

Mädchen, das ängstlich auf King Kong blickte. Der Gorilla wartet nur auf ein Zeichen des Zwergs, bevor er loslegen kann. Der Zwerg kennt kein Mitleid. Für ihn ist die Wahl der Methode, mit der er beginnen würde, eine Frage der Laune. Und seine Laune ist sehr sprunghaft. Am Abend zuvor hatte sich Maurat seinen Kerkermeistern zum Trotz aus dem fünften Stock des Gestapo-Sitzes in der Avenue Foch gestürzt. Er hatte einen Schädelbruch erlitten und verstarb im Laufe der Nacht, ohne noch einmal zu Bewusstsein gekommen zu sein. Garnier und Chabert hatten noch kein Wort gesagt. Das alles wusste Geneviève Auvergne nicht. In Wirklichkeit hing der schnelle Erfolg der Angelegenheit von ihr allein ab.

»Du musst mir nur ein paar Namen bestätigen und alles ist gut«, sagt der Zwerg. »Ich versichere dir, dass dir niemand etwas tun wird.«

Sie schüttelt den Kopf.

»Lediglich eine zusätzliche Information«, fährt Gilles fort und übergeht die Verweigerung der Gefangenen.

»Ich weiß nichts«, gelingt es ihr mit fester Stimme zu erklären.

Der Zwerg bricht in Gelächter aus.

»Spiel nicht die Unschuldige! Du bist weder Jungfrau noch naiv. Deine Freunde haben uns über deine Rolle im Netzwerk aufgeklärt. Für dein Alter hast du Mut.«

»Ich weiß trotzdem nichts.«

Gilles hat plötzlich einen betrübten Gesichtsausdruck.

»Schade, schade und nochmal schade!« sagt er seufzend, »nun sehe ich mich gezwungen, deine Eltern zu verhaften. Wie schrecklich! Aber du lässt mir keine andere Wahl. Genau wie du, gehören sie zum Netzwerk.«

»Mein Vater wurde im Juni 1941 vom Besatzer erschossen. Tatbestand Widerstand«, sagt sie stolz und hebt den Kopf. »Er war einer der ersten Widerstandskämpfer. Und meine Mutter ist vor fünf Monaten an einem Herzinfarkt gestorben. Mein Bruder ist Fahnenflüchtiger der STO und ist in den Maquis gegangen.«

»Na, das ist besser für sie alle«, grummelt der Zwerg hasserfüllt.

Es stört ihn nicht weiter, dass sein plumper Erpressungsversuch sich als ein Schlag ins kalte Wasser erweist. Noch hält er seine Wut im Zaum.

»Dann schauen wir uns die Geschichte von einer anderen Seite aus an«, sagt er, während in seinen Augen ein wildes Feuer aufblitzt. »Mein liebes Fräulein, deine drei Freunde sind unserer Willkür ausgeliefert. Sie haben alles ausgepackt. Es ist furchtbar. Sie werden trotzdem dem Kugelhagel eines Exekutionskommandos zum Opfer fallen. Und das ist alles deine Schuld! Dein blinder Starrsinn treibt sie in den Tod. Und das alles wegen einer Lappalie!«

Mit einer Pause verleiht er seinen Worten mehr Gewicht.

»Was für eine Verantwortung! Glaub mir, ich möchte nicht in deiner Haut stecken«, meint er hinterhältig. »Seine Kameraden erschießen lassen … und anschließend freikommen. Jeder wird glauben, dass du deinen hübschen Hintern durch Betrug gerettet hast. Solche Gerüchte verbreiten sich wie ein Lauffeuer … Du wirst nachts schweißgebadet aufwachen und vor dir die anklagenden Gesichter deiner Freunde sehen. Für all diejenigen, die an deine Schuld glauben, wirst du wie eine Zielscheibe sein. Du wirst nicht mehr zur Ruhe kommen.«

Sie schweigt noch immer. Doch ist ihr Blick glasig geworden.

Aber Mephistos Geduld ist nicht grenzenlos und seine sadistische Neigung gewinnt stets die Oberhand. Er gibt seine Zurückhaltung auf.

»Du wirst jetzt gehorchen! Mach's Maul auf, du blöde Ziege!«, stößt er hervor. »Du sagst mir alles, was ich wissen will! Ansonsten gibt es andere Mittel, ein wildes Fohlen zu zähmen ...« Nach einer Pause zählt er langsam und genüsslich auf: »Die Prügelstrafe ... Die Höllenqualen in der Badewanne ... Verbrennungen mit der Zigarette auf den Titten ... Geißelung der Fußsohlen ... Mit extradünnen Drahtschnüren, damit sich die Haut loslöst ... Soll ich weitermachen? Die Liste ist lang. Willst du nicht lieber reden? Nun gut, dann ist es mit meiner Geduld zu Ende. King Kong, leg los!«

Der Schlag mitten ins Gesicht wirft sie zu Boden. King Kong tritt ihr mit voller Wucht in die Nieren, beugt sich über sie, entreißt ihr die Bluse und zieht sie aus. Dann schlägt er systematisch auf die Schläfen, in die Seiten, auf die Brüste. Als er ihr in den Bauch schlägt, heult sie wie wild auf. Vor Schmerz, Wut, Wehrlosigkeit, Demütigung, Verzweiflung.

Von den Schreien alarmiert, stürzt Henri in den Raum. Er schlägt die Tür zu, das strahlende Lächeln des Zwergs erstirbt sofort auf seinem Gesicht.

»Ihr Volltrottel«, schreit der Chef. »Titten mit Schlägen bearbeiten ... Wie abscheulich! Schlagen bringt doch nichts ... Ihr zerstört sie und ihre Reize, das ist furchtbar!«

Wütend schraubt er seinen Blick in den Mephistos, der mit verlogenem Schuldbewusstsein schnell den Kopf wegdreht.

»Ihr habt euch alle beide reingesteigert, ihr Hurensöhne! Hat sie wenigstens geredet?«

Sein Tonfall ist wieder normal. Der Zwerg schüttelt den Kopf.

»Sie wird nicht reden. Und das freut mich! Haut ab! Ich will euch nicht mehr sehen!«

Er nähert sich der Gefangenen und nimmt ihr die Handschellen ab. Sie weicht zurück. »Keine Angst, mein Fräulein, meine Männer sind Schweine. Sie werden nicht mehr misshandelt«, fährt er mit samtweicher Stimme fort. »Niemand wird mehr Hand an sie legen. Ziehen Sie vorerst das an.«

Er reicht ihr die zerrissene Bluse.

»Ich lasse sofort entsprechende Kleidung kommen. Ihr Mut ehrt sie. Sie verdienen meine Bewunderung, Sie sind frei.«

»Machen Sie sich nicht über mich lustig«, murmelt sie und befürchtet eine Falle.

»Ich mache nie leere Versprechungen. Versprechen Sie mir nur eines …«

Aha, also doch! Der Hoffnungsschimmer, der in Genevièves Blick aufgeleuchtet hatte, erlischt. Dieser Mann würde ihr Bedingungen auferlegen!

»Sie sind zu jung zum Sterben. Versprechen Sie mir also, sich nie mehr erwischen zu lassen.« Sie sieht ihn verblüfft und mit festem Blick an. Als Bedingung für ihre Freilassung hatte sie etwas anderes erwartet.

»Einverstanden« murmelt sie, »ich lasse mich nie mehr erwischen.«

Als das erste Überraschungsmoment vorüber ist, wird sie erneut von Misstrauen gepackt.

»Kommen Sie, Sie können mir vertrauen«, sagt Henri, der ihre Gedanken erraten hat. »Ich lasse Sie als Anerkennung für Ihren Mut frei, ich respektiere Ihren Glauben.«

»Was wird aus meinen Freunden?« Er grinst undurchdringlich.

»Sie können sagen, dass Ihnen ein Gewaltstreich gelungen ist … Jawohl! Ich werde auch sie freilassen.«

Eine Stunde später steigt Geneviève Auvergne gegenüber dem Gitter des Justizpalastes aus dem Rolls-Royce.

»Auf Wiedersehen, Mademoiselle. Meine besten Wünsche für Ihre Zukunft. Ihr Verhalten war beispielhaft. Und nun vergessen Sie mich!«

Wie versteinert bleibt sie auf dem Boulevard Saint-Michel stehen. Aus dem Fond des Wagens winkt ihr Monsieur Henri zum Abschied zu. Sie wird weder diesen Mann vergessen, der sie rettete, noch die Primaten, die sie folterten.

Vergissmeinnicht, denkt er sich, als er allein im Wagen ist. Das ist die wunderbare Frühlingsblume. Die unvergängliche Blume, die niemals welkt.

Vergiss mich … Das ist die verwelkte Blume. Das Laub, vom Herbstwind weggefegt.

Kapitel 36

Die Siegespalme geht an Judas

Robert Moissac beugt sich zu dem Armenier.
»Denken Sie an die Zukunft, Monsieur Joseph?«
»Nein, die Zukunft macht mir überhaupt keinen Kummer.«
Eine schamlose Lüge seitens eines Mannes, der am Tag zuvor von einer kurzen Geschäftsreise nach Zürich zurückkam. Dort haben die Gelder auf seinen Bankkonten astronomische Ausmaße angenommen und er hat eine bedeutende Anzahl Waffen an das Netzwerk Letellier geliefert. Monsieur Joseph ist entschlossen, unbeschadet aus dem Wespennetz zu fliegen, in das all diejenigen hineingeraten sind, die sich heute Abend bei Monsieur Henri treffen. Alle sind kompromittiert und im Labyrinth der Kollaboration verstrickt.
»Haben Sie niemals Angst vor der Zukunft?«
»Weshalb? Und wovor sollte ich Angst haben?«
»Vor dem Ende der Feindseligkeiten.«
»Der Krieg hört ganz von selbst auf.«
»Oder vor dem Tod, Monsieur Joseph.«
»Freund Hein, wie unsere Freunde jenseits des Rheins euphemistisch sagen, wird eines Tages ohne Einladung bei mir

anklopfen. Das ist wohl unausweichlich, wieso sollte ich also vorher vor Angst sterben?«

»Und die Verurteilung durch die Menschen?« Moissac lässt nicht locker.

»Ach, wissen Sie, die Menschen haben mir noch nie Angst gemacht.«

»Waren Sie nicht auch schon Drohungen ausgesetzt, wie die meisten von uns?«

»Ich bin davon verschont worden«, sagt Joseph, ohne mit der Wimper zu zucken.

»Das gilt nicht für mich. Die Stunde der Abrechnung ist nah! Wir werden dich nicht vergessen! So wie es aussieht, stehe ich auf der schwarzen Liste, die der Verräter, die es allgemein und ohne Verurteilung zu beseitigen gilt. Das ist mir völlig egal. Was sollte ich auch dagegen tun? Mich in meiner Wohnung verschanzen? Ich muss ja irgendwann rausgehen und derjenige, der mir auflauert, wird eine Gelegenheit finden mich um die Ecke zu bringen. Wussten Sie, dass mir Henri angeboten hat, einen seiner Männer als Leibwächter für mich abzustellen? Ich habe glattweg abgelehnt. Mich mit einem Schutzengel umgeben? Niemals! Widerstandskämpfer werden umgebracht, Kollaborateure auch. Eines unserer Berufsrisiken besteht ja gerade darin, an einer Straßenecke abgeknallt zu werden. Das Schlimme ist, dass sie in Vichy zu unentschlossen, zu weich sind.«

»Werfen Sie der Regierung Laschheit vor?«

»In der Tat.«

»Was müsste man Ihrer Meinung nach tun?«

»Ganz einfach. Die Deutschen nehmen Geiselnahmen vor. Vichy soll es einfach genauso machen! Keine Gnade für all diejenigen, die diese niederträchtigen Attentate begehen!

Wenn man die Schuldigen nicht erwischt, sollte man für jedes Attentat unter den inhaftierten kommunistischen Anführern eine große Anzahl Geiseln aussuchen und erschießen.«

»Attentate und Vergeltungsmaßnahmen, aus diesem Teufelskreis kommt man nicht mehr heraus«, merkt Joseph an, wobei ihm das eigentlich völlig schnuppe ist.

»Das ist immer noch besser, als sich fügsam wie eine verdammte Viehherde zum Schlachthof führen zu lassen, oder etwa nicht? Wir müssen unsere Haut retten oder sie zumindest so teuer wie möglich verkaufen!«

Der Armenier hatte Moissac im Frühjahr 1941 bei einem Cocktail-Empfang wie diesem hier kennengelernt. Der Empfang war von Henri Lasserre organisiert worden, der sich viele Freunde aus dem Pressebereich gemacht hatte. Er hatte Moissac von Anfang an tragische Züge vermacht. Dessen Aussehen betonte diesen Eindruck allerdings nicht: Hohe Statur, pechschwarzes, sorgfältig gegeltes Haar, äußerst wachsame Augen mit lebhaftem, intelligentem Ausdruck, schmales Gesicht. Moissacs Kleidung war stets sorgfältig und raffiniert, er liebte graublau, was gleichzeitig auch die Farbe seines Blicks wiedergab. Trotz seines kleinen Chaplin-Schnauzers, einige meinten eher Adolf-Schnauzer, und seiner edlen Gesichtszüge ging Moissac nicht als Dandy durch. Denn er widmete sich mit Leib und Seele der Politik, war das Gegenteil eines frivolen Menschen und die Galionsfigur der Kollaborations-Presse. Er zeichnete für die Leitartikel in *Paris-Soir* verantwortlich und beherrschte die Feder wie ein Türke seinen Krummsäbel, nämlich als gefürchtete Waffe.

Moissac war ein außergewöhnlicher Pamphletist, keinesfalls hinterhältig oder durchtrieben, und äußerte stets frei seine Meinung.

»In den Augen der Bürohengste in London, habe ich Verrat begangen«, sagt Moissac, »ja, bin ich sogar der Archetyp des Verräters. Aber ist der Tod nicht auch sein Schicksal? Es handelt sich um einen pathetischen Menschen, der zwangsläufig dem Tod geweiht ist. Eine direkt einer antiken Tragödie entsprungene Figur. Haben Sie das etwa nie bemerkt? Nehmen wir mal das Kino! Es kommt nicht in Frage, dass der Verräter triumphiert. Ich rede dummes Zeug, Monsieur Joseph, und hoffe, dass ich Sie nicht langweile.«

»Menschen, die mir das Leben vergällen, gehe ich aus dem Weg. Ihnen bin ich nie aus dem Weg gegangen, soviel ich weiß!«

Moissac nimmt seinen Gedankengang wieder auf.

»Der Zuschauer wird von der Verführung des Verräters gefesselt. Vergleichen Sie ihn mit den anderen Figuren … Wie sind sie doch fade, lau, mittelmäßig!«

»Judas gebührt die Siegespalme«, wirft Monsieur Joseph ein.

Moissac sieht ihn fragend an und Joseph bereut seine Bemerkung sofort. Moissac ist äußerst scharfsinnig! Moissac grinst. Dieser Joseph ist schön durchtrieben! Und was für eine wundersame Anpassungsfähigkeit er an den Tag legt!

»Wie Recht Sie haben, Monsieur Joseph! Wir alle haben die Hände ins Feuer gesteckt, ein Feuer, das zu einer Feuersglut wird! Wer von uns hat die meisten Chancen, davonzukommen? Lassen wir die Deutschen einmal weg. Wenn sich das Debakel bewahrheitet, machen sie sich einfach aus dem Staub. Heim ins Reich! Und damit hat sich die Sache. Aber die anderen?

Nehmen Sie Monsieur Henri! Was meinen Sie?«

»Monsieur Henri ist sehr gefürchtet und hat sich eine Menge Feinde gemacht«, sagt Joseph und geht auf die Frage ein.

»Aber auch viele Freunde.«

»Für diejenigen, die sich die Zukunft sichern möchten, hat er nur Verachtung übrig. Falls die Dinge schlecht laufen, glaube ich nicht, dass er sich große Mühe geben wird, davonzukommen.«

»Dann sind Ihrer Meinung nach seine Chancen, sich aus der Schlinge zu ziehen gering.«

»Er wird das Schicksal gewähren lassen.«

Henri ist mein Blutsbruder, denkt Moissac. Er wirft wie ich das Geld zum Fenster hinaus.

»Michel Zacharoff?«

»Er war schon am Straucheln«, sagt Joseph mit Engelsmiene.

»Dennoch ist er davongekommen.«

»Das schon, aber er hält sich für unantastbar.«

»Ehrlich gesagt kann ich mir über Monsieur Michel nur schwer eine Meinung bilden«, sagt Moissac.

Er sieht Monsieur Joseph nachdenklich und mit gerunzelter Stirn an.

»Oft laufen die Dinge anders, als man denkt«, sagt Joseph und Moissac hätte viel darum gegeben, seine wahren Gedanken zu erfahren.

Der Zar trug den SS-Stempel auf der Stirn.

Würde er sich vom Schatten seiner Beschützer lossagen können? Kannte er nicht zu viele gefährliche Geheimnisse? Und er litt an galoppierendem Größenwahn. Die Überheblichkeit würde ihn zu Fall bringen. Er würde über die unsichtbare Kugel stolpern, die er bei jedem Schritt nach sich zog und ihn an seine Freunde des schwarzen Ordens kettete.

Wie stand es mit Roux-Lapierre?

Im Moment ist der große Kolumnist des Rundfunks von solchen Gedanken weit entfernt. Er prustet an der Bar vor Lachen.

Seit dem Tag, als die Wehrmacht in Russland eingezogen war, hatte er sich vollkommen auf die Seite der Kollaborateure gestellt. Der Antikommunismus war tief in ihm verwurzelt und er brüstete sich damit, es mit seinem Gewissen nicht so genau zu nehmen.

»Dieser Roux-Lapierre ist unbestechlich«, sagt Moissac, »er hat die schlimmsten Ausschreitungen begangen – immer noch vom Gesichtspunkt der Drückeberger von London aus. Auch wenn seine Ausschreitungen stets nur verbaler Art waren, klebt das Etikett des Kollaborateurs an seiner Haut und kennzeichnet ihn wie der Davidstern den Juden. Auch er ist äußerst exponiert.«

»Und wie sieht es mit Ihnen selbst aus, Monsieur Moissac?« Moissac schweigt, bevor er antwortet. In seinen Augen ist die Menschheit verdammt, gezüchtigt durch ein unverzeihliches und dunkles Vergehen. Der Mensch, blind in eine blinde Welt hineingestoßen, trägt das Böse in sich und kann um sich herum nur Böses säen.

»Während meines ganzen Werks«, sagt Moissac, »habe ich immer wieder meine Besessenheit von Gewalt, Hoffnungslosigkeit und Tod hinausgeschrien. Ich bin mir meines Verrats mehr als bewusst. Ich habe Verrat begangen, weil Verrat und Tod für mich die einzigen Wahrheiten sind. Verrat ist überall, der Tod auch.« Moissac macht eine Pause, bevor er fortfährt: »Das Leben stinkt nach mittelmäßigem und erbärmlichem Arrangement. Der Krieg ist edel und rein. Man stirbt und sieht die Menschen sterben. Nur die finale Katastrophe wird rein sein. Derzeit erfüllt sie sich mit dem Nazismus, der in Feuer und Blut versinkt. Nein, Monsieur Joseph, ich habe nicht die geringste Lust, den Todeskampf des Dritten Reichs zu überleben. Also bleiben noch Sie selbst.«

Moissac sieht den Armenier nachdenklich an. Die Juden wurden zu Hunderttausenden in den Konzentrationslagern ausgelöscht. Der teuflische Monsieur Joseph bewegte sich unter den Nazis mit unglaublicher Dreistigkeit, verwirrender Frechheit. Als wären die Judenverfolgungen nichts als Märchen!

Was verbarg sich hinter dem liebenswerten Lächeln von Monsieur Joseph? War er etwa eine Klapperschlange? Missbrauchte er das Vertrauen derjenigen, bei denen er sich als Freund ausgab durch ein Doppel- oder gar Dreifachspiel? Um letztendlich die deutsche Sache zu verraten? Hatte er überhaupt jemals vorgegeben, die deutsche Sache zu unterstützen, fragte sich Moissac plötzlich. Meines Wissens hatte er den Deutschen nie den Treueeid geschworen. Wie wenig ich doch über ihn weiß! Woher kam er? Was hatte er im Sinn? Eines ist sicher: Er ist ein geheimnisvoller Mann, der sich nicht preisgibt und niemals von sich erzählt. Man kommt zu folgendem Schluss: Dieses Chamäleon wusste besser als irgendwer sonst, dass nichts in dieser Welt sicher war. Wie kaltblütig er in diesem Europa, in dem die vier apokalyptischen Reiter wüteten, in seiner Räuberhöhle schwindelerregende Schätze anhäufte! Wen sollte man zum Sieger des Verrats küren? Judas, das war unbestritten.

Die Frage ist, wer ist Judas?

Wer ist der größte Heuchler, der größte Treubrüchige? Wer ist der hinterlistigste, der größte Schurke?

»Ich komme nicht umhin zu glauben, dass Sie die besten Trümpfe im Ärmel haben. Ich setze auf Sie.«

»Hier, mein lieber Freund, erweisen Sie mir zu viel Ehre«, sagt Joseph, ohne sein Lächeln zu verlieren.

Moissac ist durch und durch ein Theoretiker. Vor ihm brauche ich mich nicht in Acht zu nehmen, selbst wenn er mich durchschaut, denkt er.

TEIL ZWEI

BLUTERNTE

*Und der Teufel, der sie verführte,
wurde in den feurigen Pfuhl
geworfen, der mit Schwefel brannte und
in dem sich das Tier und
der falsche Prophet befinden.
Und sie werden Tag und Nacht bis
in alle Ewigkeit gefoltert.*

Die Apokalypse

Kapitel 37

Unter den Flügeln des schwarzen Adlers

In diesen ersten Januartagen hat sich der Schneefall in der ganzen Ukraine in Regen verwandelt.

Es ist ein milder Winter, der zum Debakel der Wehrmacht beiträgt. In der Nähe von Kiew wurde die russische Offensive plötzlich zum Blitzkrieg, den die deutsche Armee seit den Angriffen auf Polen und Frankreich geführt hatte. Die Russen legten täglich zwischen 30 und 40 km zurück und es war ihnen gelungen, eine tiefe, 500 km lange Schneise in die Front zu schlagen, und die Armeen im Zentrum und im Süden zu spalten.

Gleichzeitig waren die Deutschen im Norden in der Region Leningrad und Nowgorod zurückgedrängt worden. Obwohl die Wehrmacht den Hauptteil der Dnepr-Linie verloren hatte, hielt sie in einem etwa 50 km breiten Kessel in der Nähe von Tscherkassy an dem Fluss fest. Gemäß Hitlers Befehl war diese Linie in jedem Fall zu halten, koste es was wolle. Ebenso wenig wie er Stalingrad hatte aufgeben wollen, wollte er auch den Kessel von Tscherkassy und den Dnepr nicht verlassen. Zwei Armeekorps sind dort eingekreist. Angesichts des Schreckgespensts einer unmittelbaren Katastrophe, bleibt Hitler unerbittlich und entscheidet sich für die Befreiung der eingeschlossenen Truppen über eine Operation mit acht Panzerdivisionen. Aber vor Ort stoßen die vielen Panzer auf schlimmste Probleme. Tagsüber versinken die Panzer im Sumpf. Nachts sind sie im gefrorenen, steinharten Boden gefangen.

Am 22. Januar erfolgte in Italien die Landung des VI. amerikanischen Armeekorps am Strand von Anzio und im kleinen Fischerhafen Nettuno. Dieser Brückenkopf im Rücken der Deutschen soll die Einnahme der Gustav-Linie und den Angriff Roms vereinfachen.

Während dieser Militäroperationen ist Michel Zacharoff auf dem Weg zur Côte d'Azur, um unter der Mittelmeersonne seinen letzten Streit mit der Gestapo zu vergessen.

»Lasst uns irgendwo in die Provence gehen«, sagt er während der Fahrt zu Karin. »In Nizza oder Monaco bin ich bekannt wie ein bunter Hund.«

»Du versteckst dich. Du hast wohl Angst!«

»Dein Michel fühlt sich offensichtlich unwohl«, bekräftigt Elke, die mit ihnen fährt.

Hans war eiligst nach Berlin zu wichtigen Gesprächen mit Himmler abkommandiert worden und würde in einer Woche nachkommen.

Daher schlägt Michel den Frauen vor, sie in Monaco abzusetzen.

»Ich komme in vier bis fünf Tagen nach.«

»Du brauchst dich nicht sonderlich zu beeilen«, meint Karin neckend. »Wenn du nur rechtzeitig kommst, um unsere Rechnungen zu bezahlen … Ansonsten brauchst du dir keine Sorgen zu machen, wir kommen schon klar. In Nizza und Monte-Carlo gibt es massenweise charmante junge Männer auf der Suche nach amourösen Abenteuern …«

Michels Gesicht wirkt verschlossen. Er hasst solche Worte und mustert Karin eine Weile lang schweigend.

»Das wäre nur ein schlechter Ersatz. Ich bin einzigartig, um nicht zu sagen unersetzlich. Hört man dich so reden könnte man meinen, dass dies noch nicht in deinen Schädel eingegangen ist!«

Er ist der Kaiser des Schwarzmarkts und sicherlich einzigartig in seiner Art. Aber Karin hat den Finger in eine Wunde gelegt und Michels Absicht durchschaut. Er versteckt sich, er ist zu bekannt und der neueste Vorfall macht ihm mehr zu schaffen, als er dies öffentlich zugeben möchte. Ohne das entscheidende Eingreifen von Hans wäre die Sache katastrophal verlaufen. Hans, sein ständiger Schutz war schneller als Blücher gewesen. Er passte höllisch auf und es war ihm gelungen, aus einer schwierigen Situation zu entkommen. Ich hatte mich nackt gefühlt, meinte er spöttisch zu sich selbst, nackt und völlig mittellos. Als würde ich vor einem Inquisitionsgericht vorgeführt. Hans hat mir einen Mantel hingehalten, damit ich nicht so nackt und bloß dastand. Ein schwarzer Mantel mit Runen am Pelzkragen, aber dennoch sehr bequem. Damit fühlte ich mich nicht mehr so wehrlos.

In der Vergangenheit hatten sich ab dem Frühjahr 1941 jedes Mal, wenn er an die Côte d'Azur kam, eine Meute von Immobilienhändlern, Bankern, Investmentberatern, Kundenfänger und Zwischenhändler jeglicher Art wie eine Horte hungriger und gieriger Raben auf ihn gestürzt. Seit seiner ersten Reise hatte er sich einen Ruf als seriöser Käufer erworben.

»Ich bin das Barometer des monegassischen Immobilienmarkts«, meinte er manchmal. »Es muss nur einfach bekannt sein, dass ich da bin, damit das Barometer schönes Wetter anzeigt. Ich muss das Fürstentum Monaco nur betreten und schon schnellt der Preis der zu verkaufenden Immobilien pfeilartig in die Höhe.«

Michel sagte die Wahrheit: Es war Tatsache, dass selbst die falsche Ankündigung seines Kommens die Preise ankurbelte. Selbst die Croupiers im Kasino rieben sich die Hände. Zar spielte hoch und verteilte königliche Trinkgelder. Jetzt war es, als graute ihm plötzlich vor dem Tageslicht und er würde sich lieber im Halbschatten verkriechen. Er war einfach immer misstrauischer geworden. Er nützt diese Woche, in der es ihm gelungen ist, unerkannt in einer bescheidenen Familienpension in Lantosq unterzukommen, um über seine künftige Strategie nachzudenken. Da er zu bekannt ist, würde er nach außen hin keine Geschäfte mehr tätigen. Hans ist der Schlüssel für alle seine Probleme.

Eine Woche später geht er zu Elke und Karin nach Monaco. Hans ist seinerseits aus Berlin gekommen. Im Laufe des Abends möchte Michel Hans zur Seite nehmen.

»Lass uns über Geschäfte reden«, sagt er in vertrauensvollem Ton zu ihm.

»Um Gottes willen«, schreit Karin auf. »Über Geschäfte reden, du hast vielleicht Nerven! Seit Jahren hast du nur Geschäfte im Kopf, Kohle, Kohle und nochmal Kohle, Millionen und Abermillionen, Märkte, Lager, tonnenweise das, tonnenweise jenes, hörst du denn niemals damit auf?«

»Na, du hast doch ganz schön davon profitiert«, zischt Michel.

»Was ist mit dir los, Michel? So hast du noch nie mit mir geredet.«

»Ich rede jetzt mit Hans über Geschäfte, ist das klar?«

»Elke, komm, lass uns an die Bar gehen! Kommt zu uns, wenn ihr fertig seid«, sagt Karin plötzlich, als wollte sie Michel nicht noch mehr reizen.

Sie würde sicherlich ihre Nerven mit Cognac beruhigen wollen.

»Hans, was wenn ich meine Geschäfte nun nur noch über deine Dienststelle machen würde?«

»Aha, eine Art Ausschließlichkeitsklausel? Du hast kalte Füße, mein Lieber!«

Hans lacht hämisch.

»Weshalb sagst du das? Ja stimmt, ohne dich wäre ich eine Ratte, die in die Falle getappt ist. Das vergesse ich nicht. Also sag schon, wie findest du meinen Vorschlag?«

»Ich habe keinerlei Einwände, wenn du willst, kann ich dir sogar ein Büro zur Verfügung stellen.«

»Perfekt, aber ein Büro brauche ich nicht.«

»Dann sind wir uns also einig?«

»Ja, einverstanden.«

»Lass uns zu unseren Frauen gehen.«

Er würde sich ab nun vollkommen unter den schützenden Flügeln des schwarzen Adlers verkriechen und im Schatten verschwinden. Er würde sein Tätigkeitsfeld einschränken. Seine Aufgabe war es nun, sein Vermögen in Schutz zu bringen.

Kapitel 38

Die Cagoule

Der Chef hatte sich nie um Politik gekümmert.

»Politiker sind willensschwache, charakterlose Menschen, Fähnchen im Wind und gekauft«, hatte er immer

wieder verkündet. Daher hatte er sich von den Bewegungen der Kollaboration ferngehalten. Dass er jetzt unfreiwillig darin verwickelt wurde, hatte er dem Baron zu verdanken.

Vor dem Krieg hatte Inspektor Granville mehrere seiner Spitzel in die Cagoule-Bewegung eingeschleust und nach der Besetzung des Landes die ehemaligen Mitglieder weiterhin überwacht. Jahrelang hatte ihm der V-Mann Toussaint Auskünfte über die Cagoule und deren vermeintlichen Chef Claude Delille geliefert. Toussaint war im Herbst 1942 von Delilles Sicherheitsservice entdeckt und anschließend gewaltsam befreit worden. Zwei Mitglieder der Cagoule waren bei einer Schießerei verletzt worden, als Männer der Carlingue unter dem Befehl des Barons den Sitz der Delille-Bewegung durchsuchten.

»Ich schwöre, dass ich Granville kaltmachen werde«, wetterte Delille.

Die Antwort des Chefs ließ nicht auf sich warten.

Derjenige, der dem Baron auch nur ein Haar krümmt, unterschreibt sein Todesurteil.

Aber Delille beruhigte sich nicht.

»Für wen hält sich dieser Lasserre? Für Al Capone? Dass ich nicht lache! Capone ist ein anderes Kaliber! Wer ist Lasserre? Ein kleiner elendiger Gauner, der plötzlich meint, mit dem Segen seiner Arbeitgeber von jenseits des Rheins alles machen zu können!«

»Der Mann ist verrückt. Wenn er so weitermacht, wird er sich sein eigenes Grab schaufeln«, kommentierte der Chef, als ihm der Baron Delilles hetzerische Worte übermittelte.

Unter der Asche glomm die Glut und der Baron ließ keine Gelegenheit aus, den alten Groll anzustacheln. Er hasste Delille und hatte beschlossen, ihn zu Fall zu bringen.

Eines Morgens im Sommer 1943 wurde der Baron von Oberst Burghausen vorgeladen.

»Sie haben vor dem Krieg eine Untersuchung über die Cagoule durchgeführt«, beginnt der Gestapo-Chef.

»Das stimmt«, sagt der Baron und spitzt die Ohren.

»Delille ist innerhalb von drei Monaten mehrere Male nach Spanien gereist. Das erscheint mir verdächtig. Ich möchte wissen, ob sich seine Aktivitäten gegen das Reich richten. Ich hege ernsthafte Zweifel an seiner Loyalität. Ich habe keine Ahnung, was sich da wirklich zusammenbraut und verdächtige Delille eines krummen Dings.«

»Glauben Sie, dass er die Seite gewechselt hat?«, will der Baron wissen.

Der Gestapo-Chef blickt ihm direkt in die Augen.

»Den Beweis sollen Sie mir erbringen! Hat er Kontakte zu der neuen Regierung in Algier geknüpft? Hat er sich in Madrid mit Boten aus Algier getroffen? Oder mit Canaris' Männern?

Nimmt er Abstand von uns? Ich will alles wissen. Ich setze auf Sie.«

Da Canaris' Organisation immer nazifeindlicher wurde, war die Möglichkeit einer Kontaktaufnahme Delilles mit Agenten der Abwehr nicht ganz abwegig. Der Baron frohlockte. Er brauchte sich nun nicht mehr den Kopf zu zerbrechen, wir er Delille in eine Falle locken konnte. Diese Mission kam gerade recht! Dieses Arschloch von Delille legte sich selbst die Schlinge um den Hals. Im Voraus erhielt er eine satte Belohnung für seine Dienste. Mit Vorliebe würde er einen seiner Vertrauensmänner in Delilles Umfeld einschleusen.

Am selben Abend ging er die Männer durch, die für eine solche Aufgabe in Frage kämen. Er entschied sich für Pierre Lefranc: Er hatte vor dem Krieg zur Cagoule gehört, kannte Delille sehr gut und tat dem Chef von Zeit zu Zeit einen Gefallen. Die Gestapo wäre zufrieden. Doch in der Praxis erwiesen sich die Dinge nicht als so einfach, wie es sich der Baron gedacht hatte. Der für die Mission auserkorene Mann hatte Skrupel, seinen ehemaligen Chef zu verraten und bat um Bedenkzeit. Somit war es nicht der Baron, der Delilles Schicksal besiegelte, sondern die Gestapo, die in Südfrankreich einen Komplott aufdeckte, in den Männer der Cagoule zusammen mit Offizieren der Abwehr verwickelt waren.

Am frühen grauen Morgen kreuzten sie auf. Die drei Männer in schwarzen Ledermänteln dringen in das Wohngebäude, Place des Ternes ein, wo Delille wohnt. Auf leisen Sohlen schleichen sie in den ersten Stock. An der Eingangstür der Wohnung geben sie eine Maschinenpistolensalve ab, das Schloss wird in Stücke gerissen, sie dringen in die Wohnung ein. Delille schreckt aus dem Schlaf hoch, versucht die Smith&Wesson zu fassen, die er stets auf dem Nachttisch in Reichweite hat. Doch seine Angreifer stürzen bereits ins Schlafzimmer. Eine neue Salve und er fällt leblos vor den Augen seiner entsetzten Frau zu Boden. Die drei Männer gehen mit versteinertem Gesicht und ohne die Frau eines Blickes zu würdigen aus der Wohnung und verschwinden im Dunkeln.

Kapitel 39

Der Berater des Caudillos

»Womit kann ich Ihnen dieses Mal dienen, Monsieur Michel«, will Maestro Garcia wissen. »Möchten Sie in unserem schönen Land erneut Immobilien kaufen?«

Der Anwalt war dem Zaren von einem seiner Freunde, Stavros Anapoulos, einem griechischen Schwarzmarkthändler empfohlen worden, mit dem er einige sehr einträgliche Geschäfte getätigt hatte. Bei seiner letzten Reise nach Madrid hatte der Zar von Garcia weise Ratschläge bezüglich Investitionen in Spanien erhalten.

»Unsere ersten Geschäfte waren sehr zufriedenstellend, Maestro.«

»Ich freue mich, wenn meine Kunden mit meinen Diensten zufrieden sind«, säuselt der Rechtsanwalt.

»Folgendes führt mich heute zu Ihnen. Für die Achsenmächte hat sich der Wind gedreht. Sie werden bald eine Niederlage erleiden. Und Tatsache ist, dass ich viele Feinde habe.«

»Feinde sind die Kehrseite der Erfolgsmedaille«, meint der Anwalt mit einem Schulterzucken.

»Nach dem Krieg werden sie mit mir abrechnen wollen. Es ist daher sehr gut möglich, dass ich mich für einige Zeit totstellen muss. Dass ich in einem sicheren Versteck auf das Ende des Gewitters warten muss. Ich würde nicht mehr so einfach nach Lust und Laune die Grenzen überqueren können wie jetzt. Ich brauche daher einen Vertrauensmann, der sich in dieser Übergangszeit, um meine Interessen zu vertreten.« Michel schweigt und mustert den Anwalt.

»Ich habe an Sie gedacht ... Sind Sie damit einverstanden, sich während meiner Abwesenheit um meine Angelegenheiten und die Verwaltung meines Vermögens zu kümmern?« Maestro Garcia überlegt mit ernstem Gesicht und nennt dann einen sehr hohen Preis. Der Zar verhandelt mit seinen Anwälten nie über die Honorare.

»Ich erteile Ihnen eine Generalvollmacht und Sie erfahren, wie Sie mich im absoluten Notfall erreichen können.«

»Seien Sie ohne Sorge«, sagt Garcia, »ich bin das Berufsgeheimnis gewohnt.«

»Entschuldigen Sie mich einen Augenblick. Ich habe im Auto einige Sachen, die ich Ihnen zeigen möchte«, sagt Michel.

Er verlässt das prunkvolle Büro des Anwalts. Einige Minuten später kehrt er mit einem Wildlederkoffer zurück.

»Maestro, das hier ist der Beweis, dass ich Ihnen vollkommen vertraue.«

Er lässt das Schloss aufspringen. Der Koffer ist vollgestopft mit Goldbarren, Edelsteinen, Schmuck, Geldbündeln. Er nimmt einen Beutel aus Krokodilleder und zeigt dem Anwalt den Inhalt: Smaragde, Rubine, Diamanten.

»Wieviel sind die wert?«, will Garcia mit weit aufgerissenen Augen wissen.

»Laut einer sehr vorsichtigen Schätzung fünfunddreißig Millionen. Ich hätte eine Bank in der Schweiz nehmen können, aber Spanien ist mir lieber. Verwahren Sie das an einem sicheren Ort, in einem Banksafe in Madrid. Treuhänderisch auf Ihren Namen. Es ist nicht notwendig, dass ich als Besitzer auftrete.«

»Wir können die erforderlichen Papiere noch heute Nachmittag unterzeichnen.«

»Ich bedanke mich für Ihre Schnelligkeit. Wenn alle Formalitäten erledigt sind, lade ich Sie zum Essen ein.«

Der Zar ist mit seiner Vorgehensweise vollkommen zufrieden.

Seine Wahl war auf Garcia gefallen, nicht nur weil er als Anwalt einen hervorragenden Ruf hatte, effizient, integer und äußerst diskret war, aber auch, weil er als überzeugter Faschist, Berater und ein enger Freund von General Franco war. Überhaupt war letzteres für den Zar ausschlaggebend gewesen. Dank seiner politischen Kontakte auf höchster Ebene, könnte sich der Anwalt in der Zukunft als sehr nützlich erweisen. Seit ewigen Zeiten ist bekannt, dass Geld geruchlos ist. Auch Diamanten haben keinen Eigengeruch. Ihnen ist lediglich der Karat-Glanz inne. Und der Anwalt ist bei der Herkunft der Depots nicht kleinlich.

Sowohl für den Deponenten als auch den Depositar ist daher alles bestens in der besten aller Welten.

Kapitel 40

Der Brunnen

Die Stille im Innenhof wird plötzlich von in Deutsch gebrüllten Befehlen gestört, dem Geräusch von Männern in Stiefeln, die schnell näherkommen, kehligen Schreien, durch die dicken Mauern gedämpft.

Die Tür der Kapelle des Klosters von Maison-Rouge wird gewaltsam aufgerissen. Vater Sannier, brutal von mit Maschinengewehren bewaffneten Soldaten nach vorne gestoßen, ist zu sehen. Sein normalerweise heiteres Gesicht ist wachsbleich. Das Eindringen der Deutschen in die Kapelle hat das Morgengebet der Mönche unterbrochen.

»Es tut mir leid«, sagt der Superior und versucht, sich seine Angst nicht anmerken zu lassen. »Diese Herren zwingen mich zu diesem Handeln. Sie möchten Sie befragen. Würden Sie bitte nach draußen in den Hof gehen? Dieser Ort ist für Verhöre nicht geeignet.«

In Grabesstille verlassen die Mönche die Kapelle. Die Deutschen haben den Innenhof abgeriegelt. Unter ihnen befinden sich auch Männer in Zivilkleidung, zweifellos Gestapomänner. Es ist fünf Uhr morgens und gerade hell geworden.

Hauptsturmführer Katzmann baut sich in drohender Haltung vor den Mönchen auf.

»Bringt den Gefangenen her!«, keift er.

Er ist untersetzt, hat einen Stiernacken, verzerrte, unheilverkündende Züge, die seine einem Schwein ähnelnden Gesichtszüge verstellen. Auf dem Kragen seiner Uniform sind die SS-Runen zu sehen. Der Leiter der Expedition sieht nicht nur wie ein Rohling aus. Zwei Deutsche stoßen mit dem Gewehrkolben einen etwa vierzigjährigen Mann mit messerscharfen Gesichtszügen nach vorne. Er ist mit Handschellen gefesselt. Sein rechtes Auge ist geschwollen. Der Superior fährt hoch, als er den Gefangenen erkennt: Capitaine Gordes, der Chef der regionalen FFI! Die Mönche hatten seit dem Beginn der Besatzung Kontakt zu ihm.

Der Superior sieht plötzlich die vor vier Tagen erlebte Szene vor sich. Seine Vorahnung erweist sich als wahr: Sie sind denunziert worden. An jenem Nachmittag waren Gordes und sein Stellvertreter Ferronnet in diesem Hof aus dem Wagen gestiegen, der jetzt von bewaffneten Männern wimmelte. Ein dritter Mann war bei ihnen, ein Mann in Samtanzug und Ledergamaschen. Tony Roatta, ein junger Widerstandskämpfer, war der Fahrer. Als er den Fremden sah, warf er seinem Freund Gordes, der die stumme Frage sofort verstand, einen langen fragenden Blick zu.

»Er gehört zu uns. Ein armenischer Jude, ein sehr mächtiger Mann. Er geht bei den Deutschen ein und aus. Er ist unser Freund, wir vertrauen ihm.«

»Ich verstehe«, murmelte er, überhaupt nicht überzeugt.

»Wir wollen einen Teil der Waffen holen«, sagte Gordes.

»Wir brauchen sie morgen.«

»Wäre es nicht besser, bis nachts zu warten?«, fragte er, von der Vorahnung einer unmittelbar bevorstehenden Gefahr ergriffen.

Die Straßen nach Paris wurden engmaschig von der Feldgendarmerie überwacht. An allen Ecken und Enden stieß man auf Absperrungen und Patrouillen.

»Wir haben schon zu viel kostbare Zeit verloren«, unterbrach der Unbekannte zornig.

»Wir können nicht warten«, lenkte Yves Gordes ein.

»Fordert man nicht das Schicksal heraus, wenn man am helllichten Tag mit versteckten Waffen durch die Gegend fährt? Wenn Ihr geschnappt werdet, erschießen sie euch auf der Stelle, ohne lange zu fackeln.«

Auf seinem Gesicht war die Beunruhigung zu erkennen. Eine innere Stimme rief ihm zu: Nimm dich vor diesem ungeduldigen Juden in Acht, der es so eilig hat.

»Das ist der helle Wahnsinn«, sagte Gordes, »das stimmt, Vater. Aber jetzt an die Arbeit!« Resigniert seufzte er.

»Sturkopf, ich flehe dich an, sei vorsichtig!« Der Unbekannte schaute verärgert drein.

Tue das, was du tun musst schnell.

Jesu' Worte an Judas kamen ihm in den Sinn. Judas, der pflichteifrige Verräter! Und dieser Unbekannte, der so viel Eifer an den Tag legte! Er erschauderte.

»Hör zu …«

Aber Gordes schnitt ihm das Wort ab und klopfte ihm lächelnd auf die Schulter:

»Der Himmel wird uns helfen, mein Vater, wie immer.«

»Damit spaßt man nicht«, sagt er mit ernstem und zugleich traurigem Blick.

»Kommen Sie, Sie brauchen sich keine Sorgen zu machen. Falls es Probleme gibt, wird uns unser Freund, der Jude, aus der Klemme helfen.«

Er zuckte mit den Schultern. Vielleicht war er auch zu pessimistisch.

»Wir werden die Waffen allein holen«, sagte er in einem letzten Anfall instinktiven Misstrauens.

»Von mir aus«, lachte Gordes, »wenn Sie unbedingt die Arbeit für uns erledigen möchten ...« Mehrere Mönche gingen in den Keller des Klosters und kamen etwa zehn Minuten später mit Waffen zurück.

Er hatte sich zu Recht Sorgen gemacht. In der Nähe der Porte d'Orléans, stießen Gordes und seine Begleiter auf eine Absperrung der Feldgendarmerie. Der Armenier redete mit Engelszungen, zeigte seine Palette an Ausweisen, nahm schließlich eine beleidigte Haltung ein, konnte aber nicht verhindern, dass sie zum Hauptquartier der Gestapo eskortiert wurden.

Als sie an diesem anbrechenden Frühlingsmorgen im Hof des friedlichen Klosters ihren Freund Gordes in einem der Art jämmerlichen Zustand sehen, werden die Mönche von der Angst gepackt. Alle hatten denselben Gedanken. Waren wir denunziert worden? Viele unter ihnen denken, dass dem so ist. Hatte der arme Gordes unter der Folter nachgegeben?

»Sieh sie dir alle genau an«, brüllte Katzmann. »Wen erkennst du? Ich will Antworten, und zwar schnell!«

Gordes geht durch die Reihen der Mönche, hält an und sieht lange und langsam jeden einzelnen an. Katzmann lauert neben ihm auf die geringste Reaktion der Mönche, wartet auf denjenigen, der sich verrät und schlägt dabei immer wieder kurz mit der Reitpeitsche auf seinen rechten Stiefel.

»Also?«, wettert der Deutsche.

Gefasst halten die Mönche seinem inquisitorischen Blick stand.

»Zum Teufel!«, brüllt Katzmann in seiner Muttersprache.

»Diese groteske Farce werde ich nicht länger dulden! Genug gespielt! Wen erkennst du?«

»Niemanden«, sagt Gordes und dreht sich um.

Nun hat sich das gerötete Gesicht Katzmanns in eine hasserfüllte Fratze verwandelt. Mit hervortretenden Augen springt er rasend vor Wut auf.

»Was? Himmeldonnerwetter!«

»Ich kenne keinen der Männer.«

»Sie haben es so gewollt! An allem, was jetzt geschieht, sind Sie schuld! Hier sind Waffen versteckt, das wissen wir!« Er schreit seinen Männern zu, dass sie mit der Durchsuchung beginnen sollen.

»Ihr Pfaffen bleibt, wo Ihr seid! Und keine Bewegung! Derjenige, der auch nur den kleinen Finger rührt, wird die Freude haben, sich sofort bei seinem verehrten Schöpfer wiederzufinden. Ich werden jeden Einzelnen von Euch befragen.«

Er zeigt wahllos auf einen Mönch:

»Du bist der Erste. Komm mit!«

Katzmann setzt sich in den großen Saal des Klosters. Jahrhundertelang war dies die Waffenkammer der ehemaligen Festung gewesen.

»Wo sind die Waffen?«

Pater François war ein mutiger Mann und verweigert eine Antwort. Katzmann stößt ein wütendes Grunzen aus, seine gefürchtete Peitsche knallt durch die Luft und landet im Gesicht des Mönchs. Das Blut spritzt.

»Du wirst Dein Schweigen noch bereuen. Wo sind die Waffen?«

Trotz des schrecklichen Folterinstruments schweigt der Mönch weiter.

»Nun ist der Moment gekommen, deinen Jesus anzuflehen,« lacht Katzmann. Ich wette, dass er taub und stumm bleibt.«

Der Deutsche bringt Pater François in den Hof und befiehlt ihm, abseits der anderen Mönche auf die Knie zu gehen.

»Der Nächste!«

Das Szenario wiederholt sich.

Ohne irgendein Ergebnis. Die Minuten verstreichen langsam. Eine Stunde ist vorbei. Im Moment befinden sich sechs Mönche mit blutigen Gesichtern abseits der anderen. Keiner hat geredet und Katzmanns Wut hat einer mörderischen Rage Platz gemacht.

In einem der Keller haben die Deutschen die Metallkisten entdeckt, in denen die von den Flugzeugen der Alliierten abgeworfenen Waffen nebst Munition enthalten gewesen waren. Die Mönche hatten sie nicht verschwinden lassen. Das war ein gravierender Fehler ihrerseits. Zu ihrer Verteidigung muss man jedoch sagen, dass sie fromme Männer und keine Fachleute in Sachen geheime Operationen sind.

Die Behälter sind leer, die Waffen bleiben unauffindbar.

Und die Deutschen wagen nicht, weiter in das Labyrinth aus Gängen, Stollen, Geheimgängen und Kellern des Schlosses vorzudringen, das zu Zeiten der Religionskriege von einem um seine Sicherheit besorgten Gutsherrn erbaut worden war.

»Dann eben nicht«, johlt Katzmann. »Knüppel und Peitsche scheinen also nicht zu genügen, um Euch zur Raison zu bringen. Ihr seid alle Terroristen!«

Er ergreift einen der gefolterten Mönche und schleppt ihn nach hinten in den Hof. Dort befindet sich ein mehrere Jahrhunderte alter und rund 30 m tiefer Brunnen.

Ein Brunnen so tief.
Ein Verbrechen so groß.
Gott völlig abwesend.
Der Teufel äußerst präsent.

»Knie dich an den Rand! Kopf nach unten! Ich frage dich ein letztes Mal: Wo sind die Waffen?« Rund zwanzig Sekunden verstreichen und es herrscht Totenstille. Der Mönch schüttelt den Kopf und macht ein Kreuzzeichen. Mit einer plötzlichen Bewegung stößt Katzmann ihn in den Brunnen.

Ein dumpfes Geräusch.

Der Unglückliche ist ohne einen Schrei gefallen.

»Ein Schicksalsbrunnen, tief genug, damit jeder von Euch darin Platz hat«, schreit Katzmann mit dämonischem Lachen und heiserer Stimme. Ich habe ein Exempel statuiert. Selbst der Engstirnigste unter Euch hat es nun kapiert. Seid Ihr nun zum Reden bereit?«

Vater unser im Himmel …

Die vor Schreck wie versteinerten Mönche haben laut zu beten begonnen. Katzmann ist angesichts dieser kollektiven Weigerung außer sich, stürzt sich auf einen weiteren Mönch und schiebt ihn zum Brunnen.

Der zweite Mönch fällt ohne einen Schrei.

»Ich werde Euren Widerstand brechen. Wenn Ihr nicht redet, kommt Ihr alle hier hinein, einer nach dem anderen, bis zum Letzten.«

Die Geschichte ist nur eine Folge von Verbrechen, eines abscheulicher als das andere. Das ist alles, was der Peiniger von seiner humanistischen Bildung und seinem Beruf als Lehrer vor dem Krieg behalten hat.

Der dritte Mönch ist ohne einen Schrei in den Brunnen gefallen.

Die anderen Mönche beten weiter außer einem, Pater Bernard, ein kräftiger Mann, der hart auf dem väterlichen Bauernhof gearbeitet hat, bevor er in den Orden eintrat.

In seinem Kopf wirbeln die Gedanken durcheinander. Sich quälen lassen? Wie ein folgsames, ergebenes Schaf? Von wegen! Er rebelliert und die blinde Wut des tollwütigen Schafes bricht in ihm aus. Reißaus nehmen und versuchen, alles auf eine Karte zu setzen … Lieber bei einem Fluchtversuch von Kugeln getroffen werden!

Er ist für den großen Garten zuständig, der sich hinter dem Kloster erstreckt. Da er nicht hatte schlafen können, war er nachts gegen halb vier Uhr in den Garten gegangen, um eine Runde zu drehen, bevor er zum Morgengebet in die Kapelle zu den anderen Mönchen gestoßen war.

Ich habe das Gitter in der Burgmauer zwischen Kloster und Garten offengelassen. Vielleicht ist das meine Chance. Außerdem stehe ich in der letzten Reihe. Die Gebäudeecke ist nur etwa zehn Meter entfernt. Wenn es mir gelingt, um die Ecke zu laufen, habe ich einige Sekunden Vorsprung, um das Gartentor zu erreichen … Und im Garten steigen meine Chancen … Die Hecken, die die verschiedenen Kulturen im Garten voneinander abtrennten, der Obstgarten mit den Obstbäumen – das alles bot einen gewissen Schutz. Der Waldrand war nur rund fünfzig Meter entfernt. Gelingt es mir bis an den Wald zu kommen, kann ich meine Verfolger abschütteln. Ich kenne jede Ecke dieses Waldes wie meine Westentasche. Es bleibt ihm nur noch, seine Seele Gott anzubefehlen. Er wartet auf den günstigen Moment, als die Blicke der Wachposten Katzmann folgen, der sein nächstes Opfer in Richtung Brunnen führt.

Wie ein Gepard springt er hervor und schlägt dem Wachmann wenige Meter von ihm entfernt kräftig ins Gesicht. Der Deutsche verliert das Gleichgewicht und fällt nach hinten. Wahrscheinlich hatten die Wachposten mit einer solch waghalsigen Aktion von einem wehrlosen Gottesmann nicht gerechnet. Deshalb waren sie in den entscheidenden Sekunden verblüfft. Mit wenigen Schritten hat er die Ecke des Gebäudes erreicht, als die SS-Leute wieder in Bewegung kommen.

Der trockene Knall von Schüssen.

Die Kugeln schlagen an den Ecksteinen ein.

Die Deutschen stürzen los, Vater Bernard hinterher, der das Gartentor erreicht. Er ist wie ein wildes Tier in äußerster Bedrängnis während einer Hetzjagd. Zum Glück haben die Deutschen keine Köder dabei! Er schlüpft durch Büsche und Sträucher hindurch.

Nochmals Schüsse … Der Waldrand rückt näher. Er prescht durch das Gestrüpp und hält erst nach rund 20 Minuten an, als er sicher sein kann, dass er seine Verfolger abgehängt hat.

Nun hätte man glauben können, dass Katzmann bei diesem Vorfall völlig toben würde. Dem war jedoch nicht so. Er wendet sich von dem Mönch ab, den er gerade in den Brunnen stoßen wollte, erteilt seinen Männern Befehle und verlässt den Hof des Klosters in Richtung des vor der Mauer geparkten, vor den Blicken der Mönche geschützten Autos. Katzmann öffnet die Tür und sagt zu dem hinten sitzenden, das Gesicht hinter einer Sonnenbrille versteckten Mann:

»Diese verfluchten Himmelszauberer! Drei habe ich zu ihrem Schöpfer geschickt und trotzdem weigern sie sich, ihr Geheimnis zu lüften!«

»Haben Sie die Waffen gefunden?«, will der Mann im Auto, ohne mit der Wimper zu zucken wissen.

»Leider nein.«

»Aber sie müssen da sein.«

»Diese Keller sind ein echtes Labyrinth. Selbst die ältesten Mönche haben Angst, sich darin zu verlieren«, grummelt Katzmann. Die Pfaffen werden jedenfalls nie mehr Waffen verstecken. Sie werden alle deportiert.«

Er beobachtet den Mann auf der Rückbank, um seine Reaktion abzumessen. Doch wenn er auf eine Zustimmung oder irgendeine Gefühlsregung gewartet hatte, wurde er alsbald eines Bessern belehrt. Hinrichtungen und Deportationen lassen seinen Zuhörer kalt. Im versteinerten Gesicht von Monsieur Joseph gab es keinerlei Regung.

Die Gestapo hatte Sicherheiten verlangt: So hat er also die Mönche von Maison-Rouge verraten.

Mit diesem Treuebruch hat er einen riesigen Vorschub auf seine Zukunft geleistet.

Kapitel 41

Kriegstagebuch in der Corrèze

Tulle, Mai 1944.

Hätte man es den Partisanen ankreiden können, auf dem Massengrab zu singen?

Los geht's, los geht's, los geht's, die SS an die Laternenpfähle!
 Los geht's, los geht's, los geht's, wir hängen die SS!

Und damit setzten auch sie die Laterne auf die Liste der Mordwerkzeuge.

Die SS-Division Das Reich hat es bereits getan. In Tulle, mit Erhängten an Laternenpfählen.

Breitbeinig steht er hinter dem Fenster im ersten Stock der ehemaligen, verlassenen Schule, die der Brigade als Hauptquartier dient. Seinen Blick lässt er über die stufenförmig angeordneten Häuser am Talrand schweifen. SS-Hauptmann Henri gibt sich, ohne den Naturschönheiten des Ortes Beachtung zu schenken, düsteren, strategischen Überlegungen hin.

»Die Gerüchte verdichten sich«, sagt er. »Die Vorbereitungen für den Angriff sind in die letzte Phase gekommen. In wenigen Tagen werden sie die Stadt erobern.«

Cadousse, ein schwächlicher Mann, Chef der Milizabteilung, der von seinem Aussehen her seiner Aufgabe offensichtlich nicht gewachsen ist, lässt das Knurren eines Hundes kurz vor dem Zubeißen ertönen:

»Die Terroristen warten nur auf das Signal, um uns den Garaus zu machen.«

Henri lässt seinen Blick über die schroffen Felswände, die an die Felsen gebauten Häuser und die durch das Plateau oberhalb der Stadt gegrabene Kerbe schweifen.

»Was für ein herrlicher Schießplatz. Sie müssen nur Position auf den beiden Bergkämmen beziehen, um die Stadt unter Beschuss zu halten.«

»Und uns wie die Hasen abzuschießen«, fährt Cadousse fort. Diese Stadt ist eine Falle, die sich über uns zu schließen droht.

»Unsere deutschen Freunde sind da anderer Meinung«, seufzt Henri. Sie meinen, dass die Truppenstärke die Maquisards von Scharmützeln abhält.

Seit er sich mit seinen Männern an Aktionen gegen den Maquis beteiligte, waren einige Schläge ins Kontor des Gegners gelungen. Doch seit die Landung der Alliierten publik geworden war, hatte der Kampfgeist der Widerstandskämpfer mehr denn je Auftrieb erhalten. Außerdem war die Corrèze mit ihren Wäldern, den verlassenen und schroffen Tälern ideal für Hinterhalte und Guerilla-Aktionen.

»Ich bin derselben Meinung wie Henri«, wirft der Algerier mit seiner Fistelstimme ein. »Nehmen wir einmal an, sie kommen aus ihren Rattenlöchern und treiben uns hier in die Enge, dann könnte die Sache für uns zum Desaster werden.

Lasserre sieht Omar Bel Kassem, ein Mann mit ausgemergelten Gesichtszügen und glühendem Blick nachdenklich an. Er hatte ebenso wenig wie Cadousse den Anschein eines Kämpfers.

An einem heißen Julitag war der Zwerg in sein Büro gekommen: »Ein gewisser Bel Kassem will Sie zu sprechen, Chef. Soll ich ihn fortjagen?«

»Nein, bringe ihn herein.«

»Wie Sie wollen, Chef …«, murmelte Gilles mit zerknirschtem Gesicht.

Er hätte den lästigen Kerl lieber mit Knüppelschlägen verjagt. Auch ihm hatte der Algerier von Anfang an nicht gefallen. Im Gegenteil – er hatte ihn mit seinem Aussehen eines geschlagenen Hundes eher gelangweilt. Und der Hund heulte und bettelte hungrig um Nahrung.

Bel Kassem sprach eifrig über die von ihm gegründete Zeitung *Le Flambeau*. Er hatte mit 20 Jahren Oran verlassen, um in Paris Literatur zu studieren. Er war an die Sorbonne gegangen und in eine nationalistische Partei eingetreten. Da er in seiner Zeitung Algerien verherrlichte und das kolonialistische Frankreich attackierte, wurde er beim Ausbruch des Krieges verhaftet. Nach Monaten im Camp war er freigelassen worden und widmete sich erneut seiner Zeitung. *Le Flambeau* zog die Ideale des französischen Kolonialreichs durch den Dreck und wurde für die Behörden in Vichy zum roten Tuch. Doch die Deutschen stellten sich angesichts der offiziellen Proteste taub und die Propaganda-Staffel verbot die Veröffentlichung der Zeitung nicht. Die Spekulation der Deutschen ging auf, denn Bel Kassem betrieb die Verherrlichung Hitlers und des Nazismus.

Wieso habe ich Gilles nicht freie Hand gelassen? hatte er sich gefragt und war zwei Mal drauf und dran gewesen, den Algerier zu unterbrechen und ihm die Tür zu weisen. Plötzlich hatte Bel Kassem jedoch den richtigen Ton gefunden und sein Interesse geweckt.

»Wir Araber sind Sklaven«, hatte er gejammert, »wir werden schlecht behandelt und wie Galeerensklaven ausgebeutet. Wir leben in Elendsvierteln wie die Tiere. Man hat mir erzählt, dass Sie ein Mann sind, der alles verstehen kann.«

Der Chef wurde plötzlich von seiner Kindheit gepackt, dem Vieux-Port, den dicht besiedelten Gassen, dem quälenden Hunger. Immer, wenn man ihm von elenden Lebensbedingungen erzählte, bekam sein harter Panzer Risse und er Mitleid.

»Was wird am dringendsten benötigt?«

»Essen«, antwortete der Algerier ohne auch nur eine Sekunde zu zögern. Er hätte kein besseres Argument finden können, um beim Chef auf einen wunden Punkt zu stoßen.

»Und wenn ich eine Kantine finanzieren würde?«

Bel Kassem sprang vor Freude auf, doch sogleich war in seinem gebräunten Gesicht Traurigkeit zu sehen.

»Es ist gemein, sich derart über Elend lustig zu machen«, murmelte er.

»Ich meine es ernst.«

»Gott sei gepriesen! Ich möchte Sie am liebsten umarmen«, rief der Algerier aus und klatschte dabei vor Aufregung in die Hände.

Der Chef hatte also eine den Arbeitern offenstehende Kantine einrichten lassen.

Nach der Ernennung von Joseph Darnand zum Generalsekretär für den Erhalt der Ordnung im Januar 1944, spielte die Franc Garde der Milice, die nun bewaffnet war, eine aktive Rolle bei der Niederschlagung des Maquis. Die Deutschen hatten beschlossen die Untergrundbewegungen vor der Landung der Engländer und Amerikaner auf französischem Boden auszurotten.

»Beim Kampf gegen die Terroristen könnten Söldner wertvolle Hilfe leisten«, hatte ihm Bel Kassem eines Tages gesagt.

»Und wo willst du die herbekommen?«

»Ganz einfach, meine Landsleute.«

»Du schuldest mir nichts.«

»Sie missverstehen meine Beweggründe.«

»Gut, dann bin ich damit einverstanden.«

Daraufhin wurde eine Truppe aus dreihundert Freiwilligen auf die Beine gestellt. Sie wurden militärisch geschult und in Züge mit jeweils fünfzig Männern eingeteilt. Sie trugen die von Monsieur Joseph gelieferten Uniformen der Wehrmacht. So war die nordafrikanische Brigade entstanden, die Anfang Februar in den Südwesten Frankreichs geschickt wurde, um sich an der Einhaltung der Ordnung zu beteiligen.

Sein Hauptquartier hatte er in Tulle errichtet. Achille Abel befahl einen der Züge und teilte ihn in drei Kommandos mit Sitz in Brive, Montbéliard und Périgueux ein. Bei einem Gefecht in Montbéliard wurden drei Algerier getötet. Als Vergeltungsmaßnahme durchstreifte der Zug die Region und zündete Bauernhöfe an.

SS-Hauptmann Henri hatte an mehreren großen »Befriedung« genannten Aktionen mit Truppen der Waffen SS, Gestapo- und Milizeinheiten teilgenommen.

»Derjenige, der die Bergkämme kontrolliert, kontrolliert auch die Stadt«, sagte er jetzt zu Cadousse und Bel Kassem.

»Wenn ich überlege ... Alle Kreuzungen, alle Brücken in Waffennähe ... Dies würde uns einen gewissen Vorteil verschaffen. Doch das ist nur ein Denkspiel. Die großen deutschen Strategen pfeifen auf unsere Meinung.«

In seinen letzten Worten klingt Verachtung mit.

Kapitel 42

Der SS-Hauptmann

Am nächsten Morgen um 10.00 Uhr fällt ein deutscher Spähtrupp auf der Straße von Tulle nach Brive in einen Hinterhalt.

Rund zehn Deutsche bleiben auf der Strecke. Drei Männer kehren unversehrt zurück. Sofort rückt eine Kolonne der Waffen SS, unterstützt von Hauptmann Henri mit einem Zug der Brigade für die Jagd nach den Maquisards aus.

Sturmbannführer Kreisner führt die Kolonne an.

»Wir gehen als Aufklärer los«, befiehlt er seinem Fahrer Erich Karger, »wir bewegen uns ja wie Schnecken.«

Der Kübelwagen gibt Gas. Karger ist die Ausbrüche seines Chefs gewöhnt, dem sein Kampfgeist und seine riesige Kraft den Spitznahmen »Sturmwind« eingebracht haben. Kreisner ist ein Veteran der Ostfront und war auf der Titelseite der Zeitschrift *Signal* zu sehen gewesen. Er galt als Held der Waffen-SS und war nicht nur bei seinen Männern, sondern in der gesamten Wehrmacht beliebt.

Die in den Hecken verstecken Untergrundkämpfer lassen Kreisners Auto nahe herankommen, ehe sie das Feuer eröffnen.

Anstatt eines Rückzugs nach dem Feuergefecht mit der Patrouille, die sie niedergemacht haben, sind sie einen Kilometer in Richtung Tulle vorgerückt und haben sich erneut auf die Lauer gelegt. Sie warten auf die Deutschen, die sicherlich ihre Verfolgung aufnehmen würden. Der Fahrer von Kreisner wird von einer Maschinengewehrsalve getötet und bricht am Lenkrad zusammen. Obwohl auch Kreisner getroffen wurde, gelingt es ihm, aus dem Fahrzeug zu springen, bevor er im Graben umkippt. In Russland war er mit zahlreichen Situationen konfrontiert worden, von denen eine gefährlicher als die andere war und er war immer heil davongekommen. Doch irgendwo stand geschrieben, dass sein Weg hier enden würde. Mit voller Wucht wird er von einer neuen Salve getroffen und bricht zusammen.

Als sich die deutsche Kolonne nähert, setzen die Maquisards sich ab.

Die Wut der SS ist groß, als sie die Leichen von Kreisner und seinem Fahrer entdecken.

Sie verlassen die Straße und kreisen das nächstgelegene Dorf ein. Zwei Jugendliche, die über die Felder fliehen wollen, werden erschossen. Im Dorf beginnt die Durchsuchung der Häuser. Männer, Frauen und Kinder werden aus ihren Häusern verjagt und auf dem Kirchplatz zusammengetrieben.

In einem Keller finden die Deutschen zwei Maschinengewehre, Munition und Granaten. Paul Cassié, der Eigentümer des Hauses, seine Ehefrau und seine beiden zehn- und dreizehnjährigen Söhne werden mit Gewehrkolbenstößen auf die Straße getrieben. Die SS-Männer plündern die Häuser und stehlen Geld und Schmuck. Vor den auf dem Platz versammelten Bewohnern wird Cassié verprügelt. Sein Haus haben die Deutschen angezündet. Als sich Cassié nicht mehr auf den Beinen halten kann, schleppen ihn die SS-Männer auf die Treppe der Kirche. Seine beiden Söhne müssen ihn stützen, damit er nicht umfällt, seine Frau wird gewaltsam zur Seite geschoben. Eine SS-Truppe bezieht Stellung. Die Totenglocke läutet. Ein Unteroffizier schreit einen Befehl, die SS-Männer betätigen die Verschlüsse ihrer Gewehre.

> *Der Capo nero muckt auf.*
> *Auge um Auge, Zahn um Zahn?*
> *Wird es Vergebung geben?*

Da hebt SS-Hauptmann Henri, der sich bisher im Hintergrund hielt, den Arm.

»Halt!«

Mit wenigen Schritten geht er in die Schusslinie, schnappt die beiden in Furcht und Schrecken versetzten Jungen und baut sich mit eisigem Tonfall vor dem Unteroffizier auf:

»Solange ich hier bin, wird niemand einem Kind auch nur ein Haar krümmen!«

Lasserre in Stiefeln und Helm, die Hände auf den Hüften in der Uniform eines SS-Hauptmann und der deutsche Unteroffizier mustern sich feindselig. Lasserres schwarze Augen sind zwei Schlitze und der Deutsche kapiert, dass er im Moment ebenso gefährlich wie eine Klapperschlange ist. Er verzerrt das Gesicht, hütet sich jedoch, den Befehl von SS-Hauptmann Henri anzufechten, der ja auch sein Vorgesetzter ist. Während Cassié auf der Treppe der Kirche zusammengebrochen ist, nähert sich Lasserre dessen Söhnen:

»Jungs, Euer Platz ist bei Eurer Mutter!«

Er stößt sie in Richtung der Frauengruppe. Die SS-Männer haben in den Häusern Wein und Lebensmittel mitgenommen.

Das große Fressen beginnt. Die Bevölkerung bleibt auf dem Platz versammelt. Die Männer, etwa dreißig an der Zahl, bilden eine getrennte Gruppe. Zwei SS-Männer haben ein Klavier aus einem der Häuser geholt. Einer von ihnen setzt sich. Ist es Spott, Unüberlegtheit oder Provokation? Wer weiß? Auf jeden Fall erklingen einige Augenblicke später die Töne der Hymne an die Freude.

Alle Menschen werden Brüder ...

Die trunkenen Schreie der SS-Männer, die Flammen des Hauses von Cassié, die von den Männern getrennt stehenden Frauen, allesamt in stummer Seelenqual gefangen, die Angst, die sich wie eine Schicht über das Dorf gelegt hat, der Amoklauf, der jederzeit bei den Deutschen ausbrechen kann, der umherschleichende Tod –, eine Szene, an der sich Dante erfreuen würde. Dann werden die Frauen und Kinder ohne weitere Erklärung freigelassen.

Zwei Stunden später machen sich die SS-Männer nach einem ausgiebigen Gelage an die Ausweiskontrolle der Männer. Letztendlich werden alle mit Ausnahme von Cassié, den die Deutschen mitnehmen, freigelassen. Gegen Ende des Nachmittags verlassen sie den Ort.

Als Lasserres Zug zwei Tage später die Gegend um Figeac durchkämmt, werden sie von Untergrundkämpfern überfallen. Ein ebenso kurzer wie blutiger Angriff: Ein Lkw explodiert und reißt rund zehn Algerier mit in den Tod. SS-Hauptmann Henri wird von einem Splitter am linken Arm verletzt. Er versammelt die Überlebenden und geht zu einem Gegenangriff über, bei dem er einen Untergrundkämpfer mit seiner eigenen

Hand tötet. Daraufhin ziehen sich die Soldaten der Armée secrète in die umliegenden Wälder zurück.

Nach der Ankunft einer SS-Einheit mit zwanzig Panzerfahrzeugen in Figeac, wird eine Vergeltungsmaßnahme gestartet. Die Deutschen fallen in das Dorf ein, das dem Hinterhalt am nächsten liegt, schießen wild um sich und erschießen die zehn ersten Männer, die das Pech haben, ihnen über den Weg zu laufen.

Dieses Mal rührt SS-Hauptmann Henri keinen krummen Finger, um das Blutbad zu verhindern.

Er ist bereits zurück in Paris, als am 9. Juni, dem Tag, als die SS-Panzerdivision »Das Reich« in Tulle 99 Männer erhängen lässt und die Provinzhauptstadt der Corrèze mit Grauem und Horror überzieht. Die nordafrikanische Brigade war dezimiert worden. Hatte Monsieur Henri seine Kompetenzen als Kriegsherr unter Beweis stellen wollen, so musste er seine Träume begraben und anerkennen, dass die Operation mit einer markanten Niederlage endete.

Monsieur Henri hat Geschmack an der SS-Uniform gefunden, die er in der Corrèze trug.

Er liebt es, in der schwarzen Uniform und der Mütze mit Totenkopfemblem in den Hauptverkehrsstraßen der französischen Hauptstadt umherzustolzieren.

Der Armenier geht ihm nun aus dem Weg. Monsieur Henri war vom Teufel besessen.

Ein Todestrieb trieb ihn zu unaufhaltsamen Taten.

Kapitel 43

Das Gesetz des Besatzers

Seit einem Jahr wurde Otto angst und bange bei dem Gedanken an die Zukunft des Vermögens, das er während der Besatzung angehäuft hatte. Er war davon überzeugt, dass er als Organisator und Gründer rechtmäßig einen Anteil des besagten Schatzes beanspruchen durfte und hatte sich daher völlig skrupellos über einen Teil der Gelder hergemacht.

»Endlich ein Licht in der Dunkelheit«, sagt er in fröhlichem Ton zu Judith.

Diese Dunkelheit, die mit der zurückweichenden deutschen Armee an allen Fronten von Tag zu Tag dichter wurde. Judith sieht ihn mit gerunzelter Stirn an.

»Was für eine gute Nachricht?«

»Sie haben das Loch gestopft. Siehst du, ich habe kein Geheimnis vor dir.«

»Den Krater oder den Schlund stopfen« wäre wohl passender. Und sag lieber, dass ich mit dir viel zu viele Geheimnisse teile.«

Nach dem offiziellen Verbot von Käufen auf dem Schwarzmarkt, war die Auflösung der Büros angeordnet worden und die Buchhaltung an eine Kontrollorganisation in Deutschland übertragen worden. Bei der Überprüfung der Konten von Ottos Organisation war eine Differenz von über zwei Milliarden zwischen den Buchungsbelegen und den geprüften Büchern aufgetreten. Diese Differenz würde auf das Gewinn- und Verlustkonto umgebucht werden. Außerdem war eine ohne weiteren Beleg verbuchte Ausgabe von über einer Milliarde akzeptiert worden. Otto war an die Buchprüfer herangetreten und seine üppigen Schmiergelder hatten wahre Wunder bewirkt. Selbst der versierteste Prüfer würde sich in dem Wirrwarr an Unternehmen, Filialen und undurchsichtigen Teilhaberschaften verlieren, die Otto, während seiner letzten Reisen nach Spanien und Portugal auf die Beine gestellt hatte. Diese Unternehmen hatten ihrerseits eine ganze Reihe an Niederlassungen in Südamerika, insbesondere in Argentinien und Bolivien eröffnet. Dadurch waren beachtliche Geldmengen in Sicherheit gebracht worden. Nicht zu vergessen die hunderte von Millionen, die direkt in Ottos eigene Taschen gewandert waren. Otto wollte nach dem Krieg die während der Besatzung eingeheimsten Reichtümer genießen.

Man hätte glauben können, dass durch die offizielle Abschaffung der Einkaufsbüros seine wirtschaftlichen Tätigkeiten zum Erliegen gekommen waren. Doch weit gefehlt. In Wirklichkeit wurden sie unter dem Deckmantel polizeilicher Tätigkeiten weitergeführt.

In den letzten Monaten hatte mehr als einer seiner ehemaligen Lieferanten die bittere Erfahrung machen müssen. Denjenigen, die vom offiziellen Umschwung der deutschen Behörden nichts mitbekommen hatten, und die sich vertrauensvoll an ihn gewandt hatten, um ihm Waren anzubieten, hatte Otto kein Sterbenswörtchen von der neuen geltenden Bestimmung gesagt. Er ließ sich die Ware liefern, nahm sie in Empfang und am nächsten Tag fand sich der völlig verdutzte Lieferant in Fresnes oder im Santé-Gefängnis wieder und fragte sich, was geschehen war. Otto nahm eiligst die Bestände in Besitz, von deren Standorten er erfuhr. Die Eigentümer erhielten natürlich kein Geld. Sie konnten sich dagegen glücklich schätzen, wenn sie mit einem saftigen Bußgeld davonkamen und nicht im Gefängnis verrecken mussten.

Manchmal trieb Otto das perfide Spiel so weit, das Misstrauen der Opfer zu zerstreuen, um sie dann in die Falle zu locken. Denjenigen, die ihm seine Verlogenheit vorwarfen, antwortete er mit beißender Ironie:

»Unkenntnis der Gesetze des Besatzers schützt nicht vor Strafe.«

Die Juristen nennen das auf Lateinisch *Nemo censetur ignorare legem* oder *Ignorantia juris non excusat*.

Hatte Otto den römischen Leitspruch entartet?

Er hatte nichts Weiteres getan als »des Besatzers« hinzuzufügen.

Kapitel 44

Operngesang

Erpressung von Geldern war von Anfang an eine gängige Methode der Bande der Avenue Montaigne.

Lasserre selbst hatte dieses Mittel viele Male eingesetzt und hatte dennoch rein niederträchtige, schändliche, fast willkürliche krumme Geschäfte nie gemacht.

Gemeine Dinger konnte niemand besser drehen als Mephisto, Antony Arroso und Eddy Terrenoire. Der Zwerg war ein Meister äußerst barbarischer Praktiken und seit der Landung der Alliierten kannte sein Blutdurst keine Grenzen mehr.

»Die Vorstellung ist bald zu Ende, der Vorhang fällt«, beteuerte er lauthals. »Bis dahin werde ich das Maximum rausholen. Ich verbreite Angst und Schrecken, solange es geht.«

An diesem Julimorgen nimmt Eddy Terrenoire den Zwerg zur Seite.

»Hör zu, Gilles«, sagt er verschwörerisch, »ich habe eine Goldgrube für dich, einen lukrativen Raubüberfall.«

Mephisto sieht ihn gelangweilt an: »Einen Raubüberfall? Hast du mir nichts Besseres anzubieten?«

»Warte doch und lass mich erklären. Der Tipp ist bombensicher. Ich habe ihn von einem Mädchen aus dem Le Chabanais erhalten. Es geht um eine vornehme Villa in der Avenue Victor Hugo, großes Bürgertum, eine Opernsängerin; sie hat rund zwanzig Millionen in einem Safe bei sich zuhause ...«

»Aha! ... He, Freund«, lacht Mephisto, »wieso erzählst du das nicht Fredo? Er ist doch der Meistereinbrecher in unserem Team.«

»Bei ihm bekomme ich Gänsehaut, weißt du.«

»Gut«, murrt Mephisto, »wie heißt die alte Schachtel?«

»Hélène de Méricourt.«

»Sag mal, wieso willst du unbedingt, dass ich mit von der Partie bin?«

Terrenoire knufft den Zwerg.

»Du hast eine blühende Fantasie, du bist der ideale Partner, wenn es um wirksame Überzeugungstaktiken geht.«

Der Zwerg lacht hämisch. Er scheint mit der Antwort zufrieden zu sein.

»Ich bin dabei.«

Terrenoire sieht ihn an und ein Schauer läuft über seinen Rücken. Dieses Lachen verhieß beim Zwerg in der Regel das Schlimmste und einen Moment lang bereut Terrenoire fast schon, ihm von seinem Vorhaben erzählt zu haben.

»Wann ist der Höflichkeitsbesuch bei dieser Dame geplant? Sie ist Sängerin, nicht wahr? Ich wette, sie wird für uns bel canto singen.«

Terrenoire entschließt sich zu lachen. Hätte er jedoch die Gedanken des Zwergs lesen können, wäre sein Lachen gefroren und hätte ihm vor Angst die Kehle zugeschnürt.

»Heute Abend wird sie sicherlich zuhause sein.«

»Und weshalb nicht sofort?«, dröhnt der Zwerg.

»Du meine Güte, hast du es aber plötzlich eilig«, seufzt Terrenoire.

Seine Worte bereut er sofort, als sich das Gesicht des Zwergs zu einer hässlichen Grimasse verkrampft.

»Ärgere dich nicht. Wenn wir jetzt gehen, laufen wir Gefahr, sie zu verpassen.«

»Gut, dann wird sie also heute Abend wie eine Nachtigall singen!«

Da der Zwerg aufgrund seiner Statur nie Auto fuhr und Terrenoire auch nicht fahren konnte, übernahm Antony Arroso die Rolle des Chauffeurs.

»Wohin geht die Spazierfahrt?«, will Arroso wissen.

»In die Oper«, antwortet Mephisto lachend.

Arroso sieht ihn verdutzt an.

»Die Oper ist etwas für Betuchte. Willst du dir einen Ast lachen, Gilles? Ich wusste gar nicht, dass du so ein Musikliebhaber bist.«

»Nun, ich liebe die Oper ... Na ja, zumindest die Art von Vorstellung, die uns erwartet. Wir werden einer Dame die Ehre erweisen, die Geld wie Heu hat.«

»Ach so«, meint Arroso, »ich habe kapiert.«

In der Avenue Victor Hugo öffnet ihnen eine etwa dreißigjährige braunhaarige, schlanke Frau die Tür eines vornehmen Herrenhauses.

» Mademoiselle de Méricourt ?«, fragt Terrenoire.

»Mademoiselle de Méricourt ist krank. Ich bin die Krankenschwester. Soll ich ihr etwas ausrichten?«

Da schiebt der Zwerg die Frau brutal zur Seite und sagt in düsterem Tonfall:

»Deutsche Polizei! Bring uns sofort zu deiner Chefin!«

Sie öffnet den Mund, um zu antworten, doch angesichts des Walthers, die ihr der Zwerg plötzlich vors Gesicht hält, stockt ihr der Atem.

»Was ist los, Eliane?«

Eine autoritäre Stimme aus dem ersten Stock.

»Du hast es gehört, meine Schöne, ganz so krank ist sie nicht.«

Schonungslos schiebt der Zwerg die Krankenschwester in Richtung der großen vergoldeten, schmiedeeisernen Treppe. Die Perserteppiche verschlucken ihre Schritte.

Hélène de Méricourt ist Ende vierzig, majestätisch, groß und rot vor Wut, als der Zwerg wie ein Wirbelwind in ihr Schlafzimmer stürmt.

»Welcher Lümmel erlaubt sich …« Mephisto unterbricht sie schroff:

»Halts Maul! Deutsche Polizei! Gestapo!«

Falls er den Schock erwartet hatte, den das Wort Gestapo normalerweise auslöste, musste er klein beigeben. Seine Worte lösten bei Hélène de Méricourt weder Angst noch Lähmung, sondern einen Wutausbruch aus.

»Seit über vier Jahren liegt man mir mit diesem leeren Gerede in den Ohren«, schreit sie wütend.

Die Reaktion des Zwergs lässt nicht lange auf sich warten: Er schlägt ihr mit dem Pistolenlauf mitten ins Gesicht.

»Diese Art von Rebellion macht meinen Freunden und mir Spaß«, keift er.

Hélène de Méricourt steckt den Schlag ein und bietet dem Zwerg weiterhin gefasst, ohne ein Anzeichen von Angst die Stirn.

»Glauben Sie bloß nicht, dass mir diese gemeine und feige Derbheit Angst einjagt …«

»Aha, ich sehe schon, ein harter Brocken. Ich muss schweres Geschütz auffahren, die Dicke Bertha. Zuerst einmal das Sperrfeuer: Ich verhafte Sie beide!«

»Weshalb Eliane? Lassen Sie sie aus der Sache raus!«, meint die Hausherrin rebellisch. Mephisto dreht sich zu seinen Komparsen um, als wollte er sie als Zeugen nehmen.

»Sie sind zweifellos Komplizinnen, was meint Ihr?«

Das verschwörerische Lächeln der beiden Männer verhieß nichts Gutes.

»Da ich aber großmütig bin, bin ich bereit, über meine Entscheidung nachzudenken …«

Er macht eine Pause, bevor er fortfährt:

»Unter der Bedingung, dass Sie kompromissbereit sind … Und mir den Geheimcode zu Ihrem Safe verraten.« Entschieden schüttelt Hélène de Méricourt den Kopf:

»Das kommt nicht in Frage!«

»Aber sehr wohl doch, Madame. Ich habe den Eindruck, dass Sie auf tragische Weise Ihre Lage völlig verkennen.« Der Zwerg redet plötzlich in freundlichem, zeremoniellem Ton. Als stünde er auf einer Theaterbühne …

»Aber nein, Monsieur, ich habe den Eindruck, dass Sie meine Charakterstärke völlig unterschätzen. Ich denke, Sie hatten es noch nie mit einer echten Frau zu tun.«

Für den Zwerg war dies eine überaus spöttische, zweideutige und sogar beleidigende Antwort! Er nähert sich der Sängerin, schlägt ihr mit dämonischem Gesichtsausdruck auf den Mund und verbeugt sich vor ihr.

»Bitte schön, Madame, ich werde Ihnen Ihr großes Mundwerk stopfen! Verdammte Scheiße! Du wirst sehen, dass wir mit deiner Krankenschwester unseren Spaß haben werden. Und danach bist du an der Reihe, du Schlampe!«

Sie reißen Eliane die Kleider vom Leib.

»Es gibt noch ganz andere Mittel, wilde Stuten zu zähmen«, tobt Mephisto aufgeregt, als ihm klar wir, dass Hélène de

Méricourt auf ihre Weigerung besteht. »Du wirst schon sehen, was ein richtiger Mann ist …«

Dann vergewaltigt er Eliane vor den erstaunten Augen seiner Helfershelfer. Danach schließen sie die beiden Frauen im Schlafzimmer ein.

»Hier gibt es bestimmt einen Weinkeller«, sagt Mephisto.

»Von diesen Gymnastikübungen habe ich großen Durst bekommen! Ein Veuve Clicquot wäre jetzt gerade recht.«

Ist es eine Opera buffa?

Nein, obwohl man Gefahr läuft, mit Haut und Haaren verschlungen zu werden.

Es ist eine Tragödie.

Richard Wagner in Reinform.

Aber mit einer Melodie von Verdi.

Nabucco.

Va, pensiero, sull'ali dorate…
Flieg, Gedanke, auf goldenen Schwingen…

O simile Solima ai fati…
Oh, gleich dem Schicksal Solimas…

Der Gefangenenchor.

Als die herrliche Stimme der Méricourt in der Nacht erklingt, hört der Zwerg einen Moment lang zu und stürmt dann in den ersten Stock.

O t'ispiri il Signore un concento
Che ne infonda al patire virtù !
Der Klang, der Kraft erteilt,
gibt uns Mut zu tragen dies Leid.

Der Knebel, den der Zwerg der Sängerin in den Mund stopft, erstickt den Gefangenenchor.

Bei Tagesanbruch fährt der Zwerg mit der Befragung fort und die Schmach vom Abend zuvor zeigt ihre Wirkung. Angesichts solcher Drohungen wie:

»Eliane wird ein Martyrium erleiden, weil du so stur bist, du blöde Kuh! … Wenn du mir den Sesam öffne dich deiner Ali Baba-Höhle verrätst, lasse ich Euch beide sofort frei!«

Hélène de Méricourt gibt nach.

Sie öffnen den Safe. Beim Anblick des Schmucks geraten Arroso und Terrenoire in Verzückung. Mephisto zeigt sich bitter enttäuscht:

»Schade, dass es keine Knete gibt!« Die beiden Männer sehen ihn verblüfft an.

»Warum schielt Ihr mich so an? Bin ich etwa ein Gespenst? Was zum Teufel soll ich mit diesen Schunddiamanten anfangen?«

»Willst du wirklich auf diese ganze Kohle verzichten?«

»Na und? War ich nicht immer schon die Großzügigkeit in Person?«

»Was machen wir mit den Püppchen?«

Auf Terrenoires Frage hin, verzerrt sich das Gesicht des Zwergs wieder zu einer mörderischen Fratze.

»Kennst du das Sprichwort nicht:

*Der Zeuge,
für den die Totenglocke läutet,
wird nie mehr eine Oper singen.*

Und kennst du auch nicht diese Verse, die mir so sehr am Herzen liegen?

*Der Zeuge, der die Stimme verloren,
trällert kein Liedchen mehr in unsere Ohren.
Er singt auch keine Operette mehr,
sondern ruht unterm Kreuz in Frieden so sehr.«*

Der Zwerg will keine Zeugen hinterlassen.
   Ihr Abenteuer geht zu Ende, er spürt es.
   Er hat den Boden im Abgrund des Schreckens erreicht.

Kapitel 45

Ein Zeuge, kein Zeuge

Die Sonne brennt auf die Erde.

Das Auto hat die Straße verlassen und ist auf einen holprigen Feldweg in Richtung eines Buchenwaldes eingebogen.

Für den jungen Tony Roatta ist es ein hoffnungsvoller Sommer. Die Landschaft zieht vor seinen Augen vorbei: Weizenfelder im August, hier und da ein einsamer Bauernhof.

In seinem Kopf reihen sich die Gedanken aneinander: Laurence, seine Verlobte, seine Amour fou. Wenn in ein paar Monaten der Krieg zu Ende war, würden sie heiraten. Er würde sein vor zwei Jahren unterbrochenes Architekturstudium wieder aufnehmen. An seinem 18. Geburtstag hatte er beschlossen, alt genug zu sein, um Verantwortung zu übernehmen. Hals über Kopf hatte er sich in die Widerstandsbewegung gestürzt. Wie viele Kilometer hatte er als Verbindungsmann der verschiedenen Netzwerke auf seinem alten Drahtesel zurückgelegt? Er überbrachte Nachrichten, transportierte Waffen in der Patronentasche, Päckchen mit verbotenen Zeitungen, die auf dem Land verteilt wurden. Wie oft hatte er den Deutschen eine lange Nase gedreht!

Die Männer schweigen während der Fahrt.

»Was für eine Schinderei! Diese ständige Suche nach Waffen geht mir langsam auf die Nerven«, hatte sich Bresson beklagt. »Es wird Zeit, dass das alles ein Ende hat! Wir drei benötigen etwa eine Stunde, um die Behälter auszugraben und die Waffen zu laden«, hatte er mürrisch hinzugefügt.

Dejean hatte ein ebenso griesgrämiges Gesicht aufgesetzt wie Bresson. Beim Losfahren hatte Bresson auf die Freundlichkeit des jungen Mannes gesetzt, der immer bereit war, Hand anzulegen.

»He Jungs, ich werde Euch helfen«, hatte Roatta gesagt.

»Wo fährt Ihr hin?«

»In den Wald von Fontainebleau.«

Völlig unschuldig hatte sich Roatta in die Höhle des Löwen geworfen.

Nicht einen Moment lang wähnte er sich in Lebensgefahr seit dem Tag, als er zusammen mit Ferronnet, Gordes und dem Juden – den seine Begleiter Greif nannten –, ins Kloster von Maison-Rouge gefahren war.

»Sehr gut«, hatte Bresson gesagt und Roattas Arm gepackt.

»Dann komm' mit uns!«

Der alte Bauer, der gerade Heuballen auf seinen Wagen lädt, dreht nicht einmal den Kopf, als auf dem Weg entlang seines Ackers ein Wagen mit Frontantrieb vorbeirauscht. Das Auto hält am Waldrand. Die drei Männer steigen aus und verschwinden im Dickicht.

Tony Roatta sollte nie erfahren, was ihm widerfuhr. Als er plötzlich einen Colt Kaliber 11, 43 in Bressons Hand sieht, ist auf seinem Gesicht Sprachlosigkeit zu sehen. Wieso ich? hätte er wahrscheinlich gerufen, aber Bresson hat bereits abgedrückt.

Zwei Detonationen zerreißen die Stille am Ende dieses Nachmittags.

Roattas Körper fällt nach hinten. Bresson war schnell zurückgesprungen, um keine Blutspritzer abzubekommen. Die beiden Männer rennen aus dem Wald und stürzen sich ins Auto. Als die Schüsse fallen, schreckt der Bauer auf.

Er sieht das Auto eilig davonfahren und widmet sich dann wieder seinen Heuballen. Die Gestapo? In diesem Fall sollte man sich lieber taub stellen. Oder der Maquis? Dann hatten sie sicherlich ihre Gründe gehabt. Je weniger man von solchen Geschichten wusste, desto besser war es.

»Hätten wir nicht ein anderes Auto nehmen sollen?«, fragt Dejean mit besorgtem Blick in Richtung des Bauern, der sich an seinem Heuwagen zu schaffen macht.

Bresson lacht finster.

»Citroëns gibt es ja bei uns wie Sand am Meer.«

»Und die Waffe, wirst du sie auch behalten?«

»Ha, ha, ha, glaubst du etwa, sie wird eines Tages reden? Was willst du? Wir haben immer noch Krieg und er war ein Verräter, oder etwa nicht? Aber man könnte meinen, du hättest Muffensausen, mein Freund!«

Wäre der alte Bauer der einzige Zeuge gewesen, hätte im Nachhinein niemals die Verbindung zu Monsieur Joseph hergestellt werden können. Die Kinder, die im Hof des Bauernhauses Mazerat – etwa dreihundert Meter vom Wald entfernt – spielten, haben die Schüsse ebenfalls gehört und das Auto vorbeifahren sehen. Neugierig, wie achtjährige Jungen einmal sind, hat der kleine Vincent dem Citroën lange nachgeschaut und sich die Autonummer gemerkt. Er rennt in sein Zimmer und schreibt sie in eines seiner Schulhefte.

Monate später wird das Auto zum Eckstein der Untersuchung, die die Kriminalpolizei zur Aufklärung der Todesumstände von Tony Roatta durchführt.

Testis unus, testis nullus.

Übersetzt heißt das: Ein Zeuge, kein Zeuge.
Die Zeugenaussage eines einzigen Zeugen ist wertlos.

Ein Zeuge.
Keine *Farandole* von Zeugen. Er tanzt allein, ist einsam und verlassen, ein wirklich armer Junge! Und tanzt er auch noch so erhaben und schön, muss er dennoch taumelnd von der Bühne gehn. Mit anderen Zeugen in den Kreisen sich drehn? Oh nein, das ist für ihn sicher nicht vorgesehn!

Kein Zeuge.
Was, es gibt keinen Zeugen? Hat er seine Zeugenaussage widerrufen? Verkrochen, nein, das hat er sich nicht. Ist er tot und begraben? Sind die Blumen schon verwelkt auf seinem Grab? Kein Grab, keine Blumen, ein Glück! Er ist nur als Zeuge tot. Seine Jugend hat ihm einen bösen Streich gespielt. Bleibt das Verbrechen ungesühnt?

Kapitel 46

Zufluchtsort

Als er am Bahnhof von Madrid mit Karin aus dem Zug stieg, kamen zwei Männer auf sie zu.
»Monsieur Michel Zacharoff?«
Feiner schwarzer Schnurrbart, pomadisierte Haare, gebräunter Teint. Etwas stutzig sieht Michel ihn lange an.
»Ja, der bin ich.«
»Ich stelle mich vor, Kommissar Hernandez von der Seguridad. Monsieur Zacharoff, ich muss Sie leider verhaften.«
»Darf ich erfahren, weshalb?«, will Michel wissen, während sich sein Gesichtsausdruck verhärtet.
»Betrügerischer Handel mit Gold und Edelsteinen.«
»Sie scheinen sich Ihrer Sache sehr sicher zu sein, Kommissar.«
»Das bin ich«, entgegnet der Polizeibeamte ruhig und mit leichtem Lächeln.
Seine Überzeugung war echt und rührte daher, dass die spanische Polizei die immer häufigeren Reisen Zacharoffs nach Spanien verdächtig gefunden hatte.
Es wurde eine diskrete Beschattung durchgeführt. Die dabei von der Polizei aufgedeckten Kontakte verhärteten schließlich alle Verdächtigungen.

Zuerst Antonis Xenakis, ein Grieche, dessen prunkvoller Lebensunterhalt einem Import-Export-Handel zu verdanken war und der schon lange als Schwarzmarkthändler galt.

Ebenso Marek Ozarek, ein ungarischer Flüchtling und allgemein bekannter Goldhändler. Und auch Mustafa Kasherni, ein türkischer Moslem, ein durchaus rätselhafter Mann, dem die Polizei, ohne jedoch einen echten Beweis erbringen zu können, alle Arten von Schwarzmarkthandel zuschob. Die Bandbreite reichte vom Mädchen- bis zum Waffenhandel. Und da war noch Hugo Spörr, ein Schweizer, der unrechtmäßig Edelsteine nach Spanien brachte.

Außerdem war Zacharoff nun sehr eng mit Roberto Estan verbunden, einem Berater am argentinischen Konsulat sowie mit weiteren südamerikanischen Diplomaten.

Kommissar Hernandez hat guten Grund, sicher zu sein. Hat er Michel nicht in flagranti erwischt? Beim Durchsuchen der Koffer kommen tatsächlich Edelsteine im Wert von achthundert Millionen nach dem überstürzten Weggang Chaumets zutage.

»Sie schlagen kräftig zu«, seufzt der Polizist.

»Lappalien überlasse ich anderen«, sagt Michel in schroffem Ton. »Ich kümmere mich um ernsthafte Dinge. Und ich habe Freunde an höchster Stelle!«

Kommissar Hernandez ist kein Mann, der sich einschüchtern lässt. Da der Polizist lediglich mit der Schulter zuckt, spürt Michel seine Wut hochsteigen.

»Bleib ruhig«, mischt sich Karin ein und packt ihn am Arm. »Du wirst sehen – es wird sich alles klären.«

Karin bleibt einstweilen in Freiheit. Die Justiz interessiert sich nur für Michel.

Drei Tage später, erwirkt Anwalt Garcia die Freilassung seines Klienten Zacharoff.

»Sie bleiben natürlich beschuldigt und ich informiere Sie darüber, dass Sie in Madrid unter Hausarrest stehen«, meint der Ermittlungsrichter zu Michel.

Die Worte des Richters veranlassen Michel zu einem schelmischen Blick. Für ihn kam seine Verhaftung nicht ganz ungelegen. Er hatte ein Eingreifen der spanischen Polizei in Erwägung gezogen. Der Hausarrest in der spanischen Hauptstadt kam zu einem günstigen Zeitpunkt.

»Unser Land ist ein freundlicher Zufluchtsort«, erklärt Richter Munoz.

Der Richter hat Michels Gedanken erfasst. Ein Zufluchtsort? Und auch noch ohne Achillesferse? Oder hat etwa jeder seine Schwachstelle? Vorsicht, Reisender! Pilger, sei auf der Hut! denkt er. Dieses Land ist so einladend, pflanzt keinen Mohn, aber erfreut sich an der Garrotte.

Fünfzehn Tage vorher waren die Alliierten in der Normandie gelandet und der Wehrmacht war es nicht gelungen, sie zurück ins Meer zu drängen. Sie würden bald von ihren Brückenköpfen ausschwärmen und die deutschen Verteidigungslinien durchbrechen.

Für Michel stand der Untergang der Nazis unmittelbar bevor. Wieso sollte er sich also in die Feuersglut stürzen? In Madrid war er in Sicherheit.

Michel lächelt den Richter an.

Die Polizei weiß nicht, wie viel Geld ich hier bereits in Sicherheit gebracht habe, denkt er. Du Richter weißt es auch nicht und du wirst es nie erfahren.

Kapitel 47

Der Grenzposten

Eine Woche nach Zars Verhaftung in Madrid, wird auch Otto vom spanischen Virus ergriffen.

Mit Judy hat er sich auf den Weg nach Spanien gemacht. Etwa vierzig Kilometer von Hendaye entfernt besinnt er sich anders und kehrt ohne Vorwarnung um, zurück in Richtung Paris.

»Warum kehrst du um? Was ist los?« Mit gerunzelter Stirn sieht Judy ihn an.

»Stell dir vor, ich habe keine Lust in eine Falle zu gehen. Wir haben zu viele Kontrollposten rund um die Grenze. Man muss verrückt oder selbstmörderisch sein, unter solchen Bedingungen weiterzufahren.«

»Das ist ja lustig«, meint Judy humorlos, »deine eigenen Kollegen jagen dir eine Heidenangst ein.«

»Du mit deinem frechen Mundwerk!«

»Warum bist du so aufbrausend? Du weißt, dass ich Recht habe.«

Als sie sich dem Grenzposten näherten, hatte Otto plötzlich Angst vor der Gestapo bekommen. Seine Vorgehensweise hätte er natürlich erklären können. Aber hätte die Erklärung einer eingehenden Überprüfung standgehalten? Er hätte erklären können, er sei in geheimer Mission unterwegs … Die Kontrolle der heimlich auf spanischem Gebiet errichteten Sendestellen anführen können … Aber ohne Einsatzbefehl fühlte er sich nicht sicher. Kammers Schicksal war ihm noch zu präsent. In seinem Gemütszustand verletzt ihn Judys Lästerei aufs Tiefste.

»Man könnte meinen, du wolltest, dass mich dasselbe Schicksal wie Kammers ereilt.

Sein Hauptmitarbeiter im Einkaufsbüro war von der Gestapo verhaftet und nach Paris zurückgebracht worden, als er erfolglos ohne zurückkehren zu wollen versucht hatte, über die Grenze zu gehen.«

»Welches Risiko geht Kammers denn ein?«

»Oh, kein großes. Nur das wie ein einfacher Deserteur erschossen zu werden«, sagt Otto mit bissiger Ironie in der Stimme.

»Du erntest heute das, was du gestern gesät hast«, kontert Judy.

»So sieht es aus! Ich habe Schiss und du bist zu bescheuert, um dir darüber im Klaren zu sein, welcher Gefahr wir uns aussetzen«, knurrt Otto.

Wer kannte die Methoden der Gestapo besser als er? Er hatte keine Angst vor dem Tod, aber fürchtete sich vor der Folter.

»Überhaupt frage ich mich, weshalb ich dich nicht in Paris gelassen habe …«

Diese provokante Bemerkung lockt Judy aus der Reserve.

»Ach darum geht es – ab mit der Alten! Du kannst mich mal, du Schuft! Schön für dich, du hast dich ja bestens mit mir amüsiert!«

Sie hüllt sich in beleidigtes Schweigen und sagt auf der Rückfahrt nach Paris kein Sterbenswörtchen mehr.

Otto ist in Gedanken versunken. Zeitweise hat er den Eindruck den Wagen wie ein Schlafwandler zu steuern. Ist der Grenzpfahl ein Kopfabschneider? fragt er sich. Handelt es sich um die neue Mirabelle von Hendaye? Hat Mirabeau endlich den glorreichen Titel erhalten, nach dem er immer wieder verlangt hat, da er ja zusammen mit Doktor Guillotin Erfinder des berüchtigten Fallbeils ist? Den Sieg hatte Guillotin davongetragen. Mirabeau musste seinen Ärger hinunterschlucken. Und endlich eine Mirabelle?

Jetzt ein paar Gläschen dieses herrlichen Branntweins aus Mirabellen, ich würde nicht nein sagen.

Selbst nicht wenn der der hitzige Graf von Mirabeau sich in seinem Grabe umdreht und meckert: »Das soll eine Mirabelle sein? Wollt Ihr mich verarschen? Ich verlange Vater eines scharfen Instruments, keines stumpfen zu sein! Habt Ihr gehört, ein scharfes! Ein jämmerlicher Pfahl, von dem man höchstens bewusstlos wird, ach du liebe Zeit! Das ist eine groteske Farce!«

Von einem Grenzposten gelangte Otto zu Guillotin und Guillotine, Mirabeau und Mirabelle.

Die alliierten Jagdbomber sind die unangefochtenen Herren des Luftraums, sie marodieren. Aber der Mercedes wurde von keiner Thunderbolt P-47 oder Typhoon zum Ziel erwählt.

Kapitel 48

Angelo Cicero, weder Engel noch Römer

Seit einigen Wochen gibt es im Umfeld des Armeniers einen neuen Mann. Sein Name ist Angelo Cicero.

Der Vorname trügt, Angelo ist kein Engel.

Ist Angelo etwa doch ein Engel? Ein Würgeengel? Kein Engel der Barmherzigkeit. Aber der Engel des Strangs. Wo er herkommt, ist nicht ganz klar. Doch ist er auf keinen Fall römisch.Cicero hat er nur den Namen gestohlen. Nicht jedoch die Toga der Beredsamkeit.

Denn Angelo liebt das Gesetz des Schweigens.

Obwohl die offizielle Aufgabe von Angelo Cicero die eines Leibwächters ist, geht sie weit darüber hinaus. Er folgt Monsieur Joseph auf Schritt und Tritt. Er wurde zum Schatten seines Meisters, setzt alle seine Entscheidungen um und seien sie auch noch so geheim. Er ist der bewaffnete Arm, der all diejenigen zu Fall bringt, die der Armenier »Nervensägen« nennt. Über seine Vergangenheit schweigt Angelo Cicero ebenso wie Monsieur Joseph über die Seine. Man munkelt, dass er in der Vergangenheit Widerstandskämpfer in Südfrankreich war. Tatsächlich hatte er in Marseille zur Bande von Carbone und Spirito gehört. Als Carbone im Winter 1943 beim Entgleisen des Nachtzugs Marseille-Paris aufgrund eines Attentats starb, hatte er sich mit Spirito überworfen und sich dem Clan der Gebrüder Guérini angeschlossen, um mit ihnen in der Widerstandsbewegung zu kämpfen.

Er war ein schweigsamer Mann, der Geheimnisse bewahren konnte. Niemand würde jemals den wahren Grund erfahren, weshalb er sich Monsieur Joseph anschloss. Hatten die Gebrüder Guérini einen ihrer besten Männer abgestellt, um eine Schuld gegenüber Monsieur Joseph zu tilgen? Oder hatte Letzterer Cicero ganz einfach sehr teuer gekauft?

Am Nachmittag des 2. August wird das Hauptquartier der Carlingue in der Avenue Montaigne geplündert. Unter dem Befehl eines gewissen Colonel Kernac dringen die Maquisards in die Räume ein und verhaften nach einem kurzen Schusswechsel alle, die sich vor Ort befinden.

Eine Stunde später stellt Angelo Cicero in Clichy einen kleinen Koffer auf den Schreibtisch von Monsieur Joseph.

»Keinerlei Zwischenfälle?«, will der Armenier ungeduldig wissen.

»Nichts«, antwortet Cicero lakonisch.

»Und Lasserre?«

»Er war wie erwartet nicht da.«

Cicero hatte den Befehl erhalten, mit seinen Männern den günstigen Moment abzuwarten, wenn der Chef der Avenue

Montaigne außer Haus war. Wäre Lasserre da gewesen, hätte die Operation platzen können.

»Zeig mir das ganz schnell, Angelo!«

Ein beunruhigendes, gieriges Lachen war auf dem Gesicht des Armeniers zu sehen. Das Schloss klappte auf und der Koffer gab seinen Inhalt dem lüsternen Blick frei.

»Eine verdammte gute Waffe für die Zukunft!«, murmelt er, als er die Ordner sieht.

»Das alles ist sein Mehrfaches an Gold wert. Wie der Aga Kahn.«

»Für denjenigen, der damit umzugehen weiß, haben diese Unterlagen einen unschätzbaren Wert«, sagt Angelo.

»Damit umzugehen wissen? Na, da kannst du dir sicher sein, mein Freund. Der Baron dreht durch und wird sich die wenigen Haare, die ihm noch bleiben, vom Schädel reißen …«

Aber Monsieur Joseph sollte sich über die Reaktion des Barons täuschen. Als der Baron abends sieht, was passiert ist, verschlägt es ihm den Atem und er wird puterrot. Es schnürt ihm einfach die Kehle zu, als er feststellt, dass seine Akten spurlos verschwunden sind.

»Welche Katastrophe«, murmelt er eine ganze Zeit lang völlig konsterniert. Was bei Lasserre wiederum ein Lachen auslöst.

»Das war doch alles nur Papierkram …«

»Papierkram, Henri? Papierkram? Aber ist dir überhaupt klar, was für eine Macht vom Besitz dieser Unterlagen ausgeht?«

»Hältst du mich für einen Idioten? Irgendjemand hat uns übel mitgespielt. Und ist uns zuvorgekommen. Ich habe einfach zu lange mit dem Befehl gewartet, das alles zu verbrennen.«

»Verbrennen?«, stammelt der Baron fassungslos.

»Ja verbrennen, Asche daraus machen«, lacht Lasserre.

»Das wäre noch schlimmer für dich gewesen. Zu Tode betrübt hättest du deine geliebten Unterlagen ins Feuer geworfen. Mit Tränen in den Augen hättest du deine minutiöse Arbeit in Flammen aufgehen sehen. Jeder Führungsstab zerstört seine Archive, bevor er sich vor dem Feind zurückzieht. Das ist doch nichts Neues!«

Der Baron schüttelt den Kopf. Der Chef hat doch tatsächlich eine Meise.

Kapitel 49

Krieg und Frieden

Die Terrassen in Saint-Germain-des-Prés sind überfüllt. In der Stadt ist es ruhig, die Front in der Normandie scheint weit weg zu sein. Aber die demonstrative Lebensfreue kann auch die Angst vor der Zukunft kaschieren. Bei Lipp wird aus der lärmenden Fröhlichkeit der fünf Männer plötzlich betretene Stille.

»Bei der Miliz sagen die Chefs, dass man den Weggang mit Frauen und Kindern ins Auge fassen muss«, lässt Mephisto verlauten.

Der Nizzaer, der gerade sein Glas ansetzen wollte, wartet auf die Reaktion des Chefs. Die Blicke des Barons und von Moissac haben sich auf Lasserre geheftet. Mephisto hat einen Versuchsballon gestartet. Ist der Augenblick gut gewählt?

»Erzähle weiter«, fordert ihn der Chef zustimmend auf.

»Die Aktivisten rühren sich, die meisten sind unentschlossen«, wirft Mephisto vorsichtig ein.

»Du redest um den heißen Brei herum«, lacht der Chef.

»Nur Mut, mein lieber Gilles!«

Als Mephisto schweigt, fährt er mit belegter Stimme fort.

»Die Illusionen sind allesamt in der Gosse gelandet ... Niedergang und Flucht ... Mit der gesamten Rasselbande an den Fersen ...«

Der Chef war schon seit drei Wochen nicht mehr nüchtern. Ab zehn oder elf Uhr morgens war er stockbesoffen.

»Die Panik! In großen Brummis ... Kostenlos von den Fritzen zur Verfügung gestellt ... Abhauen unter lauten Buhrufen ... Ohne Auszeichnung von der Bühne abtreten ... Mit eingezogenem Schwanz ... Wie erbärmlich ...«.

Er sieht Mephisto nicht an. Es ist zu einem Selbstgespräch geworden, er erwartet von niemandem eine Antwort.

»Alles kaputt ... Sie sind geliefert ... Auch wenn sie noch so Zeter und Mordio schreien ... Im Gänsemarsch wie 1940 herumstolzieren ... Partisanen erschießen ... Der Tag wird kommen, an dem sie aus der Stadt schleichen ... In der Nacht ... Und im Gänsemarsch ... An den Mauern entlangschleichen ... Mich nach Deutschland absetzen? Zum Teufel, weshalb? Dort gibt es nichts als Ruinen ... Mich bei denen verkriechen? Bin ich etwa ein Drückeberger? Nicht weit ... Ich werde nicht weit weg gehen ... vielleicht gehe ich überhaupt nicht weg ... Zurück zum Ursprung, zur Bonne Mère ... Das würde mir gefallen ...«

Er sieht seine Kameraden an.

»Wollt ihr mich verlassen? Dann trennen sich hier unsere Wege.«

Die Anspannung verfliegt sofort. Er hätte vor Wut schäumen können: Jetzt verraten mich auch noch meine Nächsten! Ich entbinde niemanden vom Treueschwur!

»Ohne Groll, Chef?«, fragt Mephisto. Das löst bei Henri ein lautes Lachen aus.

»Geht in Frieden, meine Söhne! Ich erteile euch die Absolution. Alle eure Sünden sind euch vergeben … Wer haut ab?«

»Ich«, sagt der Nizzaer, »die kriegen mich nicht.«

»Mich auch nicht, mich kriegen die auch nicht, aber ich bleibe hier«, erklärt Mephisto.

Er war das Risiko eingegangen, diese schwierige Frage aufzubringen.

Der Baron entscheidet sich zum Bleiben. Nicht aus Treue zu Lasserre, das zählt jetzt sowieso nicht mehr, sondern aus einem anderen Grund: Es ist seine tiefste Überzeugung, dass ihm nach dem Krieg verziehen wird. Hatte er sich nicht hauptsächlich mit Verwaltungstätigkeiten beschäftigt? Jedes Mal, wenn der Baron von seinen Plänen nach dem Krieg sprach, sah ihn der Chef misstrauisch und zugleich mitleidig an.

»Was mich angeht, so habe ich nie vorgehabt, zu verschwinden«, sagt Moissac. Wenn dies die fatale Entscheidung ist, dann ist das so … Zum Verlieren setze ich alles auf eine Karte.«

Lasserre lächelt den Journalisten an.

»Das ist wenigstens ein guter Grund, um auf Sauftour zu gehen«, lacht er lauthals auf. »Wer weiß? Vielleicht ist es die letzte, die verrückteste … Unser Schwanengesang …«

TEIL DREI

DIE STUNDE VON NEMESIS

Rache ist wilde Gerechtigkeit.

Francis Bacon

Kapitel 50

Die Balance lässt grüßen

Mephisto wird grob von einem Maquisard gestoßen, strauchelt und fällt auf die Knie.

»Verdammte Scheiße«, grummelt er beim Aufstehen. »Was würde ich jetzt für eine dieser Zyankalikapseln geben, die wir bei den gefangenen Agenten gefunden haben.«

Als er in eines der Autos steigt dreht er sich zu Lasserre um und sagt: »Adieu, Chef.«

»Adieu, mein Freund.«

Lasserre setzt sich mit Yves Cassagne in ein anderes Auto. Der Polizist ist im siebten Himmel. Die Festnahme der Chefs der Carlingue der Avenue Montaigne verlief ohne Feuergefecht!

Lasserre sitzt neben ihm und schweigt mit versteinertem Gesicht und abwesendem Blick. Ein nackter König, denkt er spöttisch. Das ist meine neue Lage. Das Zepter ist mir aus der Hand gefallen, die Krone ist im Dreck gelandet. Schwindelerregender Aufstieg, prunkvolle Revanche, tiefer Fall, wie in einer griechischen Tragödie. Reue ist nichts weiter als Folter der Erinnerung. Ich habe den Kelch bis zum bitteren Ende geleert und Jahre absoluter Macht erlebt. Ich wusste von Anfang an, dass es so enden würde. Jeglicher Luxus und Macht verlangen eines schönen Tages ihren Tribut. Das Abenteuer neigt sich dem Ende zu. In Wirklichkeit ist es bereits zu Ende. Der Rest geht mich nichts mehr an.

Das Nachspiel würde ihn ungerührt lassen. Angesichts seines eigenen Todes würde er ebenso teilnahmslos bleiben, wie er das oft bei anderen gewesen war. Diejenigen, die er selbst verurteilt hatte und diejenigen, die um ihn herum gestorben waren.

Was kann ich noch mehr wollen nach all dem, was ich erlebt habe? Dass das alles noch weitergeht? Ein Jahr? Zwei Jahre? In Wahrheit hat mich das alles zu langweilen begonnen. Frauen, Luxus, Macht, die Deutschen, die Widerstandskämpfer.

»Ich kenne Sie doch«, sagt er plötzlich zu Cassagne.

»Ich hatte die Ehre, in der Avenue Montaigne Ihr Gast zu sein«, entgegnete der Polizist ironisch.

»Bin ich brutal mit Ihnen umgegangen?«

»Nein.«

»Dann haben Sie sicherlich meine Gastfreundschaft genossen.«

Für einen Moment hat er zu seinem üblichen Sarkasmus zurückgefunden.

»Das auch nicht.«

»Wie haben Sie es erfahren?«

Er dreht sich zu Cassagne um. Der Polizist schweigt.

»Wer? Einfach nur aus Neugierde. Nicht, um mich zu rächen. Da wo ich jetzt bin … Es spielt für mich überhaupt keine Rolle mehr, wer mich angeschwärzt hat.«

»Wenn ich von einem anonymen Informanten sprechen würde?«

»Ich würde Ihnen nicht glauben«, sagt Lasserre mit leichter Belustigung in seinem glühenden Blick. »Lassen Sie mich raten. Die Deutschen? Einer der Chefs der Gestapo?«

Yves Cassagne schüttelt den Kopf.

»Oder von der SS? Um seine Haut zu retten? Ich denke, ich würde eine gute Währung abgeben. Es war jemand, der mir sehr nahestand.«

Er überlegt einen Augenblick.

»Monsieur Joseph. Nein, antworten Sie mir nicht, ich habe ins Schwarze getroffen. Er ist es. Oh, dieser verflixte Greif! So seltsam das auch klingen mag, ich bin ihm deswegen nicht böse. Der verdammte Greif! Diejenigen, die mit ihm nur kurzen Prozess machen möchten, sollten sich höllisch in Acht nehmen: Sie werden sich selbst vernichten. Aalglatt! Er lässt sich nicht so leicht schnappen wie ich.«

»Gestern wurde Monsieur Joseph offiziell vom neuen Präfekten beglückwünscht«, wirft Cassagne ein.

»Was? Das ist wohl ein Witz?«

»Ganz und gar nicht. Dienste für die Résistance.« Lasserre wird von einem lauten, stürmischen Lachen geschüttelt.

»Das ist die Höhe! Glückwünsche vom neuen Präfekten, du meine Fresse! Er hat uns alle eine ellenlange Nase gemacht. Sie, mich, die von rechts, die von links, die Sieger, die Besiegten! Ich ziehe meinen Hut, meinen Helm, meine Mütze vor Monsieur Joseph! Was für ein genialer Balancierkünstler! Wie muss er sich angesichts dieser riesigen Farce ins Fäustchen lachen!«

Danach verfällt Lasserre in Schweigen.

Heute ist der Tag Bilanz zu ziehen. Im Ganovenjargon lässt die Balance grüßen.

Ist es ein menschlicher Gruß?

Weder von Cäsar noch Hitler?

Weder von Stalin noch Churchill?

Es ist der Judasgruß. Monsieur Josephs Gruß. Greifs Gruß.

Kapitel 51

Wald der Erhängten

Yves Cassagne hatte den Mann, der ihn ein Jahr zuvor aus den Fängen von Monsieur Henri in der Höhle der Avenue Montaigne entrissen hatte, nachdenklich angesehen. Was war sein Grund für seinen Besuch im Quai de Gesvres?

»Ich ließ Sie vor nicht allzu langer Zeit befreien«, hatte Monsieur Joseph begonnen. Vielleicht habe ich Ihnen sogar das Leben gerettet. Erinnern Sie sich daran?«

»Ich habe es nicht vergessen«, sagte der Polizist in zurückhaltendem Ton.

»Auch ihrem Netzwerk habe ich große Dienste erwiesen«, hatte sein Gesprächspartner weiterhin ausgeführt.

Diese einleitenden Worte können nur eines bedeuten, hatte Cassagne gedacht. Jetzt ist der Moment für die Retourkutsche. Er ist gekommen, um einen Dienst zu verlangen und dieser Dienst muss sehr wichtig sein. Man erzählte sich, er würde niemals etwas vergessen.

»Ich war und bin immer noch Ihr Freund«, hatte Monsieur Joseph gesagt und für eine Sekunde war in seinen Augen ein boshafter Blick zu lesen. »Erinnern Sie sich auch an diesen Monsieur Henri?«

»Den habe ich nicht vergessen.« Wie hätte er Lasserre und seine Bande jemals vergessen können? Diese Männer, die so vielen seiner Kameraden Leid angetan hatten! Das Interesse des Polizisten war geweckt, aber er hatte versucht, sich nichts anmerken zu lassen. Sollte er sich getäuscht haben? War Monsieur Joseph etwa aus einem anderen Grund gekommen, als die Gegenleistung für seine wohlwollenden Dienste zu verlangen?

»Sie hätten sicherlich Gefallen daran zu erfahren, wo er abgetaucht ist, da bin ich mir sicher.«

Cassagne hatte sich bemüht, ruhig Blut zu bewahren. Viele seiner Kollegen waren wie er selbst auch, sehr bemüht Lasserre und seine Bande zu fangen.

»Dann hören Sie mir zu, mein Freund. Vor einer Woche habe ich am Abend vor der Flucht aus Paris den Assistenten von Lasserre getroffen, den ehemaligen Polizisten, den sie den Baron nennen. Er hat mir anvertraut, dass sie sich auf einem Bauernhof verstecken würden, den Lasserre in der Gegend um Alfortville besitzt. Er hat mir außerdem vorgeschlagen, mitzukommen. Ich tat so, als wäre ich unschlüssig. In Wirklichkeit suchte ich nur einen Vorwand, um abzulehnen. Aufgrund meiner Geschäfte könne ich die Stadt nicht verlassen, habe ich ihm gesagt. Und ich erzählte ihm eine Geschichte über etwa dreißig Millionen, die ich eiligst eintreiben müsste. Ich ließ ihn im Glauben, ich würde dann nachkommen. Ich hatte niemals die Absicht.«

Monsieur Joseph war gekommen, um Lasserre und den Baron zu verraten. Glaubte er etwa, er könnte somit etwas wieder gutmachen?

»Warum?«, fragte der Polizist. Assanian wich der Frage aus.

»An Ihrer Stelle, würde ich ihn nicht entwischen lassen. Ein solches Fehlverhalten würden Ihnen Ihre Freunde nicht verzeihen. Und ich würde es bedauern, Ihnen die Information zuerst geliefert zu haben. Ich an Ihrer Stelle würde ihn so schnell wie möglich verhaften.«

Das Motiv von Monsieur Joseph war nicht wichtig! Für den Polizisten war es am wichtigsten, Lasserre und seine Bande dingfest zu machen. Gleich nachdem Monsieur Joseph gegangen war, hatte Cassagne sich eifrig daran gemacht, die erforderlichen Vorkehrungen zur Festnahme von Lasserre und seinen Männern zu treffen.

»Ich muss mir die Beine vertreten«, sagte Lasserre, als er durch den großen Wohnungsraum des Bauernhofs ging. »Wie ruhig es auf dem Land ist! Warum waren wir nicht öfter hier? Der Ort gefällt mir gut, er ist idyllisch. Wenn ich an das verrückte Leben denke, das wir in Paris geführt haben! Wie viel Hektik und Bewegung, die nichts bringt!«

War das sein Ernst? Auf jeden Fall konnte der Baron in seiner Stimme keinerlei Ironie ausmachen.

»Was zum Teufel geht in unserem Chef vor?«, sagte der Zwerg, als sich die Tür hinter Lasserre geschlossen hat. »Diese bukolischen Anwandlungen … Ich glaube meinen Ohren nicht zu trauen … Ein schlechtes Zeichen. Unser Wolf hat seinen Biss verloren. Seine Kraft lässt nach. Bald wird er nur noch Veilchen und Gänseblümchen pflücken …«

Der Baron hatte den Zwerg vorwurfsvoll angesehen, hatte aber nichts zu sagen gewagt. Seine riesige Angst vor Mephistos wilden unvorhersehbaren Reaktionen bestand weiterhin, auch jetzt wo alles um sie herum zusammenbrach.

Als einige Tage zuvor die anderen gegangen waren, hatte er insgeheim gehofft, der Zwerg würde es ihnen gleichtun. Aber Mephisto hatte es nicht getan und nur eine verletzende Bemerkung ausgespuckt: »Die Ratten verlassen das sinkende Schiff.«

Das hatte ihm eine saftige Abfuhr des Chefs eingebracht.

»Dann solltest du dich ihnen anschließen. Noch ein Geistesblitz dieser Art, und es geht dir an den Kragen, Alter!« Mephisto war bleich geworden und hielt den Mund. Ganz so besoffen war der Chef wohl doch nicht!

Lasserre war um das Grundstück herumgegangen.

Vor zwei Jahren hatte er diesen riesigen Bauernhof gekauft, der aus mehreren Gebäuden bestand. Er kam drei oder vier Mal hierher, vergaß ihn dann, bis zu dem Tag, an dem beschloss, ihn mit den restlichen Mitgliedern seiner Bande, dem Baron, dem Zwerg und einem halben Dutzend Getreuer als Zufluchtsort zu benutzen. Es war ein verlassener Ort.

In der Gegend wurde er »Wald der Erhängten« genannt. Während der Revolution hatte im Wald in der Nähe ein Massaker stattgefunden. Lasserre hatte sich an die makabre Überlegung des Zwergs erinnert, als sie hier einzogen:

»Der Wald der Erhängten? Die Jakobiner haben hier die feinen Herrschaften kaltgemacht? Bei Gott! Nehmen wir mal an, die Terroristen überraschen uns hier. Dann würde sich die Geschichte wiederholen. Wobei eines nicht so lustig wäre: Unsere eigenen Körper würden an den Bäumen baumeln.« Zu Zeiten der Sansculotten, wären wir mit der Guillotine geköpft worden, dachte Lasserre Im Wilden Westen hätte man uns erhängt. Im Wald erhängt. Kurz und bündig. Leben wir in zivilisierteren Zeiten? Es gab Tage des Zweifels, an denen er zu dem Schluss kam, das zwanzigste Jahrhundert würde bei Weitem das blutrünstigste Jahrhundert und alle seine Vorgänger haushoch schlagen.

Als der Mann in den Hof trat, kam ihm der Baron entgegen. »Mein alter Drahtesel hat schlappgemacht, die Kette ist kaputt. So ein Pech … Ich muss zu meiner kranken Mutter. Können Sie mir nicht aushelfen?«

Der Baron dachte sich nichts dabei, war mit dem Mann in den Schuppen gegangen und hatte auf ein dort abgestelltes Fahrrad gezeigt.

»Nehmen Sie dies. Lassen Sie Ihres hier und holen Sie es auf der Rückfahrt ab. Ich repariere die Kette«

Der Mann war gegangen und hatte sich überschwänglich bedankt. Einige Minuten später war er wieder auf der Lichtung des Waldes, wo Yves Cassagne mit einer Gruppe Polizisten und schwer bewaffneter FFI auf ihn wartete.

»Und, sind sie es?«, fragte Cassagne.

»Ja. Es sind mehrere, Granville kam mir entgegen.«

»Die Falle schnappt zu. Los geht's, Jungs!«

Um bezüglich des Verrats durch Monsieur Joseph auf Nummer sicher zu gehen, hatte Cassagne Fauvillier beauftragt, als Aufklärer loszuziehen, da ihn niemand aus der Bande kannte. Er wollte keinerlei Risiko eingehen oder gar den Erfolg der Operation gefährden. Die Polizisten und die FFI hatten den Bauernhof umstellt.

Es hatte keinen Schusswechsel gegeben, als sie durch die verschiedenen Gebäude schlichen. Lasserre hatte sich sicher gefühlt und keinen Späher abgestellt. Entgegen jeglicher Erwartung war das Ganze ohne Blutvergießen vonstatten gegangen.

Lasserre und seine Männer hatten keinerlei Widerstand geleistet. Mit einem Wutschrei hatte sich der Zwerg auf seine Maschinenpistole gestürzt, aber Lasserre hatte ihn kalt angeschnauzt: »Flossen runter, Gilles! Das nützt jetzt nichts mehr!« Mephisto hatte die Arme fallen lassen und den Chef fragend angesehen.

»Kein Blutbad hier! Wir haben Frauen und Kinder dabei, verdammt!«

»Ich falle denen nicht lebend in die Hände!«, hatte der Zwerg geschrien.

»Man muss wissen, wann man verloren hat, Gilles«, hatte daraufhin Lasserre abschließend gesagt.

Etwas später sagte Lasserre zu Cassagne: »Dieser Bauer, der hier rumschnüffelte, wir hätten misstrauischer sein sollen. Ich bitte Sie nur um eines: Misshandeln Sie nicht die Frauen und Kinder!«

»Für wen halten Sie uns?«, antwortete Cassagne. »Bei uns werden Frauen und Kinder nicht gefoltert, überhaupt niemand. Unser Verständnis von Folter weicht von dem Ihren ab.«

»Auch in Ihren Reihen gibt es Anhänger von Folter und Schnellprozessen.«

»Sie werden allesamt der Justiz übergeben. Meine Männer und ich sind keine Scharfrichter.«

»Ich habe Sie nicht um Nachsicht für mich gebeten. Alles was ich möchte ist, dass man Unschuldige in Ruhe lässt.«

»Sie haben mein Wort.«

»Danke«, hatte Lasserre geantwortet.

In einer Haarnadelkurve wird die Wagenkolonne langsamer. Plötzlich wird die rechte Tür des Fahrzeugs vor dem von Lasserre und Cassagne flugs geöffnet. Mephisto schießt heraus und stürzt sich flink mit seinen kurzen Beinen in den Straßengraben. Er hat nicht die geringste Chance davon zu kommen, denn der Wald ist mehrere hundert Meter entfernt. Sofort knattert eine Maschinenpistole aus dem letzten Fahrzeug der Kolonne. Der Zwerg wird mit voller Wucht getroffen und sackt zusammen. Zwei Maquisards nähern sich ihm. Einer von ihnen dreht den Körper mit der Fußspitze herum. Dann gehen sie zurück zu den Autos. »Er hat bekommen, was er verdient«, schreit der Mann, der die Leiche umgedreht hat und fügt hinzu »Auf der Flucht erschossen!«

»Aha, die Wildentenjagd hat begonnen«, kommentiert Lasserre. »Aber Achtung: Nicht Sie haben ihn erwischt. Er hat das Ende, das er sich ausgesucht hat. Ein Selbstmord, der ins Auge sticht … Das letzte Schnippchen! Als ich ihn im August 1940 aus dem Kittchen holte, hat er bei allen Göttern geschworen, dass er niemals dorthin zurückkehren würde. Er hat Wort gehalten.«

Daraufhin vergräbt sich Lasserre im Fond des Autos. »Adieu, Chef«, hatte der Zwerg eine viertel Stunde zuvor gesagt. Bei der Erwähnung der Zyankalikapsel hatte er sicherlich schon seine Entscheidung getroffen. Gilles ist mir bis zum Schluss treu geblieben, denkt Lasserre. Er seufzt resigniert. Früher oder später wird für jeden von uns die Totenglocke läuten.

Yves Cassagne wirft ihm einen verstohlenen Blick zu.

»Wer das Schwert ergreift, wird durch das Schwert umkommen«, sagt er.

Lasserre bleibt stumm. Abwesend schaut er ins Nichts. Er ist bereits sehr, sehr weit weg.

Als ihn Angelo Cicero über den Ablauf der Verhaftung und Mephistos Tod informiert, sagt Monsieur Joseph launisch:

»Weshalb nur er?«

Offensichtlich hatte er sich einen Rachefeldzug gewünscht. Solange Lasserre lebte, stellte er eine Gefahr dar. Monsieur Joseph bereut im selben Augenblick, dass er Lasserre und seine Bande nicht von seinen eigenen Männern verhaften ließ. Männer mit drakonischen Befehlen: Kein Fehlverhalten, keine Überlebenden! Lasserre würde vielleicht nicht reden. Aber wie sah es mit dem Baron und den anderen aus? Der Putz auf seiner Widerstandsfassade ist noch ganz frisch. Beim Nachdenken sagt er sich, dass es unbesonnen von ihm war, Lasserres Versteck an Cassagne zu verraten! Das Übel war geschehen, war aber nicht unabänderlich. Nach kurzer Niedergeschlagenheit hat sich Monsieur Joseph wieder hochgerappelt. Er überdenkt die Möglichkeiten, Lasserre und seine Männer zum Schweigen zu bringen. Cicero sieht seinen Chef nachdenklich an.

»Es war ein Fehler, der sich als folgenschwer erweisen könnte.«

»Was?« Monsieur Joseph runzelt die Stirn.

»Die Denunzierung«, sagt Angelo ruhig.

»Wieso sagst du das?«

»Sie haben sich nicht an die Schweigepflicht gehalten. Bei uns in Italien begeht derjenige, der die Omertà bricht, das schlimmste Verbrechen.«

»Ich gehöre nicht zu diesem Umfeld«, antwortet Monsieur Joseph.

»Dennoch waren Sie für Lasserre sein Freund. Wenn man nun bedenkt, dass Sie ihm den Judaskuss gegeben haben …«

»Was willst du damit sagen, Angelo?«

»Nichts Bestimmtes. Ich stelle mir nur Fragen. Ich hoffe, dass ich falschliege. Lasserre ist im Milieu von sehr viel Glanz und Ruhm umgeben. Vier Jahre lang hat er die verrücktesten Träume eines jeden Ganoven erfüllt. Es gibt Männer, die ihm bedingungslos ergeben sind. Einige könnten Lust haben, ihn zu rächen.«

»Glaub mir, ich fürchte mich nicht vor dem Sturm«, sagt Monsieur Joseph.

Sein Gesicht hat sich verdunkelt. Er spürt einen Schauer über seine Wirbelsäule ziehen.

Es werden all diejenigen sterben, die den Chef verraten!

Diese Worte Mephistos sind ihm in den Sinn gekommen.

Kapitel 52

Des Richters Martyrium

Herbsttage.

Er schaut durch das winzige Fenster seines Amtszimmers auf den bleiernen Oktoberhimmel.

Alles ist grau.

Mit wem habe ich es zu tun? fragt sich der Richter. Mit Heiligen? Sicher nicht. Sie sind gering, meine Chancen, einen Heiligen hier zu treffen. Mit Gerechten? Sie stehen nicht Schlange vor einem Untersuchungsausschuss und erhalten selten Vorladungen von Ermittlungsrichtern. Mit Saint-Just? Erbarmen, nein! Vorsicht vor fanatischen Richtern! Vor der besessenen Unnachgiebigkeit, die sich nicht mit Beweisen herumplagt!

Also weder der Heilige noch der Gerechte noch Saint-Just. Welches ist die vorherrschende Farbe?

Weder Schwarz noch Weiß. Alles ist grau.

Was nicht gerade dazu beitrug, seine schlechte Laune zu verjagen. Die Bezeichnung ›Büro‹ ist schön hochtrabend für dieses Kabuff, in dem er zur Arbeit verdammt ist. Er selbst bezeichnete es als ›Zelle‹. Eine Gefängnis- oder eine Mönchszelle?

Richter Santoni stößt einen langen Seufzer aus. Die Sehnsucht nach dem strahlenden klaren Himmel seiner Kindheit überwältigt ihn. Wieder Kind sein, ein glücklicher und sorgenfreier Junge in Calvi. Die Stadt mit dem kriegerischen Aussehen, der Genueser Zitadelle und den Festungsmauern hatte ihn während seiner ganzen Kindheit fasziniert. Die mit Kieselsteinen versehene Treppe der Festung erklimmen … Über die Kais schlendern und dabei den Fischern beim Flicken ihrer Netze zusehen … Über den mit Pinien gesäumten Sandstrand schlendern … Wieso werden Menschen im Erwachsenenalter nicht ab und zu wieder zu Kindern? Diejenigen die die Fähigkeit bewahrt hatten, sich wie Kinder zu freuen, waren wirklich zu beneiden.

Die kurz verträumte Miene des Richters verfinstert sich erneut. Er erstickte in Arbeit, ruderte wie ein Verrückter, um nicht von der Last der Dossiers erdrückt zu werden, die ihm der kürzlich beförderte Kommissar Cassagne und seine Leute von der Anti-Gestapo-Abteilung übertrugen. Volle Kanne, so wie ein Bäcker die warmen Brötchen aus dem Ofen holt … Wie heiß waren doch die Brötchen von Kommissar Cassagne! Heiß und gleichzeitig hart! Untersuchungsrichter Santoni bringt angesichts seiner Gedanken kein Lächeln zustande. Sein inzwischen sorgenvolles Gesicht entspannt sich nicht. Bald würde er zum Schlangenmenschen werden, um sich zwischen den Aktenstapeln bewegen zu können.

Gut, wenn nicht alle so umfangreich wie die der französischen Gestapo der Avenue Montaigne waren! Dieser Stapel wurde immer größer. Ein ungestümer, anschwellender Fluss. Santoni fühlt, wie sich ein Anflug von Mutlosigkeit seiner bemächtigt. Cassagne hatte ihn allerdings davor gewarnt, dieses Dossier würde zu einem Kraken mit tausend Fangarmen. Ein Pflasterstein, den man ins Moor wirft und der den übelriechenden Mief des trüben Wassers an die Oberfläche bringt.

Er war sich dessen bewusst, dass er äußerst wachsam sein musste, wenn er in einem so risikobehafteten Fall ermittelte.

»Sie werden in eine unbekannte Welt katapultiert, ein Königreich der Dunkelheit, in denen die Mächte des Bösen herrschen, eine Nacht Dantes«, hatte Cassagne weiterhin gesagt.

Ja, eine Nacht Dantes … Der Richter sieht das Dossier einen Augenblick mit einem Ausdruck tiefer Verachtung an. Sein Gesicht verkrampft sich, als würden verschiedene Gerüche ausströmen: Der erstickende Gestank der Korruption, schales Blut, der faulige Gestank des Elends, der beißende Gestank nach Leid und der klamme Geruch der Angst. Das Dossier war eine Kloake.

In Gedanken war der Richter in die deutschen Einkaufsbüros gegangen; die Brutstätten der Spionage und Drehscheiben des Schwarzmarkts. Der notorische Betrüger verkehrte mit dem friedlichen Bürger; der Ganove mit dem ellenlangen Strafregister verhandelte auf Augenhöhe mit dem Leiter eines Industrieunternehmens, der skrupellose Abenteurer duzte den hochrangigen Verwaltungsbeamten.

Der Richter liest noch einmal die letzten Protokolle des Verhörs von Granville durch. In einer Stunde würde er für eine weitere Anhörung des Barons nach Fresnes fahren. Die Worte, die der Baron kürzlich gesagt hatte, kommen ihm in den Sinn.

»Sie haben überhaupt keine Ahnung, in welches Wespennest Sie hier stechen. Glauben Sie mir, ich weiß, wovon ich rede.« Je weiter die Ermittlung voranschritt, desto bewusster wurde dem Richter die genaue Tragweite der Worte des Barons. Was Granville euphemistisch als »Wespennest« bezeichnet hatte, war in Wirklichkeit ein schwarzes Loch, eine Grube, in der es von Skorpionen wimmelte. Skorpione, deren Biss tödlich war. Der Baron dosierte seine Enthüllungen, listete sie nicht einfach auf, sondern spuckte sie in kleinen Einheiten aus, sortierte sie vor.

»Ich mache es wie der Erntearbeiter: Ich mache eine Runde mit der Sense«, hatte er dem Richter erklärt.

»Aha, eine Runde mit der Sense. Das Blöde ist, dass Sie nach einer halben Runde mit der Sichel bereits außer Atem sind!«, so des Richters Kommentar.

Der Sarkasmus war in seiner Stimme deutlich zu vernehmen.

»Sie irren sich, Herr Richter«, hatte der Baron geantwortet, »mit eben dieser Taktik möchte ich meinen Atem behalten.«

»Sie möchten den Prozesstag hinausschieben … Sie hoffen auf die Abtrennung Ihrer Strafsache von derjenigen der Carlingue …«

Derzeit waren die Gemüter erhitzt. Der Baron glaubte an jedem Tag, der vorüberging, dass sich seine Chancen erhöhen würden, aus der Sache herauszukommen. Die Wunden waren weit offen, aber die Zeit heilte sie. Die Gefängnisse waren brechend voll, diese Situation konnte nicht ewig dauern. Die Internierungslager, in denen die Verhafteten untergebracht waren, würden bald aufgelöst werden.

Nach Ansicht des Barons musste der Fall um jeden Preis in die Länge gezogen werden. Der Baron nannte Namen, denunzierte Komplizen, überlieferte Männer, die seine Mitarbeiter gewesen waren. Aus seiner Erfahrung als Polizist wusste er genau, dass die Gerichte dazu neigten, bei einem kooperativen Angeklagten Milde walten zu lassen.

»Ich werde sie in Schach halten«, hatte er zu Beginn der Untersuchung gesagt, »sie werden so lange wie möglich in der Glut schmoren.«

Er hatte Wort gehalten und seine Enthüllungen ließen diejenigen erzittern, die an der Tür der Avenue Montaigne Schlange gestanden hatten. Diejenigen, die ihnen ergeben die Stiefel geleckt hatten, zu allen Zugeständnissen bereit. Sie wurden nun von der Angst ergriffen bei dem Gedanken, dass der Baron ihren Namen nennen könnte. Diese Industriellen, die mit Monsieur Henri Geschäfte gemacht hatten, waren in der Avenue Montaigne und in Neuilly ein und aus gegangen und wurden jetzt in Angst und Schrecken versetzt; diese Künstler, Höflinge von Monsieur Henri, die ihn beim Nachtisch mit ihren Fantastereien amüsiert hatten; diese Politiker, die es sich zur Ehre gereichen ließen, in seiner Begleitung aufzutreten. Denn die kleinste Kerbe, die der Baron mit seiner Sense vollführte, hatte Nachforschungen der Anti-Gestapo-Abteilung von Kommissar Cassagne zur Folge und konnte ungeahnte Konsequenzen haben.

In Fresnes geht es bei der Befragung des Barons um die Akten, die er angelegt hatte.

»Was ist aus Ihren berühmten Akten geworden?«

»Sie sind in den Tagen der Befreiung der Stadt verschwunden.«

»Ein machiavellistisches Instrument in den Händen eines meisterhaften Erpressers«, sagt der Richter. »Die Macht, die vom Besitz dieser Akten ausgehen kann, lässt mich schwindlig werden, wenn ich daran denke. Und wenn ich selbst dieser Akten habhaft würde …«

»Rechnen Sie nicht mit mir!«, wirft der Baron mit plötzlicher Eiseskälte ein.

Der Richter sieht den Baron mit erdrückendem Schweigen an. Sicher, der Baron hat seine offensichtliche Kaltblütigkeit bewahrt. Dennoch kommt der Richter nicht umhin, an den Morgen zu denken, an dem er den Namen von Monsieur Joseph erwähnt hatte.

Kapitel 53

Der Richter,
der Schuldige und der Unschuldige

Etwa zehn Tage zuvor hatte der Richter dem Baron folgende Frage gestellt: »Wer waren die größten Schwarzmarkthändler?«

»Aber Herr Richter, es gab so viele davon und alle machten sehr einträgliche Geschäfte. Wenn Sie nun wissen wollen, wer die Wichtigsten waren, da bin ich tatsächlich überfragt …« Angesichts dieses Ausweichmanövers des Barons bohrte der Richter weiter:

»Vielleicht kann ich Sie in die richtige Richtung lenken …« Der Blick des Barons erhielt etwas Herablassendes. Offensichtlich glaubte er kein Wort. Hochnäsig lächelnd schüttelte er den Kopf.

»Monsieur Joseph zum Beispiel«, ging es dem Richter über die Lippen.

Die Reaktion des Barons war verblüffend: Wie von der Tarantel gestochen sprang er von seinem Stuhl hoch, klammerte sich an die Schreibtischkante und beugte sich zum Richter hinunter: »Wer hat so einen Mist verzapft? Welcher Idiot hat Ihnen diese Grille in den Kopf gesetzt? Wer ist dieser Monsieur

Joseph, der Ihnen so am Herzen zu liegen scheint? Ich kenne keinen Monsieur Joseph!«

»Das ist eine schamlose Lüge, das springt ins Auge!«, sagte der Richter in sanftem Ton.

»Hätte er jemals einen Fuß in die Avenue Montaigne gesetzt, hätte ich ihn ja wohl treffen müssen, Ihren Monsieur Joseph!«

Als dem Baron klar wurde, dass ihn seine zu impulsive Reaktion verraten hatte, brummelte er:

»Da Sie ja schon alles zu wissen scheinen, muss ich ja nichts mehr sagen.«

Der Baron war sofort zur Erpressung übergegangen. Seine letzten Worte bedeuteten eindeutig: Vergessen wir Monsieur Joseph, dann kann unser kleines Spiel weitergehen.

»Weshalb haben Sie plötzlich Angst«, erkundigte sich der Richter.

»Was veranlasst Sie zu dieser Aussage?«

»Sie schwitzen vor Angst.«

»Ich habe keinen Grund, Angst zu haben«, zischte der Baron, plötzlich leichenblass.

»Habe ich einen verbotenen Namen genannt?«

»Wer ist dieses Phantom Monsieur Joseph? Ich wiederhole nochmals: lieber schweige ich …«

An diesem Tag war aus dem Baron nicht ein einziges Wort mehr herauszubekommen. Er machte die Devise des Mörders Avinain zu seiner eigenen. Auf der Plattform des Schafotts hatte Avinain ausgerufen: »Meine Herren, legt nie ein Geständnis ab!«

Der Baron bestritt seine Verantwortung, auch wenn die Beweise unumkehrbar waren.

Henri Lasserre seinerseits gibt ohne Murren seine Schuld nicht nur zu, sondern fordert sie sogar ein.

»Einerseits erleichtern Sie mir die Arbeit, indem Sie alles zugeben, andererseits verkomplizieren Sie alles, weil Ihre Geständnisse zu weit gehen. Ein Ermittlungsrichter, der dieses Namens würdig ist, ermittelt nicht nur zu Lasten des Angeklagten, sondern auch zu dessen Entlastung, das wissen Sie genau. Sie geben vor, die ganze Verantwortung zu übernehmen … Das ist in meinen Augen eine zu schwere Last für einen einzigen Menschen. Ich plädiere für Entlastung.«

Lasserre tut die Erklärung des Richters mit einer lässigen Handbewegung ab.

»Ihre beruflichen Skrupel in allen Ehren, Herr Richter, aber Sie machen sich mit mir viel zu viel Mühe.«

»Weshalb nehmen Sie eine solche Haltung an?«

»Weil ich am Ende meiner Reise angekommen bin und der Beschluss des Gerichtshofes bereits feststeht.«

»Sagen Sie so etwas nicht, noch sind Sie nicht verurteilt.«

»Kein Versteckspiel, Herr Richter. Spielen wir lieber mit offenen Karten. Ich weiß genau, was mich erwartet: Zwölf Kugeln!« Lasserre hat völlig unbeteiligt geredet, als stände das Schicksal eines Fremden auf dem Spiel.

»Ich kann sogar der Realität ins Auge sehen ohne umzufallen. Ich habe keine Angst vor dem Tod. Daran können Sie nichts ändern. Auch Sie sind zur Machtlosigkeit verdammt. Egal ob Ihre Ermittlung ein juristisches Musterbeispiel ist oder nicht! Das ändert nichts am Ergebnis.«

Der Richter hat nicht mehr die Kraft, Lasserres dunklem Blick standzuhalten. Er blickt weg. Plötzlich hat er den Eindruck, als würde sich unter ihm ein Abgrund auftun. Hatte der Mann ihm gegenüber nicht Recht? Hatte die Klingel, die das Urteil ankündigte, nicht bereits gebimmelt? Er erledigte nur eine Routinearbeit und Lasserre war schließlich nicht blöd.

»Man muss sich des Risikos bewusst sein«, sagt Lasserre. Und der Welle furchtlos ins Auge blicken, auch wenn man weiß, dass sie einem fortreißen wird!«

Der Richter ist wieder gefasst und sieht Lasserre ins Gesicht: »Wie dem auch sei, ich werde der Justiz keinen einseitigen Bericht abgeben.«

»Sie werden Ihnen keine Zeit mehr lassen«, sagt Lasserre.

»Die Tage sind gezählt.« »Grundsätzlich kam für Sie der Krieg im richtigen Augenblick«, sagt der Richter und wechselt das Thema.

»Ja, er kam mir tatsächlich gerade recht. Wie vielen anderen übrigens auch.«

»Man hat mir berichtet, dass Sie dem Tod in letzter Zeit furchtlos ins Auge blickten.«

»Es stimmt.«

Henri Lasserre lacht den Richter an.

Greif, so lautet der Name, der immer häufiger in den Kollaborationsunterlagen, die der Richter zu untersuchen hat, auftaucht. Trotz seiner Vermutungen erhält er keinerlei Gewissheit, dass Greif der Name ist, den die Deutschen dem mysteriösen Monsieur Joseph gegeben haben.

»Das Seltsame an Ihrem Verhalten ist, dass Sie normalerweise nicht davor zurückschrecken, ehemalige Komplizen ans Messer zu liefern«, sagt er zum Baron, »und nur schon bei der Erwähnung von Monsieur Joseph sterben Sie vor Angst. Demnächst werden Sie mir sicherlich Informationen über diesen Menschen liefern.«

»Ich sehe, Sie wollen mich weichkochen«, antwortet der Baron. »Ich versichere Ihnen, dass Sie auf dem Holzweg sind!«

Der Richter hat bereits ein persönliches Dossier zu Lasten von Monsieur Joseph angelegt in der Hoffnung, hinter seine Verbindungen zu der Gestapo zu gelangen.

Ende November denkt er, genügend Beweise in der Hand zu haben, um sich diesen Monsieur Joseph vorzunehmen. Er benachrichtigt die Sécurité militaire. Daraufhin erhält Monsieur Joseph unangenehmen Besuch in Clichy von Offizieren, die ihn verhaften sollen. Trotz seiner vehementen Proteste und scharfen Drohungen kommt Monsieur Joseph ins Gefängnis nach Fresnes. Nachdem man den Richter darüber informiert hat, dass Monsieur Joseph in seiner Wut die Namen hochrangiger Personen preisgegeben hat, beschließt er sofort, ihn in Isolationshaft zu stecken.

Nach acht Tagen gelingt es dem Gefangenen, erneut Kontakt zu seinen Freunden aufzunehmen, nachdem er einen seiner Wächter bestochen hat.

Am nächsten Tag verlässt er das Gefängnis mit Entschuldigung des Präfekten.

Der ehrwürdige Monsieur Joseph war Opfer einer bedauerlichen Namensverwechslung geworden.

Als der Richter am darauffolgenden Freitag früh morgens in sein Büro kommt, stellt er fest, dass die Eingangstür seiner »Zelle« aufgebrochen und das Büro verwüstet war! Brandgeruch – die Asche der Unterlagen. Mein schwarzer Freitag, denkt er und mit einem leisen Vorgefühl sieht er fieberhaft die noch intakten Unterlagen durch. Doch ziemlich bald muss er die Tatsache zur Kenntnis nehmen.

Sein Vorgefühl hat ihn nicht getäuscht: die Akte ›Monsieur Joseph‹ hat sich in Luft aufgelöst.

Kapitel 54

Zeugen und Komplizen

Der Richter zum Zeugen sagt: »Bist du bereit Belastungszeuge zu sein?«

Der Zeuge den Richter fragt: »Herr Richter, kann das nicht gefährlich sein?«

Der Richter schweigt. Der Zeuge schweigt.

Der Richter zum Komplizen spricht: »Wie wär's, wenn du dein Schweigen brichst? Für dein Strafmaß vorteilhaft in meiner Sicht.«

»Herr Richter, Komplize sein kann gefährlich sein. Zeuge und Komplize sein kann tödlich sein.«

Der Komplize schweigt. Der Richter schweigt.

Greif denkt oft an Otto König.

Im Vergleich zu dem, was er, während der vier Besatzungsjahre erlebt hat, waren die in München verbrachten Wochen für Otto eine echte Durststrecke. Otto vermisste die Zeiten im Einkaufsbüro, die bekannten Pariser Restaurants, die Nachtlokale, die großen französischen Weine. Er hat rund zehn Kilo abgenommen und seine Gesichtszüge, die durch das gute Essen rundlicher erschienen waren, wirken ebenso hart wie vor dem Krieg.

In München arbeitete Otto offiziell an der Auflösung seines Einkaufsbüros. Doch dies war nur ein Deckmantel, denn in Wirklichkeit gab er sich geheimen Aktivitäten hin. Seit die Wehrmacht vor den Toren Moskaus festsaß, war Otto klar geworden, dass Deutschland den Krieg verlieren würde. Doch er war vorsichtig genug gewesen, seine Überzeugung für sich zu behalten und sich so einige Schwierigkeiten zu ersparen. Sein Stellvertreter, Major Norden hatte sich zu defätistischen Äußerungen hinreißen lassen. Die Gestapo hatte ihn verhaftet und Otto wusste nicht, was aus ihm geworden war.

Otto war fest entschlossen, seinen Kopf aus der Schlinge zu ziehen und die Millionen aus seinen Geschäften an einen sicheren Ort zu bringen. Paris hatte er an der Spitze eines Lkw-Konvois verlassen, die mit Bildern großer Meister, Gobelin-Tapisserien, Goldbarren, Schmuck, Diamanten und ausländischen Devisen beladen waren. Die wichtigsten Verstecke kannte nur er allein. Im Garten eines bürgerlichen Hauses von Freunden in Salzburg, hatte Otto mit Goldbarren gefüllte Kisten vergraben. Seine Diamanten hatte er sorgfältig in wasserdichten Kisten verstaut und in mit Zement gefüllten Eimern versenkt. Diese hatte er in einem Wald bei Rosenheim in der Nähe einer hundertjährigen Eiche vergraben, die ihm beim Ausgraben als Erkennungszeichen dienen sollte. Otto glaubte, alle möglichen Vorkehrungen getroffen zu haben und war außerdem davon überzeugt, als Achtzigjähriger in seinem Bett zu sterben.

Aber Otto hatte die Rechnung ohne Greif gemacht.

Er war ein gefährlicher Zeuge und Komplize, den es zu auszuschalten galt.

Kapitel 55

Auf der Verteidigerbank

Ein Wintermorgen.

Die Seine fließt kalt und feindselig dahin.

Auf der Verteidigerbank beginnt heute der letzte Kampf: Das Plädoyer gegen alle.

Der letzte Kampf, den man nur verlieren kann. Der Kampf gegen den Tod.

Der Verteidiger wird zum Geächteten. Er plädiert gegen:

Den Regierungskommissar, erbarmungsloser Staatsanwalt, der den Tod verlangt;

den Präsidenten des Gerichtshofes, parteiischer Richter, der den Tod verlangt;

die Geschworenen, unerbittliche Rächer, die den Tod verlangen;

die Öffentlichkeit, rachsüchtig im Gerichtssaal, die den Tod verlangt;

den Angeklagten, der seinen eigenen Tod verlangt.

Glücklich wie Odysseus, der Verteidiger der von dieser infernalischen Reise unversehrt zurückkehrt!

Marceau geht schnellen Schrittes über die Brücke Saint-Michel. Feine Schneeflocken haben ihren Tanz begonnen und schmelzen auf den Pflastersteinen des Boulevards. Bald würde die Stadt unter einem dichten weißen Mantel verborgen sein. Die Hülle der Unschuld!

Der Anwalt hegt bittere Gedanken. Die begnadigte, nun wieder jungfräuliche Stadt unter einem Kokon der Vergebung, am Ende des Anbeginns der Zeit, beim Erwachen einer freudigen Zukunft, die Stadt, die Brüderlichkeit und Großmut verheißt. Wie weit weg erscheint noch die Zeit der Eintracht und der Vergebung! Der Krieg ging weiter. Die letzten vier Jahre würden nicht weggewischt, nicht schamhaft von einem Schleier des Vergessens verhüllt. Welche schrecklichen Spuren würden die Übergriffe der Peiniger, die Folterungen, die Hinrichtungen, die Verurteilungen zum Tode durch die Kriegsgerichte, die Massenerschießungen hinterlassen.

Die Stadt war dem blutigen Fieber ausgeliefert, die Brüderlichkeit unter den Menschen noch weit entfernt.

Am Justizpalast geht der Anwalt die Freitreppe nach oben und durchquert den Saal der »verlorenen Schritte«. Es sind sehr viele Menschen da und im Vorbeigehen schnappt er Gesprächsfetzen auf.

»Weshalb mit solchem Abschaum Zeit verlieren?«

»Die sollten einfach an die Wand gestellt werden und peng, peng, peng!«

»Wenn man bedenkt, dass für solche Prozesse die Kohle der Steuerzahler draufgeht!«

Die Anhänger der Schnelljustiz waren zahlreich vertreten. Sowohl unter den Schaulustigen als auch unter denjenigen, die urteilen mussten. Menschen können die Zeit des Hasses nicht einfach mit dem Skalpell entfernen, denkt er. Die Geschichte in Scheiben schneiden war einfach unmöglich! Auch er hatte wie viele seiner Kollegen Drohbriefe erhalten. Man verzieh ihnen nicht, dass sie Kollaborateure verteidigten. Diese Briefe hatten ihn jedoch nicht beeindruckt.

Gleich nachdem die Verhaftung von Monsieur Henri bekannt geworden war, hatte er ihm schleunigst seine Dienste als Verteidiger angeboten. Henri hatte ihn lange mit gerunzelter Stirn und ohne ein Wort zu sagen angesehen.

»Ich danke dir, mein Freund, aber du bist mir gegenüber zu nichts verpflichtet.«

»Muss ich das so verstehen, dass du meine Hilfe verweigerst?«

»Ja.«

»Weshalb?«

»Weil ich nicht will, dass du ein Risiko eingehst. Du bist ein guter Anwalt. Du hast es nicht nötig, deine Hände in diesen Sumpf zu stecken.«

»Das ist kein stichhaltiges Argument.«

»Oh doch, sehr wohl! Für mich schon. Lass die Finger davon! Du hast sicherlich Wichtigeres zu tun. Verschwinde!«

»Ich lasse dich nicht fallen wie eine heiße Kartoffel. Du warst mein Freund und wirst es auch bleiben.«

»Mangelt es dir an Mandanten? Dann wärst du gut beraten, einen sinnvolleren Fall anzunehmen. Willst du mich benutzen, um groß rauszukommen? Unter uns gesagt ist diese Art von Werbung schlecht!«

Der Anwalt antwortete in normalem Ton:

»Nun reicht's aber mit deinem Gezeter! Ich bin unparteiisch, das weißt du genau.«

»Ach ja?«

»Ich werde nicht einen Centime von deiner verdammten Kohle annehmen!«

»Ich brauche keinen Verteidiger«, hatte Lasserre geknurrt.

»Jeder Mensch muss verteidigt werden, insbesondere diejenigen, die gefallen sind.«

»Worte, nichts als Worte, leeres Gerede! Ich sage nochmals, dass du deine Zeit vergeudest!« hatte Lasserre wütend erwidert. »Lass mich in Ruhe! Vergiss mich! Ich wäre dir sehr dankbar.«

»Henri, ich flehe dich an!«

»Was bist du nur für ein Blutsauger! Es ist noch gar nicht lange her, da hätte ich dich mit einem Fußtritt hinausbefördern können. Hier in diesem Käfig sind mir Hände und Füße gebunden. Dann verteidige mich eben, gegen meinen Willen.«

Lasserre hatte resigniert geseufzt. Er hatte auf jegliche persönliche Verteidigung verzichtet. Der Anwalt hatte das bei den Verhören durch den Ermittlungsrichter mitbekommen.

»Beenden wir das Ganze, Herr Richter, die Sache ist glasklar«, hatte Lasserre gesagt.

»Neulich hatten Sie mir gesagt, dass das Exekutionskommando auf Sie wartet. Man könnte meinen, dass Ihnen daran gelegen ist, Ihre Zeitgenossen im Stich zu lassen.«

»Sie haben ins Schwarze getroffen. Ich möchte tatsächlich möglichst schnell diesen Saustall verlassen. Und wissen Sie weshalb?«

Lasserre hatte eine Pause gemacht, bevor er fortfuhr:

»Ich habe die Schnauze voll von dieser bedauernswerten menschlichen Komödie. Gestern noch lagen sie mir zu Füßen und wollten mir in den Hintern kriechen. Heute stolzieren sie mit erhobenem Haupt selbstsicher mit einer Reihe Medaillen auf der Brust umher. Ich finde das abscheulich. Mir wird schlecht davon. Gestern noch drängten sie sich in den Büros der Gestapo. Heute haben sie sich eine heldenhafte Vergangenheit als Widerstandskämpfer zusammengezimmert.«

Der Richter hatte das Stichwort aufgegriffen. Vielleicht war doch noch etwas zu holen?

»Denken Sie an jemanden bestimmten? Monsieur Joseph zum Beispiel?«

»Die Sorte, die ich meine, gibt es zuhauf in der Stadt«, hatte Lasserre lächelnd geantwortet. Wie der Baron, weigerte er sich, Monsieur Joseph anzuprangern.

Der Richter hätte Vieles dafür gegeben zu erfahren, weshalb es rund um Monsieur Joseph eine derartige Verschwörung des Schweigens gab.

Kapitel 56

Der zerbrochene Spiegel

Seit wann hatte Lasserre den Kampf aufgegeben?
Am Tag seiner Verhaftung oder zumindest seit einem Vorfall einige Tage später. Er war mit Marceau aus dem Büro des Ermittlungsrichters gekommen, als er einen Jugendlichen mit Handschellen auf einer Bank im Gang bemerkt hatte. Lasserre blieb vor ihm stehen.

»Wie alt bist du, mein Junge?«

»Achtzehn Jahre.«

Der junge Mann hatte den Kopf gehoben. Er hatte feine, fast weibliche Gesichtszüge, die einen Kontrast zu seinem harten Blick bildeten. Der Blick eines Aufständischen, ein Blick, den Lasserre nur zu gut kannte.

»Wo ist dein Vater?«

»Ich hatte keinen!«

»Deine Mutter?«

»Niemals kennengelernt!«

»Wer kümmert sich denn dann um dich?«

»Niemand«, lautete die Antwort des jungen Mannes, während auf seinem Gesicht Erstaunen zu lesen war, was sicherlich mit dem plötzlichen und unvorhergesehenen Interesse dieses Unbekannten zu tun hatte.

»Also kümmert sich niemand um dich?«
»Nein ... Oh! Doch, ich habe den Richter vergessen!«
»Was wirft er dir vor?«
»Diebstahl.«
»Mit Einbruch?«
»Natürlich.«
»Verdammt, das ist ja nicht so schlimm.«
»Ich stehle, seit ich zehn Jahre alt bin, ich bin der Polizei bereits bestens bekannt.«

Lasserre hatte ihm direkt in die Augen geschaut.

»Schwöre, dass du damit aufhörst! Nie mehr im Leben wirst du stehlen!«
»Wie könnte ich Ihnen so etwas versprechen?«
»Schwöre!«, hatte Lasserre mit wütender Stimme beharrt.
»Zu spät«, hatte der junge Mann gemurmelt.
»Verdammt! Es ist nie zu spät, hörst du, nie, niemals!« Seine Stimme war einen Moment im Gang zu vernehmen gewesen wie früher, als er in der Avenue Montaigne den Zwerg angeschnauzt hatte.

»Für mich gibt es keinen Ausweg mehr. Sie werden mich zurück in den Knast schicken.«

»Aber du bist doch noch jung, zu jung, um aufzugeben. Du wirst ihnen beweisen, dass du genug Mumm besitzt, um dich aus der Affäre zu ziehen.

»Es ist alles vorbei.«
»Nein, nein, nein, wach auf!«

Seine Stimme war zu einem durchdringenden Schrei geworden.

»Ich habe keine Zukunft mehr.«

Dann hatte er sich plötzlich ohne ein weiteres Wort und mit glasigem Blick weggedreht. Die Luft war raus. Er hatte sich plötzlich in einem Spiegel, rund ein Vierteljahrhundert früher gesehen. Der junge Kriminelle auf der Bank, das war er. Sein Weg war vorgegeben, ein Weg voller Abstürze und Rückfälle. Einen Moment lang hatte er noch die Illusion genährt, den Lauf des Schicksals ändern zu können. Aber er hatte das Gesetz des Systems nicht durchbrochen. Worauf hatte er denn überhaupt gehofft? Kann der Gläubige den Atheisten etwa mit einem Zauberstab bekehren? Er hatte im Blick des jungen Mannes auf den Hoffnungsschimmer gewartet. Vergeblich.

Der Spiegel zerbricht, zerbricht wie meine Gedanken, sagt er sich. Der Spiegel ist in Scherben zerbrochen, ist kaputt. Der Himmel wird grau, alles in Asche und Schutt. Den Spiegel kleben, das bringt nichts mehr! Der Spiegel zerbricht, zerbricht immer wieder.

Der Scharfrichter zählt Kugeln im Vergeltungsfieber.

Kapitel 57

Vor Gericht

Marceau sitzt auf der Verteidigerbank. Einmal mehr schiebt der Baron dem Chef die Verantwortung in die Schuhe, während dieser stoisch und gleichgültig bleibt. Da er keinerlei Reaktion zeigt, meint der Vorsitzende Moureau ungeduldig:
»Nun, was sagen Sie dazu, Lasserre?«
»Ich nehme alles auf mich.«
»Was soll das denn? Es ist vermerkt, dass Sie an diesem Tag in Marseille waren. Sie waren an diesem Vorfall nicht beteiligt. Die Untersuchungsunterlagen sind eindeutig.
»Ich bin der Schuldige«, sagt Lasserre seelenruhig. Fassungslos schüttelt der vorsitzende Richter den Kopf.
»Ich übernehme die volle Verantwortung für alles, was in meiner Abteilung vorgefallen ist. Ich war der Chef. Also bin ich auch der Verantwortliche.
»Mir kommt es so vor, als würde es Ihnen nicht nur Spaß machen, sich selbst den Strick um den Hals zu legen, sondern auch, ihn möglichst fest zuzuziehen«, seufzt der Präsident.
»Wieso machen Sie so viel Aufhebens, Herr Präsident? Ich habe in Fresnes erfahren, dass Schüler der Milizschule erschossen wurden …«

Die Wutschreie, die im Gerichtssaal zu hören sind, bringen ihn nicht aus der Fassung. Mit stoischer Ruhe fährt er fort:

»Sie hatten sich nichts zuschulden kommen lassen. Ich habe noch nie behauptet, unschuldig zu sein. Ich habe Kopf und Kragen riskiert und habe verloren. So ist das nun mal.« Er hatte mit leidenschaftsloser Stimme geredet. Das war eine klare und deutliche Aussage. Erneut ging ein Raunen durch die Menge. Während des Prozesses gab er nicht ein einziges Mal seine Gelassenheit auf. Seine Wutanfälle, unter denen viele zu leiden hatten, gehörten der Vergangenheit an, unter die er definitiv einen Strich gemacht hatte. Marceau glaubt allenfalls hie und da Verachtung in seinem Blick zu spüren, wenn sich der Baron mal wieder windet, nach Ausflüchten und mit allen Mitteln nach der letzten Rettung sucht.

»Ich war nur ein einfacher Angestellter und hatte keinerlei Entscheidungsbefugnis! Ich war lediglich damit beauftragt, die Unterlagen in Ordnung zu halten!«, gibt Granville an.

Marceau sieht ihn im Büro des Ermittlungsrichters vor sich, als er bei einer Gegenüberstellung Lasserre zum Zeugen genommen hatte:

»Henri, du weißt genau, dass ich nichts als ein gewissenhafter Beamter war. Du hast die Befehle erteilt.«

Der Baron hatte sich danach eine bissige Antwort von Lasserre eingeheimst: »Du und ein untergeordneter Beamter? Du machst wohl Witze! Außer mir und Mephisto hätte es niemand gewagt, dir das ins Gesicht zu sagen!«

Ohne ein weiteres Wort und ganz kleinlaut, schrumpfte der Baron auf seinem Stuhl zusammen.

Robert Dumaire, der mit der Anklage betraute Regierungskommissar, ist nicht zimperlich.

Bei Verrätern, Henkern, Gestapoleuten, Denunzianten und all denjenigen, die sie unterstützt haben, kennt er keine Gnade. Seine Anklagerede sollte so unerbittlich wie nur möglich sein.

»Eines Tages«, sagte er über den Baron, »lernt er Otto König kennen, der ihn mit dem Hintergedanken, ihn zu einem Abwehragenten zu machen, von Ritter vorstellt. Aber von Ritter zögert mit der Einstellung Granvilles. Dieser ehemalige, abgesetzte Polizist, den Otto ihm unterjubeln möchte, ist zu sehr von seiner bewegten Vergangenheit gezeichnet.

Granville wird an Monsieur Henri in der Avenue Montaigne weitergereicht. Er herrscht über eine gefürchtete Gangsterbande und hätte sicherlich Verwendung für ihn. Von Ritters Eingebung erweist sich als richtig. Denn in der Tat ist dieses Zusammentreffen zwischen Lasserre und Granville für beide Männer als segensreich. Jeder von beiden kommt auf seine Kosten. Lasserre findet in Granville einen Mann mit unbestreitbarem organisatorischem Talent. Granville dagegen hat in Lasserre einen soliden und mächtigen Beschützer, der damals schon bei den Besatzungsbehörden ein und ausging. Monsieur Henri kann von den Deutschen alles haben. Die Atmosphäre der Avenue Montaigne ist Granville nicht fremd. Kennt er selbst nicht die Männer dieses Milieus wie seine Westentasche? Er, der sie zuerst verfolgt und dann nach seiner Absetzung mit ihnen zu tun hatte, als er selbst an den Rand der Gesellschaft geriet! Lasserre ist begeistert, einen ehemaligen Polizisten in seiner Bande zu haben. Er kann beide Seiten von Granvilles Persönlichkeit bedienen. Letzterer würde ab sofort nicht mehr der einen oder anderen Seite angehören. Unter dem Zeichen der neuen Ordnung sollte er zugleich Polizist und Ganove sein. Ohne Konflikt und ohne Zerrissenheit. Als er in die Dienste von Lasserre trat, musste er sich zuerst bewähren wie jeder andere Anwärter. Er war ein gebrochener Mann und zuerst einmal ist er zu allen Fronarbeiten bereit. Eine besondere Art von Hindernislauf.

Egal wer bei mir anfängt, er muss durch einen Fluss von Scheiße gehen, pflegte Lasserre zu sagen. Kommt er am anderen Ufer an, kann er alle Aufgaben erledigen. Gelingt es ihm nicht, dann soll er halt untergehen! Pech für ihn.

Granville wird der Erniedrigung ausgesetzt, muss zahlreiche Dienste leisten, das Scheißhaus putzen, sich die Beine in den Bauch stehen, Nachtdienste übernehmen, Alkohol und Zigaretten für die Bandenmitglieder besorgen, das Kommen und Gehen des Personals vermerken. Er schwebt im siebten Himmel, als Lasserre ihm erlaubt, einen Bericht zu tippen. Trotz der Beleidigungen erreicht der Neuzugang das für ihn rettende Ufer. Im Laufe dieser Dressur sollte Lasserre denjenigen in seinen Bann schlagen, der zu seinem Stellvertreter werden würde.

Granville verspürt eine immer größere Bewunderung für den Chef der Carlingue. Gleichzeitig fürchtet er ihn jedoch auch und ist im Geheimen äußerst neidisch auf ihn. Granville sollte Lasserre bewundern, weil er mit Brachialgewalt zum Chef wurde. Er kam aus dem Nichts, hatte elendig in den Gassen des Vieux-Port gelebt, bei den Clochards unter den Brücken der Seine geschlafen und sich in Elendsvierteln herumgetrieben. In den geblendeten Augen Granvilles hatte Lasserre alles erreicht. Granville fürchtet ihn, weil er je nachdem unerbittlich ist. Er weiß mit der Peitsche umzugehen. Granville ist eifersüchtig auf ihn, weil er allmächtig ist. Granville, der gescheiterte, zwielichtige, gefallene und abgesetzte Polizist, der Versager, ist fasziniert von Lasserre, diesem Vorbestraften, der es verstanden hatte, sein Schicksal in die Hand zu nehmen und sich einen beneidenswerten Platz an der Sonne zu verschaffen.

Lasserre erteilt Granville Bestnoten, hält ihn für diszipliniert, bescheiden, sorgfältig. Außerdem kann er den Mund halten. Granville wird zum Sekretär befördert. Lasserre nennt ihn »mein Wachhund«.

Granville kann seine Arbeit beginnen, die darin besteht, die Bande zu einer echten Dienststelle zu machen. Eifrig macht er sich an die Arbeit und erstellt zu allererst Karteikarten. Eine Karteikarte über jeden, so wie er es in seinen Anfängen bei der Polizei getan hatte, mit einem lückenlosen Lebenslauf.

Für Lasserre erweist sich dieses Verzeichnis als eine echte Höhle des Ali Baba. Es verleiht demjenigen, dem es gehört und es ohne geringste Skrupel zu nutzen weiß unschätzbare Macht. Mit diesem Verzeichnis hat Lasserre seine Männer fest in der Hand. In Wirklichkeit sind sie ihm alle ausgeliefert. In den Händen Lasserres sind diese Karteikarten tödliche Waffen. Sie zeichnen die Hierarchie der Bandenmitglieder sowie ihren Treuegrad gegenüber dem Chef ab. Diese ganze methodische Organisation, die mit beängstigender Effizienz funktioniert, wird durch die Arbeit Granvilles möglich, der so zur Nummer zwei, dem Baron wird.«

So wie früher die Knüppelschläge in der Avenue Montaigne, prasseln die Worte des Angklägers im Gerichtshof auf alle nieder.

»Sie sind es doch, der die französische Gestapo der Avenue Montaigne zu einer offiziellen Behörde machte!« herrscht ihn der Staatsanwalt an. »Bevor Sie da waren, war dies nur eine Ganovenbande unter vielen anderen, eine zusammengewürfelte Verbrechertruppe. Sie haben daraus eine echte Organisation, eine »Abteilung« gemacht! Sie waren es, die ihr das solide Grundgerüst gab, das ihr fehlte! Nachdem Sie da waren, wurden Verwaltungsberichte verfasst und den Deutschen in der Avenue Foch übermittelt. Sie haben bei der französischen Gestapo für den Fortbestand ihrer Macht gesorgt! Die Deutschen sind begeistert. Mit Recht! Sie schätzen Ihre Arbeit und binden Ihre neue Abteilung in ihr Verwaltungs- und Strafgefüge ein.«

Der Baron ist aschfahl und wagt es nicht, den Staatsanwalt anzublicken. Große Schweißperlen sind auf seiner Stirn zu sehen.

»Ein ausgefeiltes, geöltes und präzises Räderwerk – das haben Sie aus der Bande gemacht! Der Chef muss es nur noch in die Hände der Deutschen legen, die es in die Polizeimaschine einfügen, die unser Land zermalmt. Ab diesem Moment kennt die Macht von Monsieur Henri keine Grenzen mehr.«

Als der Baron vernimmt, dass der Staatsanwalt die Todesstrafe fordert, wird er von einem nervösen Zucken geschüttelt und seine Mundwinkel verzerren sich.

Als Lasserre an der Reihe ist, strahlt sein Gesicht noch immer einen Ausdruck von Trübsinnigkeit und Langeweile aus. Neben dem Baron, der in der Box zusammengesunken ist, wirkt Lasserre wie ein eisiger, gleichgültiger Fels.

Die Anklagerede des Staatsanwalts berührt ihn nicht mehr als das, was vorhergesagt. Da er schuldig ist und weiß, dass er zum Tode verurteilt wird, ist nichts mehr, was im Gerichtssaal vor sich geht von Bedeutung. Er ist mit seinen Gedanken anderswo und es ist noch nicht einmal sicher, ob er die Worte des Anklägers überhaupt hört.

»Lasserre hat nicht einen Moment lang versucht, seine Schandtaten zu verdecken. Er hat gemordet, geplündert, Patrioten deportieren lassen und zum Martyrium des Landes beigetragen.

Es geht darum, die Grundregeln der Säuberung umzusetzen und schnell, kräftig und genau zuzuschlagen!

Schnell zuschlagen: Eine schleppende Säuberung sorgt für Unsicherheit und Unruhe im Land und würde der Vereinigung nur schaden.

Kräftig zuschlagen: Die Säuberung ist kein kranker, schwacher Mann. Dies muss der Öffentlichkeit beispielhaft demonstriert werden.

Genau zuschlagen: Die Säuberung würde für immer in Misskredit bleiben, wenn wir den Unschuldigen, den Komparsen und den kleinen Mann jagen würden. Die mächtigen Schuldigen müssen die verdiente Strafe erhalten! Würde Lasserre nicht als schuldig angesehen werden, wen könnten wir denn dann nach ihm noch verurteilen?

Vier Jahre lang standen Lasserre und die Seinen in den Diensten des Besatzers, haben die Kollaboration regelrecht gefördert und zwar einzig und allein getrieben durch den Wunsch, aus unserem Niedergang Profit zu schlagen! Henri Lasserre ist die Galionsfigur dieser Verbindung zwischen den Deutschen und der Unterwelt. Der Besatzer hat diesem vom Leben benachteiligten Mann eine unglaubliche Revanche geboten. Eiskalt und klar hat er auf die Deutschen gesetzt. Er genoss die Macht, die ihm das in Strömen fließende Geld verlieh. Aber was für einen Preis hatte diese Revanche! Sämtliche moralischen Prinzipien wurden in Form gemeinster Schandtaten unter den schwarzen Stiefeln zynisch zertreten: Folter, Deportation und Tötung zahlreicher Resistenzler.

Diese Männer sind einen Pakt mit dem Teufel eingegangen,« schreit Dumaire bei seiner Schlussfolgerung, »diese Männer sind aller Gräueltaten, aller Ungerechtigkeiten, allen Verrats, in einem Wort, aller Verbrechen schuldig!«

Der Baron wird von einem Hustenanfall ergriffen. Henri Lasserre lächelt.

Maître Marceau tritt gegen den Gerichtshof an.

Die meisten seiner Kollegen sind der Meinung, er plädiere in einem Fall, der nicht zu verteidigen sei.

Mit seinen 42 Jahren war Marceau zu einem Starverteidiger geworden. Vor ihm breitete sich eine brillante Berufskarriere aus. Einen Menschen zu verteidigen, der selbst von vornherein weiß, dass er verurteilt wird und dies auch seinem Anwalt klar ist, ist die gefürchtetste Aufgabe, die es für einen Strafverteidiger gibt. Er kann dabei nur verlieren. Oder sich mit einer außergewöhnlichen Leistung aus der Affäre ziehen, die selbst die Bewunderung der eingefleischtesten Kritiker nach sich zieht.

Das würde Maître Marceau tun. Er, der resistente Anwalt würde so viel Leidenschaft bei der Verteidigung Lasserres an den Tag legen, wie er eingesetzt hatte, um den Deutschen dagegen zu halten.

Beweise abstreiten? Daran denkt Marceau nicht eine Sekunde.

»Ich kann einen Angeklagten nicht von kriminellen Machenschaften entlasten, die ordnungsgemäß von der Anklage bewiesen wurden. Ich muss so gut wie möglich dessen Motive erklären«, plädiert er. »Den Mann, der zu einem wilden Tier wurde anhand einer unglücklichen Vergangenheit beschreiben. Die Schandtaten mildern, die er auf sich nimmt, ohne sie faktisch begangen zu haben.«

Wie hätte der Anwalt mit Worten die unanfechtbaren Beweisstücke des Anklagedossiers verbrennen können?

Diese Fotos, die der Staatsanwalt den Geschworenen gezeigt hatte, während hasserfüllte Schreie im Gerichtssaal ertönten. Fotos die köpfen!

Diejenigen, die den Sturmführer SS Henri im Juni 1944 mit Totenkopfhelm und glänzenden schwarzen Stiefeln zeigen. Neben ihm der Nizzaer und der Zwerg vor der Leiche eines Widerstandskämpfers, den Lasserre eigenhändig erschoss. Das hatte dieser zugegeben.

»Sie besitzen die unerhörte Frechheit, sich am Ort ihrer Schandtaten fotografieren zu lassen«, hatte Dumaire kommentiert. Dies sind brutale, nackte, gnadenlose, unauslöschliche Tatsachen!

Es gab weitere, etwas weniger provokante, aber ebenso aussagekräftige Fotos.

Lasserre in derselben Uniform in den Straßen von Tulle zusammen mit Omar Bel Kassem und Cadousse, dem Chef der Miliz, den die Widerstandskämpfer Le Sanguinaire (der Blutrünstige) nannten!

Lasserre im Kampfanzug an der Seite von Sturmbannführer Kreisner in Brive kurz bevor man Jagd auf Maquisards macht! Lasserre auf dem Marktplatz des Ortes, in dem die SS-Vergeltungsmaßnahmen gegen die Bevölkerung ausgeübt hatten. Lasserre beim Spaziergang mit Hans Hessler im Jardin des Tuileries!

Aber auf keinem Foto war er zusammen mit seinem Freund Monsieur Joseph zu sehen. Dessen Name wird nicht einmal während des gesamten Prozesses genannt.

Das Urteil des Gerichtshofes war von vornherein klar.

Es gibt keinerlei Einspruch, kein Rekursrecht, keine Revision. Das Urteil ist sofort rechtskräftig.

Und somit vollstreckbar.

In dem vergitterten Kastenwagen zurück nach Fresnes gibt der Baron nach der Verkündung des Todesurteils eine klägliche Figur ab. Er wird von Tränen geschüttelt und Lasserre liest ihm die Leviten:

»Was bist du doch für ein schlechter Schmierenkomödiant, Baron! Man muss die Komödie spielen, bis der Vorhang fällt. Zusätzlich Schwäche vorgaukeln? Das ist entwürdigend! Weichlinge, die sich in die Hose machen und wie Angsthasen heulen waren mir stets zuwider!«

»Gott im Himmel, Henri, sie haben uns alle in denselben Sack gesteckt. Das ist doch ungerecht!«

Schweigend zerschmettert Lasserre den Baron mit seinem starren, verächtlichen Blick. Der Baron hatte stets auf einen Freispruch oder eine geringe Strafe gesetzt und in einem fort Zukunftspläne geschmiedet.

»Sobald ich aus dem Knast draußen bin, suche ich mir eine Stelle als Buchhalter«, hatte er noch einige Tage zuvor zu Lasserre gesagt.

»Du wirst wie ein Aussätziger gebrandmarkt sein. Und überhaupt, aus dem Knast rauskommen? Lebst du etwa auf dem Mond?«

Lasserre hatte mit den Schultern gezuckt.

»Ich werde auswandern.«

Der Baron hatte sich stets geweigert, der Realität ins Auge zu sehen. Lasserre hatte es daher aufgegeben und ihn seinen Illusionen überlassen.

»Wir sind alle schuldig«, sagt er nun.

»Nein, das ist nicht wahr, Henri«, murmelt der Baron.

»Baron, lass uns in Ruhe«, wirft King Kong ein. »Du Armleuchter! Während der Ermittlung und der Verhandlung hast du uns alle belastet. Noch ein Wort und ich haue dir meine Faust in die Fresse. Das bin ich dir noch schuldig, du Dreckskerl!«

»Ruhe Victor«, beschwichtigt ihn Lasserre, bevor er brutal weiterfährt: »Auch unser Baron wird in seiner Totenkiste ganz allein sein!«

Als hätten ihn diese Worte sprachlos gemacht, bleibt der Baron eine ganze Weile niedergeschlagen, bevor er erneut zu schluchzen anfängt.

»Monsieur Joseph hatte doch hoch und heilig versprochen, uns aus der Scheiße zu ziehen, uns freizusprechen zu lassen! Weshalb haben wir ihn verschont? Das frage ich mich. Er hat uns fallen lassen. Ja, das Urteil kommt ihm wohl gerade recht. Egal, ob wir die Radieschen von unten sehen … Was kann er Besseres erwarten?«

»Ich habe stets den Bullen in dir gehasst«, brummt King Kong. »In deinem Herzen warst du nicht wirklich bei uns.«

»Monsieur Joseph ist ein Freund und Freunde verrät man nicht«, sagt Lasserre und greift King Kongs Grundgedanken auf.

»Er hat uns alle nach Strich und Faden hereingelegt mit seinen dämlichen Versprechungen«, sagt der Baron.

Am nächsten Tag beteuert der Baron, er wolle wichtige Enthüllungen machen. Die nächsten Tage verbringt er in seiner Todeszelle damit, Seiten und Seiten mit enger, entschlossener Schrift zu versehen. Er hat die Entscheidung getroffen, sich an Monsieur Joseph zu rächen und das preiszugeben, was er von ihm, seinen Machenschaften, seinen Zugeständnissen und seinen Verbindungen zu der Gestapo weiß.

Eine Woche später wird der Baron in der Krankenstation des Gefängnisses wegen Magenkrämpfen behandelt. Am selben Abend verstirbt er.

Schluss mit den Anschuldigungen gegen Monsieur Joseph! Obwohl mehrere Wärter davon wussten, dass der Baron mit Monsieur Joseph abrechnete und alles in ein Heft schrieb, waren diese kostbaren Notizen seltsamerweise verschwunden. Sie sollten nie gefunden werden. Der Baron hatte dem Ermittlungsrichter Santoni einen Brief geschrieben und um schnelle

Anhörung gebeten. Der Empfänger hatte sein Anliegen nicht erhalten. Es war in den geheimen Kanälen der Strafvollzugsbehörde untergegangen.

Damit blieben die Anschuldigungen des Barons gegenüber Monsieur Joseph unbeachtet.

Und als Angelo Cicero dem Armenier den Tod des Barons mitteilte, zitierte er ein Sprichwort:

»Ein toter Hund beißt nicht mehr.«

Kapitel 58

Der andere Hof

Im Hof des Fort de Montrouge, steigt Lasserre aus dem Zellenwagen. Ein Moment sieht er reglos die aneinandergereihten Pfosten an, wählt den Mittleren und geht darauf zu, ohne dass sein Gang auch nur einen Moment zögerlich wirkt. Entschlossen geht er an den Männern des Exekutionskommandos vorbei.

»Mein Herz jubelt vor Freude«, hatte er im Gefängniswagen zu King Kong und Tony Arroso gesagt, die mit von der Partie waren.

»Noch ein halbes Stündchen, dann werde ich diesen Saustall verlassen.«

Danach hatte er die Worte seines Liedes angestimmt:

»Ob Avenue Montaigne oder Neuilly, wir machen eine Sause bei Monsieur Henri …«

Doch niemand hatte mehr mit ihm gesungen.

»Wie fühlst du dich?«, hatte Maître Marceau gefragt, als er in den Zellenwagen stieg.

»Es ist alles bestens, mein lieber Anwalt.«

»Immer noch keine Reue?«

»Verdammt! Reue? Damit kann ich nichts anfangen. Ich war immer bereit, den Preis zu zahlen. Über vier Jahre … Das ist viel im Leben eines Mannes … Über tausendfünfhundert Tage pralles Leben ... Literweise Champagner, Mädels bis zum Abwinken, haufenweise Kohle, Bentleys, Rolls, ich habe mich mit diesem ganzen Pipapo wohlgefühlt. Früher oder später ist die Zeche zu bezahlen. Man kommt nicht ungestraft davon. Ganz ehrlich, du kennst mich gut, hättest du dir mich als altersschwachen, gekrümmten, verhärmten Greis vorstellen können, zerfressen von Gicht und Rheuma, an einem Stock humpelnd oder in einen Rollstuhl verbannt?«

»Ehrlich gesagt, nein«, hatte Marceau bereitwillig zugegeben.

»Siehst du, das kurze und glückliche Leben des Monsieur Henri! Vierzig Jahre Elend komprimiert in vier Jahren Luxus, Wollust und Macht! Ich habe zehn Mal schneller gelebt, das ist die ganze Wahrheit!«

Lasserre dreht sich nun zum Regierungskommissar um und lässt ein letztes Mal seinem Sarkasmus freien Lauf: »Nun haben Sie meinen Kopf. Sie wollten ihn doch unbedingt in den Weidenkorb fallen sehen. Ich mucke nicht auf, sondern lasse mich wie ein fügsames Lamm zum Schlachthof bringen. Aber mein Gepäck nehme ich mit. Ohne das geringste Schuldgefühl. Die letzte Posse des Verurteilten werden Sie mir doch nicht verweigern, den letzten derben Witz? Geben Sie zu, dass Ihr System veraltet ist. Bei der nächsten Justizreform, sollten Sie den Pfaffen abschaffen. Jagen Sie diesen Eindringling zum Teufel, er passt nicht zum übrigen Dekor! In welch schlechter Erinnerung behält man das Leben! Den Priester muss man durch ein Weib ersetzen. Man sollte sich einen blasen lassen dürfen, so wie der Staatspräsident von der Steinheil, der Pompe funèbre (Bestattungspumpe). Ich bin für den großen Kopfsprung in Ekstase. Was denken Sie, Herr Staatsanwalt?«

»Was sind Sie nur für ein Mensch, Lasserre, im Angesicht des Todes so zu reden?«

Er lacht und macht die Handbewegung des Kopfabschlagens.

»Hals über Kopf in die Ekstase!«

Er geht auf den Erschießungspfahl zu.

»Zielen Sie aufs Herz«, empfiehlt er den Mobilgarden.

Er drückt seinen Rücken an den Pfosten.

»Ich möchte selbst das Kommando zum Schießen geben«, sagt er zum Chef.

»Das geht nicht.«

»Pucheu hat auch selbst die Befehle erteilt.«

»Das war in Algerien. Hier ist es anders.«

»Müssen Sie mir die Hände festbinden? Ich habe nicht vor, zu verschwinden.«

»Ich muss die Regeln befolgen.«

»Aber Gnade, bitte nicht die Augen verbinden!«

»Einverstanden« sagt der Chef.

»In Ewigkeit Amen«, sagt er zum Priester.

»Ich werde direkt in die Hölle gehen, Vater. Dort warten alle meine Freunde und die schönsten Mädchen auf mich. Ich brauche keinen Passierschein für das Paradies.«

Der Priester schaut traurig drein.

»Mein Sohn …« Er schneidet ihm das Wort ab.

»Nein, ich werde nicht zu den Gerechten gehören! Danke, mein Vater.«

Dann dreht er sich mit einem letzten Witz zu Marceau um: »Bis bald, mein Freund. Wir sehen uns in der Hölle, alle Schwätzer haben auch ein Extraplätzchen bei Luzifer!«

Der Tag bricht an, das Dämmerlicht verschwindet. Es ist ein kalter Wintermorgen.

»Macht euch bereit!«, befiehlt der Chef seinen Männern.

Er blinzelt ein letztes Mal Marceau zu und sieht direkt auf das Hinrichtungskommando.

»Zielen!«, keift der Chef.

»Es lebe Frankreich!«, schrien die Maquisards.

»Es lebe Frankreich!«, schrien die Kollaborateure oder stimmten das alte Lied der Miliz an. Er hatte den Blick Richtung Himmel gerichtet, an dem weiße Lichtschimmer den Tagesanbruch ankündigten.

Der Chef lässt den Arm fallen.

»Feuer!«

Die Gewehrsalve ertönt.

Er gleitet er am weißen blutverspritzten Pfahl hinunter.

Der Chef tritt näher und erteilt den Gnadenschuss. Die Kugeln haben den Brustkorb zerrissen.

Egal, was man auch Schlechtes über ihn zu sagen vermag, er war mein Freund und ein mutiger Mann, denkt Marceau.

Das grausame und hoffnungslose Abenteuer ist zu Ende.

Am selben Abend köpft Greif den Champagner im Ritz.

Er hat keinerlei Grund für schwarzen Humor, die Hauptzeugen seiner Vergangenheit verschwanden alle schwindelerregend schnell. Herrliche Geschäfte erwarten mich allein. Bei diesem Gedanken reibt er sich die Hände. Die Schlachtfelder sind übersät mit Flugzeugwracks, aufgeschlitzten Panzern, Fahrzeugkadavern aller Art. Tonnenweise Eisen zur Verwertung!

Außerdem waren die Kriegsgötter Hitler wieder freundlich gesinnt …

Seit einigen Tagen rückten die deutschen Truppen in den schneebedeckten Wäldern der Ardennen vor.

TEIL VIER

MATROSCHKA, DIE RUSSISCHE PUPPE HINTER VERBRECHEN, VERBORGENE VERBRECHEN

Der Gerechte der vor dem Bösewicht ins Schwanken gerät, ist eine trübe Quelle, ein versiegter Brunnen.

Das Buch der Sprichwörter.

Kapitel 59

Ein ausgebranntes Wrack

Pierre Santoni kommt an der Place du Châtelet aus dem Metroschacht.

Er stellt den Kragen seines Mantels, um sich vor der beißenden Kälte zu schützen und macht sich daran, über die Straße zu gehen. Ein flüchtiger Blick in Richtung Zeitungskiosk lässt ihn erstarren. Der in fetten Buchstaben gedruckte Titel trifft ihn brutal, wie ein Faustschlag mitten ins Gesicht. Eilig kauft er die Zeitung, betritt das nächstgelegene Café und vertieft sich in den Artikel.

MICHEL ZACHAROFF,
DER SCHWARZMARKTKÖNIG IN SPANIEN ERMORDET

Von unserem Sonderkorrespondenten in Madrid
Am vergangenen Samstag fanden Landarbeiter auf dem Weg zur Arbeit ein verkohltes Auto auf einem Feldweg in der Nähe der Straße zwischen Madrid und Burgos. Die hinzugerufene Zivilgarde fand vorne im Auto eine verbrannte Leiche. Obwohl die Mörder offensichtlich versucht hatten, ihr Opfer unkenntlich zu machen, gelang den Polizisten dessen Identifizierung.

Es handelt sich um Michel Zacharoff, während der Besatzung trauriger Weise unter Monsieur Michel bekannt.

Wer war eigentlich dieser Monsieur Michel?
Während unser Vaterland unter dem Nazijoch verblutete, verdiente Michel Zacharoff Milliarden von Francs. Er wurde zum Zaren des Schwarzmarkts, zum König dieser Clique aus Schwarzmarkthändlern und Gangstern, die sich unter dem Schutz der Besatzer darin einig waren, unsere Landsleute zu ruinieren und uns völlig untertan zu machen. Seine Geschäfte ermöglichten es Monsieur Michel, sich rund sechzig große Gebäude in Paris und rund dreißig Luxushotels an der Riviera unter den Nagel zu reißen. Was hätte ihn daran gehindert, zum größten Großgrundbesitzer des Landes zu werden? Nichts, außer sicherlich die deutsche Niederlage und das Ende der Besatzung.
Als heimatloser Jude russischer Abstammung kam er gegen 1937 nach Paris. Damals deutete nichts auf den schwindelerregenden Aufstieg dieses Mannes hin, der bald zu den Hauptakteuren der Deutschen und zum Milliardär werden würde. Wer hätte es vorherzusagen gewagt, dass aus diesem abgemagerten, düsteren Landstreicher in Lumpen in der Hauptstadt einst der wohlhabende Monsieur Michel werden würde? Er hat den Teufel beim Schwanz gepackt, sich durchgeschlagen und auf wundersame Weise gelang es ihm, seinen Lebensunterhalt zu bestreiten. Zacharoff war jahrelang ein undurchsichtiger Mensch, ohne Ansehen, stets zu irgendwelchen Machenschaften bereit.
Dann kam der Juni 1940. Das Märchen beginnt. Er hat keinerlei Skrupel und tritt ohne Zögern in die Dienste der neuen Herren ein. Unter dem Schutzmantel der Deutschen handelt

er nun im Auftrag der Besatzer mit allen möglichen Dingen und wird zum offiziellen Einkäufer der SS. Seine Geschäfte florieren bald besser als jemals erwartet. Aus dem Landstreicher wurde fast von heute auf morgen der reiche Monsieur Michel. Das Geld fließt in Strömen in seine Kasse und weckt seinen Ehrgeiz. Papiergeld vertraut er nun sehr bedingt. Was ihn lockt, sind sichere Anlagen in Gebäude. Er wünscht sich Immobilien an der Sonne. Die Côte d'Azur lockt ihn. Dort legt er seine skandalumwitterten Gelder an. Davon überzeugt, dass das Fürstentum Monaco neutral ist, wird es zu seinem bevorzugten Spielplatz.

Der Krieg schadete den Hotels an der Riviera, da keine Touristen mehr kamen. Die Hotelindustrie erlebte eine Flaute. Monsieur Michel ahnt, dass Grundeigentum stark im Kommen sein würde. Daher legt er konsequent größere Summen in Immobilien an. Er wird von einer wahren Kauflust gepackt und stürzt sich kaufhungrig auf sämtliche renommierten Objekte wie das Ruhl, das Plaza, das Savoie in Nizza, Martinez und Majestic in Cannes sowie rund zwanzig Luxushäuser in Monte Carlo. In Paris gelangen rund sechzig Gebäude, darunter weltweit berühmte, in seine Hände. Er baut Holdings in Monaco auf und investiert dort einen Großteil seines Vermögens in dem Glauben, seine Tätigkeiten erfolgten außerhalb der Reichweite der französischen Steuerbehörden.

Michel Zacharoff und seine Begleiterin Karin Sommer leben auf großem Fuß und ihre Tafel ist eine der Besten, wenn nicht gar die Beste des Landes. Es stehen dort stets Kaviar und Stopfleber auf der Karte. Täglich speisen an die zwanzig Personen bei Monsieur Michel. Champagner fließt wie ein nie versiegender Jungbrunnen. Menschen wie die Chefs der Gestapo, der Abwehr und der wirtschaftlichen Verwaltung der

SS in Paris gehen dort ein und aus. Einige kommen täglich, auch während der Abwesenheit des Hausherrn. Larissa, die Hündin von Madame Karin wird feierlich am Tisch bedient, ebenso wie die anderen Gäste.

Anfang 1944 stellt Zacharoff fest, dass sich der Wind für Männer seines Kalibers in eine gefährliche Richtung dreht. Es wird Zeit einen Rückzugsort zu suchen, den er in Spanien gefunden zu haben glaubt. Immer öfter fährt er dorthin, wahrscheinlich, um sein Vermögen an einen sicheren Ort zu bringen und seinen endgültigen Rückzug vorzubereiten. Er und seine Maitresse Karin Sommer werden von der spanischen Polizei verhaftet und des unerlaubten Handels mit Devisen und Edelsteinen beschuldigt. Zum Zeitpunkt seiner Verhaftung hat Zacharoff Schmuck im Wert von 800 Millionen bei sich. Er bleibt einige Wochen in Haft und wird nach seiner Freilassung in Madrid unter Hausarrest gestellt.

Nun hat Michel Zacharoff die kriminellen Machenschaften, denen er sich schuldig gemacht hat, mit seinem Leben bezahlt.

Die einen sagen: »Blut wird mit Blut gewaschen.«

Die anderen sagen: »Blut wird nicht mit Blut gewaschen, sondern mit Wasser.«

Obwohl die Vergebung von Gott kommt, sind wir nur

Menschen, verletzte Menschen, die viel gelitten haben, Menschen, die noch nicht zur Vergebung bereit sind. Nennen wir es nicht mehr Rache! Nennen wir es immanente Gerechtigkeit!

Erinnern wir uns an das Buch der Weisheit: Die Gerechtigkeit ist unsterblich.

Mit ernstem Gesicht faltet der Richter die Zeitung zusammen. Er hat plötzlich das Gefühl, betrogen worden zu sein. Es ist verrückt, wie uns das Schicksal einen bösen Streich spielen kann. Vom Tod des Zaren erfahr ich banal über die Presse. Ich, der Jäger, lese in einem Zeitungsartikel, dass meine Beute erlegt wurde. Die öffentliche Klage ist somit erloschen. Monsieur Michel hat viele Geheimnisse mit ins Grab genommen.

Der Richter hat seinen Kaffee nicht angerührt, zahlt und verlässt das Café.

Uff, der Zeuge ist tot, denkt er. Der Zeuge sollte weiterleben. Dennoch keine bittere Träne, ein trauriges Los, kein heuchlerischer Kummer!

Hat er etwa vor seinen Mördern ausgepackt?

Hat er ihnen das Geheimnis seines Schatzes verraten?

Kapitel 60

Freigelassene Raubtiere, abgenagte Knochen

Zwei Wochen zuvor, an einem Dienstagmorgen.

Gegen zehn Uhr verließ der Zar die Villa, in der er seit seinem Hausarrest in Madrid wohnte. Er hatte einen Termin mit Anwalt Garcia. In den letzten Wochen hatte ihn die Vorahnung beschlichen, dass das Schwert an einem Rosshaar nicht über Damokles' Kopf schwebte, sondern über seinem.

Ein in Paris verbliebener Freund, und ehemaliges Mitglied von Ottos Organisation, hatte ihn vorgewarnt, irgendetwas wäre im Busch und es gäbe beunruhigende Gerüchte.

In einem Pariser Grandhotel hätten maskierte Männer die Gründerversammlung einer Geheimorganisation abgehalten, deren erklärtes Ziel es sei, alle großen Kriegsverbrecher, die sich der Straffreiheit sicher wären, eigenmächtig zu beseitigen.

Mehrere Journalisten hätten eine geheimnisvolle Einladung in sibyllinischer Form erhalten und der Treffpunkt wäre erst am Abend zuvor telefonisch bekannt gegeben worden. Niemand außer den sechs ausgewählten Journalisten hätte sich den Maskierten nähern dürfen, die es zu ihrer Pflicht erklärt hätten, Kriegsverbrecher dazu zu zwingen, sich vor Gericht zu präsentieren. Sollten sie dem Gericht entgehen, würden es die Rächer übernehmen, sie vor Gott erscheinen zu lassen.

Sie sollen sich geweigert haben, weitere Angaben über ihre Bewegung zu machen, deren Zeichen das ›V‹ sei, und zwar nicht für Victoire (Sieg), sondern für Vengeance (Vergeltung). Sie hätten verraten, sie würden mehrere nach Spanien geflüchtete Kriminelle ergreifen.

Da es sicher wäre, dass das Franco-Regime keinem Auslieferungsantrag stattgeben würde, würden sie selbst Gerechtigkeit üben.

Michel hatte die Vorsichtsmaßnahmen verdoppelt und seine Wachsamkeit war Karin nicht entgangen.

»Deine Nerven liegen blank, Michel. Was ist los?«, wollte sie von ihm wissen.

»Ich habe zu viele Feinde.«

»Na, das ist ja nichts Neues. Fürchtest du einen Schlag ins Kontor?«

»Das bin ich gewohnt«, hatte Michel lässig geantwortet, »meine Selbstsicherheit wird nicht heute wie Schnee in der Sonne schmelzen.«

Aber sicher war er sich nicht.

An diesem Morgen ging er zu seinem Anwalt.

Er würde Anweisungen erteilen für den Fall, dass er gezwungen wäre, sich von jetzt auf gleich zu verstecken. Für ihn ließ Garcia stets alles stehen und liegen. Michel und Karin sahen die beiden Männer nicht, die ihnen folgten. Auf der Höhe eines am Gehsteig geparkten Autos ergriff einer der Männer Michels Arm.

»Monsieur Zacharoff, wir müssen über Geschäfte reden. Würden Sie bitte einen Augenblick in dieses Auto steigen?«

»Nein«, antwortete Michel bestimmt. »Ich habe nicht die geringste Absicht, Ihnen zu folgen.«

Die Stimme des Mannes wurde eindringlich.

»Steigen Sie ein, Sie brauchen keine Angst zu haben! Wenn wir Ihnen Böses wollten, wären Sie schon tot.«

Mit einer plötzlichen Bewegung befreite Michel seinen Arm.

»Du hast es nicht anders gewollt, du dreifacher Idiot!«, meinte der Mann daraufhin grob und sein Begleiter verpasste Michel einen Schlag mit dem Knüppel.

Da auf der Avenue viel los war, dachte Michel wahrscheinlich, sie hätten eine Chance zu entkommen, wenn sie sich gegen die Angreifer wehrten. Er wehrte sich energisch und Karin versuchte, ihm zu helfen. Im darauffolgenden Handgemenge löste sich ein Schuss. Karin brach am rechten Bein getroffen zusammen. Die Angreifer flohen in ihrem Wagen.

Als der Armenier von dem Vorfall in Madrid erfuhr, sagte er zu Angelo Cicero: »Die Raubtiere machen Jagd auf den Zaren. Wir müssen uns beeilen, sonst bleiben für uns nur Knochen übrig! Freigelassenen Raubtiere lassen nur abgenagte Knochen übrig.« Nach kurzer Überlegung hatte er Angelo seine Anweisungen erteilt.

Greif war nicht gerade vor Freude in die Höhe gesprungen, als er eine Woche später das Fehlschlagen von Bressons Mission in Spanien erfuhr.

»So ein Pech«, verkündete Angelo. »Bresson hat soeben angerufen. Zacharoff ist tot.«

Monsieur Joseph runzelte die Stirn.

»Hat er geredet?«

»Bresson sagt, er war es nicht.«

»Was?«

»Die anderen seien schneller gewesen.«

»Verflucht!«, murmelte der Armenier. »Das ist nicht möglich! Bresson, ein Spezialist ... lässt sich wie ein Novize hintergehen!«

Was den Armenier aus der Fassung brachte war nicht die Nachricht, dass der Zar tot sei. Sondern, dass er die Frechheit besessen hatte, den Löffel abzugeben, ohne sein Geheimnis zu verraten! Der Armenier erhielt seine Fassung zurück und fragte: »Wie ist es passiert?«

»Bresson meinte, es seien die Männer des ersten Kommandos gewesen. Sie hätten es erneut versucht und hatten dieses Mal Glück.« Der Armenier schaute besorgt drein. In seinem Gehirn nahm ein Gedanke Gestalt an.

»Wir müssen dies vor Ort überprüfen, Angelo.«

»Ich selbst?«

»Ja, du höchstpersönlich.«

Cicero lächelte. Der Armenier war stets vorsichtig und misstrauisch! Und er hatte Recht! Ein Schatz wie der des Zaren konnte jedem den Kopf verdrehen. Selbst Bresson! Und ihn zu einem Doppelspiel verleiten! Da der Armenier keinem vertraute, schluckte er Bressons Erklärung nicht so einfach.

»Man hat angeblich seinen verkohlten Körper in einem Auto gefunden.«

»Identifizierbar?«

»Mehr hat Bresson nicht gesagt.«

Im Gesicht des Armeniers waren seine Zweifel zu lesen.

Zwei Tage später hatte Angelo Cicero aus Madrid angerufen und über seine ersten Nachforschungen berichtet. Vor Ort erwiesen sich die Dinge nicht ganz so einfach, wie dies der in Paris erschienene Pressebericht glauben ließ. Wie jeden Morgen hatten die Landarbeiter auf dem Weg zur Arbeit eine Abkürzung durch einen Olivenhain genommen. Dort hatten sie das verbrannte Auto gefunden. Es hatte noch beißende Rauchwolken ausgestoßen. Auf den ersten Blick war es schwierig gewesen zu sagen, ob es sich bei der unförmigen Masse auf dem Fahrersitz um einen verkohlten Leichnam handelte.

»Der Körper befindet sich in einem reichlich verkohlten Zustand«, sagte Angelo.

»Kann man daraus klare Schlussfolgerungen ziehen?«

»Die Identifizierung gestaltet sich schwierig.«

Der Kopf war unter der Einwirkung von Hitze durch den Brand geschrumpft. Da das Gebiss und die Gesichtsknochen wichtige Elemente zur Identifizierung eines Menschen darstellten, waren die Untersuchungen der spanischen Polizei mit einem gewichtigen Hindernis gestartet.

»Was denkt die Polizei darüber?«

»Sie fragen sich, ob es sich auch wirklich um Zacharoffs Leiche handelt. Die Autopsie-Ergebnisse sind noch nicht bekannt.«

»Und was sagst du dazu, Angelo?«

»Meiner Meinung nach ist es unmöglich zu beweisen, dass er es ist. Der Zweifel wird weiterbestehen. Ich denke, das haben auch Sie im Kopf, oder?«

»Es gibt natürlich keine Zeugen, oder doch?«

»Nein. In Baumstämmen sollen Kugeleinschüsse gefunden worden sein. Außerdem solle eine Smith&Wesson im Dickicht wenige Meter vom Auto entfernt gefunden worden sein. Dies konnte mir nicht bestätigt werden.«

»Aus welchem Grund sollte im Auto ein Feuer ausgebrochen sein?«

»Die Polizei hat noch keinen plausiblen Grund hierfür gefunden. Es scheint, die wahrscheinlichste Version ist die, dass Zacharoff von mehreren Männern angegriffen wurde. Er hätte einen Angriff erwartet und sich gewehrt.«

»Jedenfalls beweist im Augenblick nichts, dass er es tatsächlich ist«, meinte der Armenier abschließend.

»Komm morgen zurück, Angelo!«

Er hatte aufgelegt und nachgedacht. Hatte der Zar selbst das Auto angezündet, um seinen Tod zu simulieren? Das Feuer und die menschlichen Überreste im noch qualmenden Autowrack konnten eine Inszenierung des in Bedrängnis geratenen Zaren sein, der seine Spuren verwischen wollte. Er war den Drohungen von Widerstandsbewegungen ausgesetzt und lief außerdem Gefahr, in Frankreich verfolgt zu werden. Daher hatte er zweifellos ein Interesse daran, als tot zu gelten.

Sollte es sich bei dem verbrannten Kadaver tatsächlich um den Zaren handeln, war er sicherlich Opfer eines Angriffs geworden. Von wem? Unbekannte? Das war möglich. Bresson? Das war nicht auszuschließen, auch wenn Letzterer dies leugnete. Hatte Zacharoff geredet, bevor er ins Gras biss?

Hatte er seine Geheimnisse preisgegeben? Je mehr er darüber nachdachte, desto mehr wurde der Armenier von Misstrauen geplagt. Hatte Bresson beschlossen, das Geheimnis für sich zu behalten? Der Armenier war bereits zu der persönlichen Überzeugung gelangt, dass der Tote nicht der Zar war. Es galt seine Spur zu finden, koste es, was es wolle. Sobald Angelo Cicero aus Madrid zurück war, würde er die entsprechenden Maßnahmen ergreifen.

Er würde eine diskrete Überwachung von Karin Sommer organisieren. Lebte Michel noch, könnte sie ihn auf seine Spur bringen. Und er würde auch genauestens die Tätigkeiten Bressons überwachen, der durchaus in Frage kam.

Der Schatz des Zaren war eine Herausforderung, die jeden erzittern ließ, selbst den Teufel. Und die auch den Mann zum Verrat verführen konnte, der bisher der treueste Diener gewesen war.

Kapitel 61

Der Richter in der Schlangengrube

Der Richter hat den Kampf nicht aufgegeben. Er war sich dessen äußerst bewusst, dass seine einzige Chance, sein Ziel zu erreichen die unablässige Fortführung der Untersuchungen war. Somit handelte er mit eiserner Entschlossenheit.

Greifs Schatten war im Laufe der Wochen klarer geworden. Die Kriminalpolizei hatte versucht die Umstände zu beleuchten, unter denen Tony Roatta, der junge, im Wald von Fontainebleau hingerichtete Widerstandskämpfer zu Tode gekommen war. Das Schulheft, in dem Vincent Mazerat das amtliche Kennzeichen des Autos vermerkt hatte, war in die Hände der Polizei gelangt: Zum Tatzeitpunkt hatte der Citroën besagtem Joseph Assanian, einem Industriellen aus Paris gehört.

Als er davon erfuhr, ließ der Richter gründliche Ermittlungen anstellen, die ergaben, dass das Auto von den FFI bei Kämpfen zur Befreiung der Hauptstadt genutzt worden war. Insbesondere von der Vereinigung Résistance-Police zu der vor allem Männer der Polizeipräfektur und des Innenministeriums gehören. Hauptinspektor Bresson, einem für diese Widerstandsorganisation Verantwortlichen stand es dauerhaft zur Verfügung. Trotz intensiver Recherchen war es der Polizei nicht möglich gewesen, das Auto selbst wiederzufinden. Der Richter legte sehr viel Hoffnung in diese Ermittlungen, um den mysteriösen Greif dingfest zu machen.

»Richter, hier sind wir!«, ruft nun Inspektor Bresson.

In seinem stahlblauen Blick leuchtet leichter Spott auf, als er in das Amtszimmer des Richters eintritt.

»Ich habe Sie allein vorgeladen«, wirft ihm der Richter bestimmend an den Kopf. Beim Anblick der beiden mit Maschinenpistolen bewaffneten Männer, die sich hinter Bresson aufbauen, verfinstert sich sein Blick.

»Ich muss Ihnen etwas gestehen«, antwortet Bresson.

»allein fühle ich mich nirgendwo mehr sicher. Während der gesamten Besatzungszeit war mein Leben bedroht. Leider bestehen diese Drohungen bis zum heutigen Tag weiter. Zu vielen Kollaborateuren ist es gelungen, durch die Maschen der Justiz zu schlüpfen …«

Eine beklemmende Stille macht sich breit. Der Richter macht keine Anstalten, sie zu unterbrechen.

»Eine Justiz, die es vorzieht, Unschuldige zu verfolgen, anstatt die Schuldigen vorzuladen.«

»Hier werden Sie von niemandem bedroht«, sagt der Richter, ohne seinen Ärger zu verhüllen.

»Meine Männer folgen mir auf Schritt und Tritt. Ihre Gegenwart wird Sie nicht stören, das versichere ich Ihnen.« Daraufhin lässt sich Bresson schwer auf einen Stuhl fallen. Seine Leibwächter bleiben auf der Schwelle der Kanzlei stehen, wie echte »Wächter-Säulen«.

Mit eisigem Lächeln knöpft Bresson sein khakifarbenes Hemd auf und stellt einen Colt Kaliber 45 in der Revolvertasche zur Schau. Dann geht er selbstsicher zum Angriff über: »Also, glauben Sie wirklich, dass ich in der Sache Roatta meine Hände im Spiel hatte? Ich sage Ihnen gleich, dass Sie falschliegen.«

Hier geht es geht um Gruben, denkt der Richter. Echte Gruben. Gruben voller Blut. Es scheint, als würden alle Wege nach Rom führen. Um im Kapitol zu münden. Oder endet ein Querweg etwa am Tarpejischen Felsen? Oder gar am Galgen?

Der Richter ist einen Moment verwirrt, er verdrängt dies Gefühl sofort.

Die Ermittler hatten die Hauptbestandteile der Tat nachgestellt.

Drei Männer drangen in den Wald ein; es wurden mehrere Schüsse abgegeben; zwei Männer sprangen aus dem Dickicht und verschwanden in einem Wagen mit Frontantrieb; der Citroën gehörte einem gewissen Joseph Assanian; Inspektor Bresson nutzte normalerweise das Fahrzeug.

Doch als die Polizisten ihren Kollegen befragen wollten, stießen sie auf eine wahre Verschwörung des Schweigens. Alle Versuche, an Bresson heranzutreten liefen ins Leere. Die Schweigemauer gab nicht nach. Nur in der Bibel fallen die Mauern von Jericho beim Klang der Trompeten. Die Ermittler ahnten, dass diese Anhörung von größter Bedeutung war, Bresson wahrscheinlich die Wahrheit kannte und seine Zeugenaussage zur Identifizierung der Mörder und Auftraggeber beitragen würde. Daher ließen sie nicht locker und breiteten ihre Maßnahmen aus. Nichts brachte sie davon ab.

Aber Bresson, »Athos« in der Widerstandsbewegung, drückte sich, warf ihnen Knüppel zwischen die Beine und blieb unerreichbar. Die Polizisten gaben jedoch nicht auf.

Am Anfang war der Fall nur ein Kriminalfall von vielen gewesen, ein Fall im Fahrwasser der Kollaboration, ein einfacher grauer Ordner, der ein schreckliches Geheimnis enthielt.

Doch als der Name von Monsieur Joseph gefallen war, hatte sich der Fall als mit Dynamit geladen erwiesen. Der Name Tony Roatta kam auf die Liste der verdächtigen Toten im Umfeld von Greif, der Mann, dessen vergangene Taten der Richter aufdecken wollte. Das hatte er sich geschworen.

Greif war also der Eigentümer des bei der Ermordung von Tony Roatta verwendeten Autos! Ein Durchbruch bei der Beweisaufnahme dieses Falls? Ein Lichtblick in der Finsternis? Die Gelegenheit, Greif in die Enge zu treiben? Wenn ich die Gelegenheit jetzt beim Schopf packe, kann ich den Fall zu Ende bringen, ich kann Greif zu Fall bringen, dachte der Richter. Er war zu der eigenen Überzeugung gelangt, dass Inspektor Bresson und ein weiterer Mann aus seinem Umfeld die Mörder von Tony Roatta waren, und dass Greif sie aus einem noch unerfindlichen Grund mit Waffen ausgestattet hatte.

Die schwierigste Aufgabe war jedoch immer noch die Suche nach Beweisen. Und der Graben zwischen der persönlichen Überzeugung des Ermittlungsrichters und dem unwiderlegbaren Beweis lief Gefahr, zu einer Grube zu werden. Unüberwindbar im Falle von Verdächtigen wie Bresson und Greif!

Bei der Polizeipräfektur erhielten die Ermittler jedes Mal ausweichende Antworten. Ganz offensichtlich wollte niemand in die Untersuchung mit eingebunden werden. Daher entschied der Richter, nicht über Umwege zum Ziel zu gelangen:

Er lud Inspektor Bresson in den Justizpalast vor. Will ich Greif fassen, sagte sich der Richter, geht der Weg über Bresson. Sollte Bresson schwach werden, wäre die Schneise geöffnet und ich kann mich hineindrängen, bevor sie abgedichtet wird. Somit wäre Greif nicht unantastbar.

Rückkehr ins Büro des Ermittlungsrichters. Als Inspektor Bresson zu seinem Zeitfenster am Tattag befragt wird, wirkt er so beleidigt wie ein Mann, der sich sichtlich zurückhalten muss, um seinem Ärger nicht freien Lauf zu lassen.

»Herr Richter, nehmen wir einmal an, ich frage Sie, wo Sie an einem Tag zu einer bestimmten Uhrzeit waren. Könnten Sie antworten? Wahrscheinlich nicht! Stellen Sie mir also bitte nicht mehr solche albernen Fragen!«

»Ich erwarte eine Antwort«, sagt der Richter.

Anstatt einer Antwort schlägt Bresson ruhig die Beine übereinander und bedenkt den Richter mit einem bitterbösen Blick. Plötzlich spürt der Richter die ganze Last seiner Ohnmacht angesichts der Omertà, das Gesetz des Schweigens. Mir steht das Debakel bevor. Ich habe mich in eine Straße gewagt, die zusehends enger wird und in eine Sackgasse übergeht. Oder in eine Grube.

»Ich kann Ihre Enttäuschung sehr gut verstehen«, sagt Bresson, dem die kurzfristige Verwirrung des Richters nicht entgangen war. Es tut mir leid, dass ich nicht Ihr Verdächtiger bin!«

Angesichts von Bressons Aussage blitzen die Augen des Richters auf. »An Ihrer Stelle würde ich mich nicht über Gebühr aufregen«, lacht Bresson.

»Manche meinen, dass Wut ein schlechter Berater sei.«

»Freuen Sie sich nicht zu früh, Bresson, wir sind noch nicht fertig! Ich habe einen Augenzeugen, einen Zeugen, der die Mörder gesehen hat …«

Und der Richter lässt den jungen Vincent Mazerat in sein Büro bringen. Angenommen Vincent bleibt bei seiner Aussage, dann kann ich diese lediglich als schwaches Indiz für die Schuld Bressons verwenden. Ein schwaches, lächerliches Schilfrohr, das beim geringsten Windhauch knickt … Na ja! Aber das Spiel ist den Einsatz wert.

»Ein Kind!«, schreit Bresson bereits. »Ein Kind als Zeugen vorzuladen! Sie sind schön dreist, ich fasse es nicht … Und was ist mit den hochheiligen Prinzipien, die Sie unverfroren verletzen, Sie als Richter? Ein Richter, der sich so eifrig mit Unbefangenheit brüsten will!«

»Hören Sie sofort auf, Bresson! Schluss!«, wirft der Richter ein und versucht Ruhe zu bewahren.

»Von welchem Wespenschwarm wurden Sie denn gestochen? Geht's eigentlich noch? Ihr Fall muss bei null angelangt sein, dass Sie aus Verzweiflung auf derart blöde Mittel zurückgreifen! Sie setzen wohl aufs Ganze, was?«

»Jetzt reicht es, Bresson!«

»Zum Donnerwetter! Eine groteske Gegenüberstellung von Zeugen, die in die Annalen der Rechtsprechung eingehen wird! Zum Totlachen!«

Vincent ist angesichts der bewaffneten Männer mit dem grobschlächtigen Aussehen von Holzfällern und den versteinerten Gesichtern eingeschüchtert und stammelt:

»Das … das ist nicht der Mann, den ich gesehen habe. Er … er hatte keinen Bart.«

Bresson hatte sich einen Vollbart wachsen lassen.

»Du meine Güte, was für ein denkwürdiger Schlag ins eisige Wasser, mein lieber Richter! Sie tun mir leid. Ich hoffe für Sie, dass Sie echte Ermittlungsakten haben, mein lieber Richter! Akten über Kollaborateure beispielsweise! Und keine Akten, bei denen es um Verräter geht, die das erhielten, was sie verdient haben!«

»Seien Sie nicht zu voreilig, Bresson!«

Bressons Stimme, die vor Empörung gezittert hatte, klingt nun verachtend und drohend. »Du lieber Gott! Sehen Sie denn wirklich nicht, dass dieser Roatta in den Kreisen der Widerstandsbewegung als Vaterlandsverräter gilt? Dass er hingerichtet wurde, weil er seine Kameraden verraten hat? So einfach ist das. Sie vergeuden Ihre Zeit und unsere, wenn Sie nach Männern suchen, die lediglich Recht walten ließen! Verdammte Scheiße! Weshalb haben wir wohl gekämpft, meine Männer und ich? Machen Sie mit Ihren Ermittlungsakten nur so weiter, dann werden Sie auf die Schnauze fallen, das verspreche ich Ihnen!«

»Behalten Sie Ihre Drohungen für sich«, sagt der Richter, immer noch ruhig.

»Habe ich Sie etwas bedroht? Sehen Sie, ich gebe Ihnen einen Rat unter Freunden: Sie täten gut daran, in die richtige Richtung zu ermitteln. Ansonsten landen Sie mit der Nase im Bach … wie Gavroche!«

»Sie werden mich nicht daran hindern das zu tun, was ich als meine Pflicht erachte!« Bresson verlässt noch lauter lachend das Ermittlungsbüro mit den Leibwächtern an den Fersen.

Der Richter bleibt eine lange Zeit unbeweglich und verdaut seine Niederlage.

Was hatte ich mir von dieser Gegenüberstellung erhofft? Es sticht ins Auge: Bresson behindert die Ermittlungen. Von Anfang an sieht er sie als Farce an. Aber hat er nicht Recht? Das alles ist eine erbärmliche Posse. Oder eher ein unmöglicher, zum Scheitern verurteilter Versuch. Aber Bressons Haltung hat den Verdacht des Richters auch bestärkt. Ich bin auf der richtigen Fährte. Ich werde noch weiter gehen, allen Hindernissen zum Trotz, und zwar so weit wie notwendig.

Kapitel 62

Fäulnisgeruch

Am Tag nach dieser turbulenten Gegenüberstellung erhält der Richter einen Telefonanruf, der ihn ratlos macht.

»Guten Tag, werter Kollege, hier ist Richter Chaumet«, sagt ein Mann mit heiserer Stimme. Santoni kennt Chaumet vom Sehen, weiß, dass er Berater am Berufungsgerichtshof von Paris ist, hatte aber noch nie etwas mit ihm zu tun.

»Guten Tag, Richter«, sagt Santoni in neutralem Tonfall.

»Darf ich kurz bei Ihnen vorbeikommen? Ich möchte mich mit Ihnen über ein kleines Problem unterhalten, das mir besonders am Herzen liegt.«

Der Richter stimmt widerwillig und mit wenig Elan zu.

»In einer Stunde bei Ihnen, passt das?«

Als Chaumet, ein dickbäuchiger, ständig kurzatmiger Mann gegenüber Santoni Platz genommen hat, beginnt er in einschmeichelndem Tonfall:

»Ich weiß, dass Staatsanwalt Robert Santoni Ihr Vater war. Ich habe ihn gut gekannt. Schade, dass er uns auf so tragische Weise verlassen musste!«

Staatsanwalt Santoni war deportiert worden und im Camp von Mauthausen gestorben.

»Ihr Vater war ein angesehener Mann«, fuhr Chaumet fort, »ein Mann mit Prinzipien.«

»Deshalb ist er tot«, sagt der Richter.

»Sie haben sich sicherlich gefragt, weshalb ich zu Ihnen komme. Nun gut: Ich habe erfahren, dass Sie in der Sache Roatta ermitteln. Es scheint, dass es sich um ein unlösbares Rätsel handelt. Sie haben Hauptinspektor Bresson befragt. Nun, Bresson ist einer meiner besten Freunde. Sie haben ihn im Verdacht, auf die eine oder andere Weise seine Finger in dieser schmutzigen Angelegenheit im Spiel zu haben. Ich kann Sie vollkommen beruhigen. Athos ist ein authentischer Held der Widerstandsbewegung. Ich verbürge mich für ihn.«

Der Richter hört seinem Gesprächspartner nur einfach mit leicht vorwurfsvoller Miene zu. Chaumet beugt sich vertraulich zu ihm, soweit ihm das sein dicker Bauch erlaubt.

»Glauben Sie mir, Sie begehen einen schweren Fehler. Athos, dieser große Widerstandskämpfer, soll ein gemeiner Mörder sein? Das ist undenkbar. In der Juristensprache: Er ist weder Täter noch Mittäter oder Komplize, mein lieber Kollege. Ich lege meine Hand ins Feuer, um Ihnen das zu beweisen, ich kenne ihn seit ewigen Zeiten. Er ist mustergültig.«

Chaumet verstummt und wartet augenscheinlich auf die Zustimmung des Richters. Da der Richter keinerlei Anstalten macht, sich zu rühren, fährt er fort ohne sich aus der Fassung bringen zulassen.

»Warum zum Teufel mischt er sich in Dinge ein, die ihn nichts angehen? Das denken Sie vielleicht …«

Der Richter schweigt weiterhin. Wie weit würde dieser Kasper gehen?

»Dass ich in einem ungünstigen Augenblick aufgrund meiner Freundschaft zu Bresson dessen Verteidigung übernehme? Ich setze mich aus einem einzigen Grund für ihn ein: Ich zweifle nicht einen Moment lang an seiner Unschuld.« Chaumet verstummt. Das Schweigen zwischen den beiden Männern wird fast unerträglich. Letztendlich seufzt er laut:

»Auch ich musste mich als junger Ermittlungsrichter manchmal zügeln. Nun ja, auch ich war zu impulsiv. Wenn die Dinge nur immer den gewünschten Verlauf nehmen würden! Es gibt Situationen im Leben, in denen wir alle gezwungen sind, unsere Ansprüche zurückzuschrauben. Na ja, ich wusste immer auf Zehenspitzen zu laufen, wenn die Umstände dies erforderlich machten.«

»Das glaube ich Ihnen aufs Wort.«

»Wenn ich jedes Mal hartnäckig meine Gedanken weiterverfolgt hätte«, fuhr Chaumet fort und überging die bissige Bemerkung des Richters, »wette ich, dass ich heute dabei wäre Verkehrsunfälle in irgendeinem Provinzkaff aufzunehmen und die Rubrik überfahrener Hunde zu füllen!«

Der Richter schweigt erneut. Dennoch sind seine Gesichtszüge vielsagend: Sie verraten vollständige Verachtung.

Chaumets Gesicht ist jetzt puterrot.

Monsieur Joseph hatte Recht, als er ausrief: »Dieser Grünschnabel von einem Ermittlungsrichter ist ein wilder Gaul, ein Elliot Ness, unbestechlich! Aber ich halte viel von Bresson. Hindere diesen Richter daran, weiter vorzupreschen, bremse ihn aus! Nimm ihn an die Kandare!« Daraufhin hatte er Monsieur Joseph gefragt: »Was wollen Sie tun?« Der Armenier hatte ihm die Hand auf die Schulter gelegt. »Oh, schauen Sie nicht so schockiert drein. Ich lasse Ihren Richter nicht ermorden …«

Er lachte düster. »Ich denke eher an eine freundschaftliche Einmischung bei diesem zu unerschrockenen Mann. Bevor er einen unwiederbringlichen groben Fehler begeht ... Wer ist für diese ... etwas delikate Aufgabe besser geeignet als Sie, mein lieber Freund?«

»Dieser Fall bereitet Ihnen schlaflose Nächte«, säuselt Chaumet. »Seien Sie versichert, dass er Ihnen nicht mehr länger zusetzen wird. Ich nehme diese Sache selbst in die Hand. Ich habe viele Freunde am Berufungsgericht. Sie werden mir dankbar sein, diesen lästigen Fall los zu sein ...«

»Lästig für wen? Eine Mordermittlung ist immer lästig für die Schuldigen. Die anderen tun nur ihre Arbeit. Ich werde erst den Schlaf des Gerechten schlafen, wenn die Mörder und Drahtzieher dieses schändlichen Verbrechens ausgemacht und bestraft sind. Erwarten Sie vor allem nicht, dass ich Ihnen gegenüber meine Rührung und Dankbarkeit für die auch so spontane, großzügige und uneigennützige Hilfe zolle, die Sie mir anbieten!«

»Sie haben in der Vergangenheit sehr viel Pflichtbewusstsein an den Tag gelegt. Meine Freunde am Gerichtshof und ich schätzen dies sehr. Doch heute, mein junger Kollege, sind Sie verstört, nervös und leicht aggressiv. Ich nehme Ihnen das nicht übel.«

Chaumet erhebt sich schwerfällig. Der Richter tut so, als würde er die ausgestreckte Hand nicht sehen.

»Auf Wiedersehen, verehrter Kollege, ich hoffe, Sie bald hier im Justizpalast wiederzusehen.«

Diese letzten Worte Chaumets klingen recht zweideutig.

»Ach was«, pfeift der Richter durch die Zähne.

Chaumet verschlägt es den Atem. Der Schweiß steht ihm auf der Stirn. Ohne ein Wort zu sagen, geht er Richtung Tür und öffnet diese schwungvoll. Als er die Schwelle übertritt erklingt die trockene Stimme des Richters:

»Monsieur, berichten Sie Ihrem Auftraggeber vom Ergebnis dieser Mission: Pustekuchen! Das Strafgesetz bestraft die Beeinflussung von Zeugen. Schade, dass es nicht auch den Versuch der Beeinflussung von Untersuchungsrichtern bestraft!« Du hast es nicht anders gewollt, du Esel. Diese Sache wird dir um die Ohren fliegen, denkt Chaumet. Es gelingt ihm, sein großes Bedürfnis zurückzuhalten, sich vor dem Richter aufzubauen, mit seiner Faust auf den Schreibtisch dieses Idioten zu hauen und ihm einen Schwall Schimpfwörter an den Kopf zu werfen. Er begnügt sich damit, den Richter mit Blicken aufzuspießen, bevor er die Tür zum Ermittlungsbüro laut zuschlägt. Er ist wütend auf den Richter, in seinen Augen ein unverbesserlicher Idealist, zumindest derzeit, und somit gefährlich. Und wütend auf sich selbst, weil er es dem »kleinen Richter« ermöglichte hatte, ihn aus der Fassung zu bringen … und seine Maske niederzureißen.

Fäulnis, übelriechender Mief gelangt an die Oberfläche des Sumpfs, denkt der Richter nach dem überstürzten Weggang Chaumets. Eine Kloake aus tiefen Gewässern. Unruhiges, unergründliches Wasser… Die Rechtsbehinderung würde nun von seinem eigenen Lager ausgehen. Er überlegt, wie es nach diesem Vorfall weitergehen soll. Er musste schneller handeln als der Gegner.

Entschiedener denn je nicht aufzugeben, stellt er einen Vorführungsbefehl gegen Hauptinspektor Bresson aus.

In den darauffolgenden Tagen ist Bresson unauffindbar und der Vorführungsbefehl bleibt wirkungslos. Der Richter ist sich vollkommen im Klaren, dass der Countdown läuft. Es würde nur eine Frage von Tagen sein, bis ihm die Akte Roatta entzogen würde. »Der Fall Roatta wird Richter Santoni entzogen und ad acta gelegt«, verkündet Chaumet Monsieur Joseph einige Tage später. Ich frage mich, ob der hitzige junge Richter die Lektion versteht.«

Chaumet, der auf Befehl von Monsieur Joseph die Fäden in der Hand hielt, ist sich seines Sieges sicher, empfindet im Moment dennoch nur ein gedämpftes Gefühl der Zufriedenheit.

»Man müsste ihn verbannen ... an einen abgelegenen Ort, in die tiefste Provinz, wo er wirklich niemandem mehr schaden kann.«

»Nachtragend?«, meint der Armenier mit Unschuldsmine.

»Jetzt aber! Wir haben ihm seinen wichtigsten Fall meisterlich versaut! Was wollen Sie noch?«

»Seine Karriere zerstören«, antwortet Chaumet mit knirschenden Zähnen.

»Ich habe Wichtigeres zu tun, als mich niederträchtig an Richtern zu rächen, die keine Ruhe geben.«

Monsieur Joseph sieht Chaumet verschmitzt an. Auf seinen Lippen zeichnet sich ein ironisches Lächeln ab.

»Sie scheinen das Wichtigste zu vergessen, mein lieber Freund. Ist es nicht Wichtiger, Richter zu manipulieren, sie in der Hand zu haben, mein Freund?«

Chaumet bleibt stumm und der Armenier klatscht in die Hände.

»Ein widerspenstiger Richter fällt nicht ins Gewicht. Athos ist tabu und wird es auch bleiben!«

Kapitel 63

Der Mann,
der erledigt werden muss

Greif setzte Angelo Cicero auf Otto König an.

Als Otto seine Vorkehrungen traf, um beim Untergang des Dritten Reichs zu verschwinden, hatte er an alles gedacht, außer an den langen Arm von Monsieur Joseph. Da aber selbst der prominenteste Krebsforscher nicht gegen die Krankheit gefeit ist, die er sein Leben lang untersucht hat, war auch Otto selbst nicht vor dem Treuebruch sicher, den er immer wieder begangen hatte. Wer hatte den Zufluchtsort von Otto verraten? Niemand würde es genau erfahren, auch wenn einige, wie Richter Santoni glaubten, darin die Handschrift des Armeniers zu erkennen.

An jenem Tag erhält Leutnant James Hamilton vom Counter Intelligence Corps, dem in Salzburg ansässigen amerikanischen Spionageabwehrzentrum einen anonymen Telefonanruf.

»Ein gewisser Hans Ollmann versteckt sich bei einem seiner Freunde in Ebensee, bei einem Maler und Künstler mit dem Namen Karl Kersten. Bei Hans Ollmann handelt es sich in Wirklichkeit um Otto König, jenen Monsieur Otto der deutschen Einkaufsbüros, der von der französischen Justiz als Kriegsverbrecher gesucht wird.«

»Wer sind Sie?«, fragt Hamilton.

»Mein Name ist unwichtig.«

Ein Klicken. Der Informant hat aufgelegt.

Die Villa in Ebensee liegt in einem Park mit jahrhundertealten Bäumen, vor indiskreten Blicken durch eine hohe Mauer geschützt. Hamilton wird vom Hausherrn sehr freundlich empfangen.

»Ein Mann unter meinem Dach?«, sagt Kersten, und mimt wie ein perfekter Schauspieler den Erstaunten. »Ich lebe hier allein mit meiner Nichte Ellen. Ihre Eltern starben bei der Bombardierung von Dresden.«

Während die Militärpolizei die Villa durchsucht, legen der Maler und seine Nichte, ohne zu zögern ihre Ausweispapiere vor. Die Amerikaner finden nichts Verdächtiges. Judiths Papiere wurden von Meisterhand gefälscht. Und die Ermittler suchen schließlich nicht nach einer Frau …

»Ich werde Otto umgehend warnen«, sagt Judith, nachdem Hamilton und seine Männer weg sind.

»Nein, zu riskant«, entscheidet Kersten, »falls sie Zweifel hegen, werden sie dir folgen …«

Er geht zum Telefon, wählt eine Nummer:

»Ist Erich da? Ach, er ist weg. Sag ihm bitte, das Bild, das er bei mir bestellt hat, sei noch nicht fertig. Ich gebe ihm Bescheid, wenn er es abholen kann.«

Kersten, ein ehemaliger Abwehragent, der Otto sämtliche Schliche des Berufs beigebracht hatte, lacht Judith an.

»Du kannst beruhigt sein. Kornfegger ist ein zuverlässiger Mann. Er wird Otto sofort warnen. Otto wird keinen Fuß mehr hierhersetzen.«

Otto fährt bereits seit einer Stunde durch die Nacht.

Er ist äußerst gereizt und kämpft sich durch die Dunkelheit. Neben ihm sitzt Jochen Eisenach – ein Überlebender der Leibstandarte, Hitlers persönliche Leibwache und ein Jugendfreund Ottos. Auch er ist äußerst wachsam, seine Walther griffbereit. Sie würden bei ihrem Kameraden Wolfgang Elser unterkommen und in der nächsten Nacht die italienische Grenze überqueren. Ich habe einfach zu lange gewartet, denkt Otto. Ich hätte schon vor zwei Monaten nach Bozen gehen sollen! Jetzt, wo ich in Ebensee aufgeflogen bin, gilt es keine Zeit mehr zu verlieren.

»Wie viele Männer haben in den letzten Monaten bereits unsere Fluchtroute benutzt!«, sagt er zu Jochen. »Es wird wirklich Zeit, dass wir selbst unser eigens erfundenes Spielzeug nutzen!«

Vielleicht hätte er letztes Jahr trotz seines misslungenen Versuchs im Juni nach Spanien gehen sollen?

Hardy von Monfort ließ es sich in Barcelona gutgehen! Er lief keinerlei Gefahr vom Franco-Regime ausgeliefert zu werden. Auch Hardy lebte unter falschem Namen. Einige seiner engen Mitarbeiter hatten weniger Glück gehabt. Wie beispielsweise Major Norden, der von der SS nach dem Attentat gegen Hitler am 20 Juli verhaftet worden war. Der Beteiligung am Komplott verdächtig, war er nach Berlin gebracht und von Himmlers Schergen an einem Fleischerhaken erhängt worden. Mit Stolz und Nostalgie dachte Otto an das Einkaufsbüro.

Eine riesige, in Rekordzeit auf die Beine gestellte, strukturierte und effiziente Maschinerie. Sie hatte einer ganzen Reihe weniger wichtiger Brutstätten als Modell gedient. Während der gesamten Besatzungszeit war seine Organisation DAS Symbol des Schwarzmarkts.

»Nur noch etwa zwanzig Kilometer, dann sind wir in Sicherheit«, sagt Jochen.

Die Landstraße führt über einen Hügel, dann nach rechts. Auf beiden Seiten erhebt sich eine kompakte, im Dunkeln leicht bedrohliche Masse aus Tannenwäldern. Otto lenkt den Wagen über den Anstieg und schaltet zurück, um in die Kurve einzufahren. Als sie aus der Kurve herausfahren, erfassen sie die Umrisse zweier Jeeps. Silhouetten, weiße Helme, rote Lichter! Die Jeeps haben nur einen engen Durchgang am Straßenrand gelassen.

»Nicht anhalten!«, brüllt Jochen und greift nach seiner Waffe.

Otto tretet aufs Gaspedal, rast geradeaus, weicht in Richtung der engen Durchfahrt aus. Blitze von Schüssen ...

Die Windschutzscheibe birst, die Reifen bohren sich in den Straßengraben. Im gleichen Augenblick spürt Otto einen Schlag auf der Schulter. Reflexartig macht er das Licht aus und fährt blitzschnell weiter. Nach einigen hundert Metern zwingt ihn ein bohrender Schmerz, langsamer zu fahren.

»Übernimm schnell das Lenkrad, Jochen«, sagt er zu seinem Freund, »ich will nicht riskieren, das Bewusstsein zu verlieren.«

Als Jochen ihm nicht antwortet, gibt ihm Otto einen Rippenstoß.

»Beweg dich, Alter! Das ist nicht der Moment, um ein Nickerchen zu machen. Sie werden uns auf den Fersen.«

Eisenachs Körper kippt gegen die Beifahrertür. Otto zieht seine blutverklebte Hand zurück. Eisenach gibt kein Lebenszeichen mehr von sich. Ottos Schulter glüht vor Schmerz. Er kann seinen Arm nicht mehr bewegen und fährt mit der linken Hand weiter. Sein Blick trübt sich. Er muss die Straße verlassen. Er lenkt das Auto in einen engen Seitenweg, der Richtung Wald führt.

Die Scheinwerfer der Jeeps durchkämmen die Straße hinter ihm.

Otto stellt den Motor unter den Ästen der ersten Tannenbäume ab. Die Fahrzeuge der Verfolger fahren auf der Straße vorüber. Er wartet einen Moment, bevor er den Motor erneut startet, um tiefer in den Wald hineinzufahren. Nach etwa 200 Metern bleibt das Auto stecken. Er stößt einen Fluch aus. Die Gewitter vom Nachmittag haben den Boden aufgeweicht. Er muss das Auto verlassen, schleppt sich ins Dickicht, spürt, wie seine Kräfte nachlassen. Er verliert viel Blut. Beeil dich oder du verreckst wie ein auf der Lauer liegendes verletztes Tier … Die wütenden Hunde werden dich erledigen … Ich habe die Pistole vergessen … Er taumelt durch einen immer dichter werdenden Nebel … Der Schleier wird immer undurchsichtiger … Ich muss mich vom Auto entfernen … Bewusstlos bricht er zusammen.

Als der kalte Regen dicht auf ihn fällt, kommt er wieder zu Bewusstsein.

Er versucht aufzustehen, fällt kraftlos wieder hin, hat zu viel Blut verloren. Morgengrauen, ein fahles, graues Licht. Im Wald sind Stimmen zu hören. Sie sind nah. Er versucht die Umrisse zwischen den Bäumen zu erkennen. Schatten mit unklaren Konturen … Ein letztes Aufbäumen, er dreht sich auf den Rücken führt seine gesunde Hand in seine Westentasche … vorsichtig gehen die Amerikaner im Gänsemarsch vorwärts. Doch es sind keine Vorsichtmaßnahmen mehr von Nöten. Er würde sich nicht mehr wehren. Die Zyankalikapsel wirkt sofort. Aus seinem Mund kommt ein Röcheln.

Der Regen wischt bereits die feine weiße Schaumspur an seinen Mundwinkeln ab.

Als der Armenier von Ottos Tod erfährt, fängt er an zu jammern: »Das macht mir zu schaffen. Der arme Otto, er war ein so guter Freund. Das Schicksal schlägt erbarmungslos zu. Ich verliere meine Freunde, einen nach dem anderen. Henri hat mich auf derart tragische Weise verlassen. Und jetzt Otto!«

Angelo Cicero beobachtet ihn einen Moment lang mit nachdenklicher Miene.

Greifs Gesicht bleibt ausdruckslos und da in seiner Stimme keinerlei Ironie zu erkennen ist, verkneift sich Cicero jegliche Bemerkung. In seinem Blick blitzt lediglich kurz Spott auf.

Kapitel 64

Die Räder der Justizmühle

Der Richter liebt es die Fortentwicklung einer Ermittlungsakte mit dem Räderwerk einer Mühle zu vergleichen.

Die Räder der Justizmühle beginnen zu quietschen, ein Sandkorn. Stottern, ein Kern. Quietschen, quietschen, quietschen, ein großer Kern. Sie drehen durch, der Knochen liegt quer! Stellen sich tot, der Mühleninfarkt droht.

Ist eine meiner Ermittlungsakten an diesem kritischen Punkt angelangt, habe ich gute Gründe zur Besorgnis.

Zischen, Risse, knirschen. Nur nicht den Geist aufgeben! Denn der große Galgenvogel wird des Tanzes nicht überdrüssig. Wird tatsächlich nur der letzte kleine Fisch von der Justizmühle zermalmt?

Die Justizmühle, auch wenn sie langsam mahlt, bleibt dennoch nicht stehen.

Sie holt erneut Schwung.

Die Zündschnur des explosiven Falls Roatta, vom Armenier ausgelöscht, wird aufgrund einer bissigen Pressekampagne wieder angezündet, die von ehemaligen Widerstandskämpfern befeuert wird, die nicht an den Verrat von Tony Roatta glauben wollen. Die Beweisaufnahme wurde von einem neuen Ermittlungsrichter übernommen, Richter Duvallier.

Richter Santoni versucht allen Widerständen zum Trotz Licht in den Fall Monsieur Joseph zu bringen. Doch auch in diesem Fall ist alles festgefahren und der Richter wird zu einem immer einsameren Mann. Seine alten Freunde haben begonnen, ihn fallen zu lassen. Als wäre er ein Pechvogel, der Unglück bringt! Nicht zuletzt hat er sich mit Jacques Richemond, seinem besten Freund, Regierungsrat im Justizministerium, überworfen. Eines Abends waren sie auf die Affäre Monsieur Joseph zu sprechen gekommen.

»Ein Fall, bei dem äußerste Vorsicht angebracht ist«, hatte Richemond gesagt. »Man läuft nicht nur Gefahr, sich die Finger zu verbrennen, sondern riskiert tatsächlich Kopf und Kragen.« Der Richter hatte seinen Freund nachdenklich angesehen und nach langem Schweigen gemurmelt:

»Du also auch?«

»Was, ich auch?« Richemonds Tonfall war schrill.

»Auch dich haben die schmutzigen Wellen getroffen, die dieser unerfreuliche Herr aufwirbelt.«

Daraufhin hatte sich Richemond bemüht, ruhig zu reden, als ginge es darum, ein schmollendes Kind zu überzeugen.

»Reiß dich am Riemen, Pierre! Siehst du nicht, dass du im Dunkeln tapst wie ein Blinder? Monsieur Joseph ist ein Aal, der dir durch die Finger gleitet. Du hast einen Haufen Ärger, wenn du die Beweisaufnahme weiter vorantreiben willst. Der Fall hat sich als verwinkelter Weg erwiesen, du stolperst über Schotter, versuchst Spurrillen und Schlammlöcher zu umgehen, stößt dich an großen Steinen, trotzt den Wegelagerern, du läufst Gefahr, dich in einem unentwirrbaren Labyrinth zu verlieren und du kannst nie sicher sein, am Ende des Kreuzwegs anzukommen. Und was noch schlimmer ist, du bist dabei, dir deine eigene Karriere zu verbauen. Geh behutsam vor, langsam, ganz langsam! Oder besser noch: Lass doch diesen Fall ganz einfach im Sand verlaufen« Spiel nicht länger den Zauberlehrling! Denke zuerst an dich selbst!«

»Du bist gemein!«

»Gemein? Von wegen! Ich mach mir nur einfach keine Illusionen und bin realistisch«, hatte Richemond trocken geantwortet, »hörst du – realistisch, r-e-a-l-i-s-t-i-s-c-h! Hör zu, ein heftiger Betrug wirkt sich signifikant auf die Qualifikation aus. Das weißt du genau. Übler, gemeiner Betrug? Weit gefehlt! Das ist eine gewagte Spekulation, die schief ging. Das ist widerwärtig, ganz klar. Aber daran änderst du nichts. Monsieur Joseph ist nicht mehr nur ein gewöhnlicher Schwarzmarkthändler, er ist zu einer Institution geworden.«

»Eine ehrwürdige Institution, ein Pate«, hatte der Richter gespöttelt.

»Ein Pate, du weißt ja nicht, wie recht du hast.« Pause. Richemond fuhr fort:

»Der Journalist, der bereit war, Sendungen auf Radio-Paris für einen mickrigen Lohn zu machen, um seine Familie zu ernähren, hat Anrecht auf das Erschießungskommando. Oder auf eine lange Haftstrafe. Aber wie sieht es mit dem Industriellen aus, der Waffen, Textilien, Lkw, Lebensmittel lieferte? Seine Situation ist eine andere! Er hat »hohe Wirtschaftspolitik« betrieben. Ihn als Verräter bezeichnen? Weit daneben! Bei der Befreiung verteilt er eiligst ein paar Dutzend Millionen an die Menschen vor Ort, speist die Kasse einer Widerstandsbewegung, spendet an Vereinigungen für Deportierte. Die Moral landet in der Gosse. Das ist schrecklich, verabscheuenswert, bedauerlich, widerlich – was du willst –, dennoch ist dies einfach so! Du bist äußerst sensibel und dünnhäutig, das macht dich kaputt!«

»Ich soll resigniert aufgeben? Ich denke nicht daran.«

»Befolge meinen Rat, Pierre, im Namen unserer Freundschaft!«

»Mische nicht unsere Freundschaft mit rein! Du bittest mich darum, meine Meinung zu ändern.«

»Du bist weder Richter noch Staatsanwalt«, sagte Richemond kalt.

»Wer ist dieser Monsieur Joseph? Der größte Schwarzmarkthändler während der Besatzung. Ein Mann, der den Deutschen über hunderttausend Tonnen Eisenmetall lieferte und für seine Beschaffungen mehrere Milliarden Provision von den Besatzungsbehörden erhielt; der offizielle und von der Gestapo ernannte Hehler, der Edelsteine aus Plünderungen der Gestapo verkaufte. Und du wagst es mir vorzuschlagen, den Fall einfach einzustellen!«

Der Tonfall des Richters war immer heftiger geworden.

»Aber das ist ja eine Anklagerede! Hör um Himmels willen damit auf, die Rolle des Staatsanwalts zu spielen! Niemand sucht Händel mit dir. Und du müsstest dir keinen Vorwurf machen.«

»Doch, natürlich«, hatte der Richter geantwortet, »nämlich den, meinem Gewissen einen teuflischen Streich gespielt zu haben. Mich selbst verraten zu haben.«

»Aber was willst du?«

»Ihr wisst alle, im Justizministerium, im Innenministerium, bei der Sûreté, dass dieser Monsieur Joseph – alias Greif für die Nazis – nur ein äußerst gerissener Lump ist und für Morde, Verrat und Deportationen verantwortlich ist …«

»Nun fährst du aber schweres Kaliber auf. Du beschuldigst uns, diesem Typen untertan zu sein. Oder zumindest der Passivität schuldig zu sein.«

»Er hat euch alle in der Tasche! Der Lump nimmt all diejenigen auf den Arm, die den Invasor bekämpft haben! Ja, ihr wisst alle, dass er sich zahlreicher Verbrechen schuldig gemacht hat. Kommt dann ein Richter daher, der unerschrockener als andere und entschlossen ist, die Verbindungen dieses Menschen mit der Gestapo aufzudecken … Ein Richter, der die Frechheit besitzt, die Sécurité militaire auf ihn zu hetzen … Dieser arme Depp von einem Richter ist ein unverbesserlicher Spielverderber, tritt ins Fettnäpfchen und benimmt sich wie ein Elefant im Porzellanladen. Was für ein Protestgeschrei das alles auslöst! Und wie eifrig ihr euch mit Greif einlasst, um lauthals gegen den Skandal aufzubegehren. Man dreht und windet sich, damit die gegen den armen Unschuldigen angesetzte Hetzjagd ein Ende nimmt; man ergeht sich in Entschuldigungen wegen des entsetzlichen Justizirrtums, den man gerade noch abwenden konnte.«

»Tu tust mir leid«, hatte Richemond gemurmelt.

»Derjenige, von uns beiden, der einem am meisten leidtun kann, bin sicherlich nicht ich.«

»Es gibt Fälle, in denen Engstirnigkeit zu Blödheit wird.« Ab diesem Moment war ihre Freundschaft tot und begraben. So lange man ihm den Fall Monsieur Joseph nicht wie den Fall Roatta entzog, würde der Richter versuchen, den Mord an Tony Roatta Hauptinspektor Bresson zuzuschreiben. Noch hatte er Greif nicht als Zeugen vorgeladen, würde dies aber demnächst tun.

Im Ermittlungsbüro hat Bresson gegenüber Richter Duvallier von seiner Arroganz verloren.

»Sie bleiben dabei, Roatta sei ein Verräter der Widerstandsbewegung gewesen«, sagt der Richter zu ihm. »Sollten sich Ihre Anschuldigungen als begründet erweisen, haben Sie nichts zu befürchten.«

»Ich bin unschuldig«, erklärt Bresson lediglich.

Der als Zeuge geladene Kommissar Cambret, Bressons Chef in der Widerstandsbewegung, gibt den großen Patrioten und wirkt dabei angespannt und unruhig.

»Haben Sie den Befehl erteilt, Tony Roatta zu liquidieren?«, fragt ihn der Richter.

»Nie im Leben!«, ruft Cambret aus, »niemals habe ich einen derartigen Befehl erteilt, weder an Bresson noch an sonst jemanden.«

Maître Rochefort, der Anwalt von Roattas Vater, der als Nebenkläger auftritt, glaubt den Moment gekommen, um den Stier bei den Hörnern zu packen.

»Wurde Druck auf den Zeugen ausgeübt?«

»Ja, ich habe tatsächlich Drohungen erhalten«, gibt Cambret zu.

»Wollte man Ihnen die Urheberschaft von Roattas Mord anhängen?«

»Ja«, gibt der Zeuge nach gewissem Zögern zu.

»Dann wollte man Sie also zum Sündenbock machen?«

»So kann man es sagen.«

»Wer sind denn die Menschen, von denen Sie erpresst wurden?«

»Ich werde ihre Namen nicht nennen.«

»Sie sind aber dazu verpflichtet«, sagt Maître Rochefort.

»Ist Ihnen im Klaren, was Sie von mir verlangen?«, antwortet Cambret.

»Die Wahrheit, nichts als die Wahrheit«, sagt der Anwalt.

»Sie haben nicht das Recht, von mir zu verlangen, dass ich mein eigenes Grab schaufle.«

»Worte, nichts als hochtrabende Worte!«

»Mein Kopf steht auf dem Spiel, nicht Ihrer. Das ist ein gewaltiger Unterschied, finden Sie nicht auch?«, kontert Kommissar Cambret.
»Die Omertà, das Schweigegesetz«, sagt der Richter.
»Dann sind es wohl mächtige Leute, die Ihnen das Messer an den Hals setzen?«
»Sehr mächtige!«
»Wir wollen die Namen!«
»Unmöglich, Herr Richter.«
»Wem gehört das von den Mördern genutzte Auto?«
»Ich weiß es nicht.«
»Wer fuhr normalerweise das Auto mit dem Vorderradantrieb? Hauptinspektor Bresson?«
»Er fuhr manchmal mit einem solchen Auto. Ob es nun das ist, das auf dem Bauernhof Mazerat ausgemacht wurde … Hier im Land gibt es Tausende Autos desselben Modells, mit derselben Farbe …«
»Dann gehörte das Auto also nicht Bresson?«
»Ich weiß es nicht«, antwortet Cambret. »Dann wissen Sie auch nicht, ob das fragliche Auto Monsieur Joseph gehörte?«, wirft Rochefort ein.
Plötzlich hat der Richter das Gefühl, als säße er auf glühenden Kohlen.
Nun war der unheilvolle Name im Ermittlungsbüro gefallen! Würde die Wahrheit endlich ans Licht kommen?
»Und Sie wissen natürlich auch nicht, wer Monsieur Joseph ist«, ergänzt der Anwalt in beißendem Tonfall.
»Wie könnte ich das nicht wissen, Maître? Er war der Wohltäter meines Netzwerks. Seine Großzügigkeit ist sprichwörtlich.«

»Vielleicht gab es zu viele Dinge, die er wieder gutmachen musste«, sagt Rochefort. Ich habe mich immer gefragt, weshalb der Name von Monsieur Joseph noch nicht in der Ermittlungsakte stand, wo ihn doch die Kriminalpolizei eindeutig als Eigentümer des Fahrzeugs ausgemacht hatte.«

»Waren Sie über die Ermordung von Tony Roatta informiert worden?«, fragt der Richter.

»Inspektor Bresson sagte mir eines Tages, dass er umgebracht worden war.«

»Hat er Ihnen verraten von wem und aus welchem Grund?«

»Er hat mir lediglich gesagt, dass Roatta ein Verräter war.«

»Und Sie wollten nicht mehr darüber erfahren?«, wirft Rochefort ironisch ein. »Einer Ihrer besten Männer wird ermordet und Sie fragen nicht nach!«

Der Tonfall des Anwalts ist anklagend.

»Sie arbeiten weiter in aller Ruhe mit Bresson zusammen. Kann man nicht berechtigterweise sagen, dass Sie durch Ihr Schweigen die Ermordung des jungen Roatta gedeckt haben?«

Trotz der harten Worte von Rochefort gibt Kommissar Cambret keine Namen preis. Nach diesem Verhör fragte sich der Richter, ob Cambret nicht ferngelenkt war. Hatte er nicht eine vordiktierte Rolle gespielt? Letztendlich hatte er sich davor gehütet, Bresson anzuklagen. Der Richter schluckt seinen Ärger hinunter, weil er noch keine handfesten Beweise gegen Bresson hat. Im derzeitigen Stadium ist es immer noch nicht möglich, ihn dingfest zu machen.

Dennoch musste Hauptinspektor Bresson einen schweren, unverzeihlichen Fehler begangen haben.

Hatte er versucht, den Armenier zu erpressen? Oder hatte Letzterer plötzlich beschlossen, das exponierte Glied in der Kette zu beseitigen? Der Richter würde es niemals erfahren.

Drei Tage später verlässt Inspektor Bresson sein Anwesen in Maisons-Laffitte – vom Armenier finanziert – und steigt in seinen glänzenden, nagelneuen roten Alfa Romeo.

Als er den Anlasser startet, explodiert das Auto.

Als Richter Duvallier vom Tod Bressons erfährt, flucht er wie ein Droschkenkutscher.

Maître Rochefort ist sicherlich ebenso enttäuscht wie er und lässt vor Journalisten seinem Ärger freien Lauf:

»Bresson wurde aus dem Weg geräumt, die Schweigemauer wird halten und bekommt noch nicht einmal Risse. Und wieder legt sich eine Hülle der Angst über all diejenigen, die die Wahrheit über Tony Roattas Ermordung kennen. Die Verbrecher haben stets sorgfältig ihre echten Motive verhüllt und die Urheber kommen ungestraft davon. Tony Roatta war ein echter Widerstandskämpfer, der zu viel über die Machenschaften Bressons und derjenigen wusste, die dieser mächtigen Person dienten, bei der allein die Erwähnung ihres Namens jedem Angst einflößt.

Weil Tony Roatta unschuldig und ein Idealist ist, würde er eines Tages reden: Also beseitigt man ihn. Der unheilvolle Schatten von Greif alias Monsieur Joseph, schwebt über dieser Sache. Ein Fallbeil für alle diejenigen, die zu sprechen wagen. Greif, der Duzfreund der Chefs der Gestapo und der hohen Tiere der SS, der Freund des Chefs aus der Avenue Montaigne, der steinreiche Schwarzmarkthändler, den niemand mehr direkt anklagen mag. Als man erfährt, dass Bresson der Handlanger von Greif ist, dass er an seinem Haken hängt und sein Schützling ist, wird alles klar. Solange die Verbrechen von Greif und seiner Sippschaft nicht ans Tageslicht gelangen, wird die Justiz verhöhnt. Die Omertà hat vollkommen gegriffen!«

Greif bricht in ein homerisches Gelächter aus, das dem der Götter des Olymps gleicht, als ihm Angelo Cicero von den Worten von Anwalt Rochefort erzählt.

»Das ist nur ein langweiliger Anwalt«, lacht er lauthals mit arrogantem Tonfall. »Ein Anwalt kann mich nicht zum Straucheln bringen. Und schon gar nicht erledigen, ha, ha! Einen Schlag ins Kontor stecke ich locker ein. Was weiß er schon, dieser Rochefort? Nichts! Was kann er beweisen? Überhaupt nichts! Im Übrigen löst ein Anwalt nie einen Fall. Falls er etwas draufhat, bekommt sein Gegner vielleicht einen heftigen Wellenschlag ab. Aber seine Rolle endet hier, so ist das nun mal. Er verliert sich in einer Reihe von Vermutungen und die Sache ist erledigt.«

»Sie gedenken also nicht, weiterzugehen?«, fragt Cicero

»Überhaupt nicht, Angelo! Die Polizei muss sich der Sache annehmen«, fährt der Armenier fort und erneut ist ein Lächeln auf seinen Gesichtszügen zu sehen. »Die Polizei stecke ich in meine Tasche, ebenso wie die Justiz. Meinen Freund Henri haben sie erwischt. Und auch meinen Freund Otto.«

Seine Augen leuchten hart und seine Judas-Stimme zittert nicht.

»Aber ich, ich bin wie der Felsen von Gibraltar, uneinnehmbar. Das war ich während des gesamten Krieges und bleibe es auch, wenn wieder Frieden einkehrt. Heute bin ich sogar mächtiger als je zuvor.«

Der Armenier macht eine Pause, trinkt ruhig einen Schluck Champagner, bevor er Angelo Cicero ansieht und zum Schluss kommt: »Jetzt bin ich der Pate, der unantastbare Pate!«

Kapitel 65

Auf den Champs-Élysées

Ein Mann mit graumelierten Schläfen spaziert in der milden Frühlingssonne auf den Champs-Élysées in Richtung Étoile.

Auf den Katalaunischen Feldern, den sogenannten hügeligen Ebenen in der Champagne, an einem sonnigen Nachmittag im September 451, hat Attila, der König der Hunnen …

Er glaubt plötzlich wie in einem Traum eine Stimme zu hören.

»Halt!«

Eine kehlige Stimme. Der Akzent der Hunnen.

Der Zensor der Propagandastaffel? Die Spürhunde der Gestapo?

»Halte!«

Es ist nicht mehr dieselbe Stimme. Sie hat den französischen Akzent.

»Sie gehen in die falsche Richtung. Sie befinden sich hier auf den elysischen Feldern. Der Krieg ist zu Ende. Es ist die Nachkriegszeit.«

»Und die Plage Gottes?«

»Die Plage Gottes?«

»Ja, der König der Hunnen …«

»Ach so, ich verstehe. Adolf hat sich in seinem Bunker in Berlin erschossen.«

In den Straßen von Paris während der Nachkriegszeit dreht sich niemand nach Monsieur Joseph um.

Die Geister der Vergangenheit sind verblasst.

Tatsächlich wird Greif weiterhin in seltenen Momenten der Depression von den Dämonen der »Germanischen Nacht« geplagt. Wenn er an die Worte von Jo Mariani denkt, fährt es ihm eiskalt den Rücken hinunter.

Der Scheißkerl hat den Chef verraten. Ich werde ihn aus dem Weg räumen, das schwöre ich mit der Hand auf dem Herzen und auf den Kopf meiner Kinder.

Sein Verrat hatte ihm den erbarmungslosen Hass des Milieus eingebracht.

Besonders die Überlebenden der Carlingue der Avenue Montaigne hassten ihn. Der Nizzaer war nun sein Erzfeind, denn er war Lasserre bedingungslos ergeben gewesen. Durch den Verrat am Chef hatte er ein unsühnbares Verbrechen begangen. Im Moment gab es keine Neuigkeiten von Jo Mariani. Wahrscheinlich verkroch er sich irgendwo, aus Angst, in Montrouge an die Wand gestellt zu werden.

Greif war um etwas anderem besorgt: die Inbesitznahme des Schatzes des Zars.

Die von dem Ermittlungsrichter Munoz eingeleitete Morduntersuchung ergab keinen Aufschluss über den oder die Täter.

Zur Identifizierung der Leiche waren verschiedene Gutachten angeordnet worden. Aufgrund des fortgeschrittenen Verkohlungsgrads der Leiche, konnte nicht mit hundertprozentiger Sicherheit bewiesen werden, dass es sich bei dem Toten um den Zaren handelte. Karin hatte den Ermittlern erklärt, dass Michel einen Goldzahn hatte. Da Gold im Feuer schmilzt, hätte es fließen müssen, was den Gerichtsmedizinern ermöglicht hätte, Spuren in der Mundhöhle oder im Rachenraum zu finden. Im Obduktionsbericht stand jedoch nichts von geschmolzenem Gold. Die zytologische Untersuchung der Zähne und der Eingeweide ergab, dass das Opfer über vierzig Jahre alt war. Die Befunde der Untersuchung des Skeletts und der Eingeweide gaben keinerlei Aufschluss auf das Vorhandensein eines Projektils oder einer Verletzung, die zum Tod hätte führen können. In den Atemwegen war Kohlenmonoxyd in giftiger Dosis festgestellt worden, was darauf schließen ließ, dass es sich um Tod durch Ersticken handelt. Die Hypothese eines weiteren Begleitumstandes war dennoch nicht auszuschließen.

Laut den Schlussfolgerungen der Sachverständigen konnte es sich bei der Leiche sehr wohl um die von Michel Zacharoff handeln. Gleichzeitig hatten die Fachleute versichert, nichts Genaueres sagen zu können.

Das Gericht in Madrid hatte dem von Anwalt Garcia gestellten Antrag auf Todeserklärung stattgegeben. Aufgrund der juristisch erfolgten Todeserklärung galt Michel Zacharoff als offiziell tot.

»Dieser Maestro Garcia ist ein echter Filou«, hatte der Armenier kommentiert. »Das ist eine raffinierte Vorgehensweise, aber ich bin ja nicht blöd. Dennoch! Ich muss der sehr schlechten Meinung, die ich normalerweise von Anwälten habe, eine Ausnahme hinzufügen. Dank diesem durchtriebenen Garcia hat der Zar jetzt seine Identität gewechselt.«

Der Zar war sicherlich untergetaucht. In seinem Versteck drehte er sich wahrscheinlich im Kreis; der Tag würde kommen, an dem er durchdrehen würde; dann würde er einen fatalen Fehler begehen. Dieser Fehler wird mich zu ihm führen ... und zu seinem sagenhaften Schatz, sagte sich der Armenier.

Hätte einer der Passanten, auf die er heute traf, gesehen, wie er einen flüchtigen Blick auf die Fassade eines Hauses in der Avenue Foch, der Rue de Rivoli oder der Rue de Lille warf, hätte er dann einen Funken Nostalgie im Blick des Armeniers erkennen können? Bedauerte Monsieur Joseph, dass die Fassaden nicht mehr mit riesigen blutroten Standarten mit Hakenkreuz versehen waren?

Man sagt, nur der Wind kenne die Antworten auf Fragen.

Eine leichte Brise lässt die Blätter der Platanen auf den Champs-Élysées rauschen.

NIZZA,

STADTVIERTEL VON CIMIEZ

Kapitel 66

Luzifers Amnesie

»Glaubst du, dass er dich erkannt hat?«, fragt Eric den alten Richter.

»So sicher wie das Amen in der Kirche.«

»Ist das wichtig?«

»Nein, überhaupt nicht.«

»Will er dir nichts Böses?«

»Heute nicht mehr. Ich bin nur ein alter Mann, der für ihn keine Gefahr mehr darstellt. Früher, als ich in seinem Fall ermittelte, hätte er vor nichts zurückgeschreckt, wäre ich zu einer echten Gefahr für ihn geworden.«

»Wurde er nicht verurteilt?«

»Nein«, sagte der alte Richter kopfschüttelnd.

»Gab es denn keinen Prozess?«

»Doch, aber er wurde freigesprochen.«

»Was hat man ihm vorgeworfen?«

»Verletzung der äußeren Sicherheit des Staates und wirtschaftliche Zusammenarbeit mit den Deutschen.«

»Weshalb wurde er nicht verurteilt?«

Der alte Richter antwortet nicht sofort. Er hatte den Prozess verschweigen, ihn auf immer aus seinem Gedächtnis streichen wollen.

»Der Prozess war vom Anfang bis zum Ende manipuliert. Der Armenier hatte eine ganze Armada an Entlastungszeugen angeführt. Und allen hatte er Schmiergelder gezahlt. Seine Strohmänner hatten hinter den Kulissen alles getan, damit diese meisterhafte Korruptionsaffäre ein gutes Ende nimmt.«

Und das obwohl er, der Richter, auch nicht mit Mitteln sparte. Seit Beginn der Ermittlungen im Fall Roatta hatte er eine Akte über die wirtschaftliche Kollaboration von Greif erstellt. Er hatte eine verstaubte Akte ausgegraben, die von Funktionären der Abteilungen der Wirtschaftskontrolle ab 1941 erstellt worden war und die Berichte der Abteilung Zollkontrollen ausfindig gemacht. Die ersten Berichte stammten von September 1940. Somit hatte er sich eine ganze Reihe von Feinden gemacht.

Er erinnert sich an die Höhepunkte des Prozesses, die in seiner Erinnerung eingraviert sind. Für die einen waren es Perlen im Gerichtssaal, die Lacher hervorbrachten; für die anderen Schandtaten, die wütend machten; für ihn allesamt Dolchstöße, die sein Gerechtigkeitsempfinden aussaugten.

Ab der Eröffnung der Debatten hatte der Beschuldigte keinen Zweifel daran gelassen, dass er den Prozess als eine schlechte Farce betrachtete.

Die Stimme des Vorsitzenden:

»Sie sind der Verletzung der äußeren Sicherheit des Staates angeklagt.«

»Herr Vorsitzender, mit allem Respekt, den ich Ihnen zolle, sage ich Ihnen eins: Dieser Prozess ist eine Parodie. Die Welt steht Kopf. Was für eine lächerliche Anschuldigung! Ich soll ein feindlicher Agent gewesen sein? Wenn dies der Fall wäre, wie viel Geld hätte ich dann einkassiert! Dagegen musste immer ich blechen!«

Auch bei der Anklage wegen wirtschaftlicher Kollaboration verschränkte der Armenier nicht einfach nur die Arme. Er leistete sich den Luxus, sich lange umzuschauen, als würde er jemanden suchen und erklärte dann mit sichtlicher Gelassenheit:

»Ich zwicke mich, um sicherzugehen, dass ich nicht träume. Ich, ganz allein auf der Anklagebank? Ist es Zufall, dass ich der einzige Angeklagte bin? Wieso ich? Und wieso ich allein? Ach so, dann bin ich der einzige Schuldige! Wie sieht es mit allen meinen Kollegen aus? Haben sie nicht alle Dasselbe wie ich gemacht?«

Eine kurze Pause, um Wirkung zu erzeugen.

»Wozu hätten Sie mir den geraten, Herr Vorsitzender? Die Deutschen gewähren lassen? Sie ernteten doch alles ab. Der Gipfel, sie taten dies, ohne einen Centime zu zahlen! Sie sollten doch wenigstens in ihre Tasche greifen! Was habe ich denn letztendlich getan? Ich habe ihnen lediglich etwas Geld aus der Tasche gezogen.«

»Sie wurden mit dem Geld der Franzosen bezahlt!«

»Das Geld blieb bei uns. Ein normaler Vertriebsweg, oder etwa nicht?«

»Sie hatten, so scheint es, ein unvergleichliches Talent, sich jedermanns Gunst zu erschleichen. Wie kam das?«

»Ah, mein kleines Geheimnis? Zuerst, wieso sprechen Sie von meinem Talent in der Vergangenheit? Ich besitze es noch immer und hoffe es noch lange zu behalten. Ein Beispiel: Ich verdiene einhundert Francs. Dreißig davon gebe ich Menschen, denen ich nichts schulde. Eines Tages komme ich dann auf meine Kosten. Beim Geld hört die Freundschaft auf, das weiß jeder. Kleine Geschenke sorgen für dauerhafte Freundschaften, das ist nicht so bekannt, aber ebenso wahr.«

»Sie haben den Deutschen über hunderttausend Tonnen Buntmetall geliefert.«

»Diejenigen, die jetzt durch ihre Abwesenheit an meiner Seite glänzen, noch viel mehr!«

»Sie sollen für Ihre diversen Lieferungen an den Besatzer über dreißig Milliarden Provision erhalten haben.«

»Sapperlot, Sie werfen ganz schön mit Zahlen umher!«

»Sie haben den Verkauf eines Teils der Wracks des französischen Geschwaders ausgehandelt, das in der Reede von Toulon lag.«

»Ja, das war ein schönes Geschäft, das ich zahleichen Konkurrenten vor der Nase weggeschnappt habe. Soll ich Ihnen die Namen nennen?«

»Ihre Lkw fuhren Tag und Nacht mit von den deutschen Behörden ausgestellten Passierscheinen.«

»Stellen Sie sich einmal vor, sie hätten englische Passierscheine gehabt! Glauben Sie, dass sie dann meine Lagerräume verlassen hätten?«

»Sie haben die von der Carlingue in der Avenue Montaigne gestohlenen Edelsteine und Edelmetalle versteckt und verkauft.«

»Die von mir verkauften Teile trugen keinen Nazi-Adler.«

»Sie waren mit den Leitern der deutschen Gestapo befreundet.«

»Als ein Mann von Welt, habe ich lediglich gute Nachbarschaftsbeziehungen gepflegt.«

»Sie sollen zur Gestapo der Avenue Foch gehört haben.«

»Ja und gleichzeitig soll ich verschiedene Widerstandsbewegungen finanziert haben? Langsam, Herr Vorsitzender, diese beiden Funktionen passen offensichtlich nicht zusammen.«

»Sie haben die dreihundert Nordafrikaner ausgestattet, die Lasserre zur Bekämpfung des Maquis im Südwesten engagiert hatte.«

»Ich habe auch verschiedene Widerstandsnetze, wie Sie es nennen, ausgestattet.«

»Laut der Polizei sind Sie des Mordes schuldig.«

»Aber Herr Vorsitzender! Wessen bin ich angeklagt? Im Übrigen sagt die Polizei dies ... Die Polizei sagt das ... Auch ich könnte Dinge über die Polizei sagen.«

Der Armenier hatte auf alles eine Antwort: anklagend, lustig, spöttisch, sarkastisch, arglos, fälschlicherweise reuevoll.

Der unaufhörliche Zug der Entlastungszeugen.

Natürlich sparten sie nicht mit Lobreden, während ein engelsgleiches Lächeln Greifs Gesicht erhellte. Schändlich gefällige, katzbuckelnd devote, beweihräuchernde Zeugen bis zum Umfallen, Balsam, der nicht nach Rosen roch, Tränen der Dankbarkeit in den Augen. Mit Krokodilstränen erging sich der Angeklagte in Danksagungen:

»Niemals werde ich vergessen, was Sie für mich getan haben.«

Das lückenlose Gedächtnis des Zeugens wurde sicherlich mit einem dicken Umschlag belohnt.

Der alte Richter seufzt.

Angeekelt hatte er den Gerichtssaal vor Ende der Verhandlung verlassen und geschworen, er würde den Kampf nicht aufgeben.

Ein skurriler Gedanke war ihm in den Sinn gekommen.

Müsste man dich nicht tadeln, Herr, Schöpfer von Himmel und Erde, weil du Luzifer in diesem Moment, wo mit scharfen Klingen abgerechnet wird, mit einer Amnesie gesegnet hast? Eine göttliche Schwachstelle, bei der ich ein ungutes Gefühl habe. Diese Unvollkommenheit macht den Bösen mit dem Pferdefuß nicht zu deiner besten Kreatur.

Und dann die plötzliche Vorahnung des Freispruchs!

Im selben Moment hatte er die Nase voll von diesem Prozess, der doch nur eine groteske Farce war; von dem Angeklagten der den Hanswurst spielte; von diesem Gerichtssaal und den Lachern; von den Milliarden die auf der Zunge des Angeklagten zergehen und dahinschwinden wie Schnee an der Sonne; von dem Mordfall Roatta der nicht einmal zaghaft gestreift wurde, der im Dunkeln bleiben und wahrscheinlich nie aufgeklärt würde; er hatte die Zeugen satt: die mundtot gemachten Belastungszeugen sowie die bestochenen Zeugen, die ellenlange Lorbeerkränze flochten.

Er würde nicht wie Richemond in die Falle tappen. Es war wichtig, bis zum Ende zu kämpfen. Menschen wie der Armenier würden ihn nicht in Beschlag nehmen und ihn zum Sklaven machen! Sich von Greif bestechen lassen? Das stand außer Frage! Er war nicht der Macht des Goldes verfallen.

»Warst du traurig, weil er nicht verurteilt wurde?«

»Mehr noch, ich war sogar kurz davor, meinen Dienst zu quittieren.«

»Weshalb hast du es nicht gemacht?«

»Weil ich das Gefühl gehabt hätte, die Niederlage des Gesetzes, die Machtlosigkeit angesichts eines Mannes wie dem Armenier einzugestehen.«

»Du hast weitergekämpft. Er hat dich nicht in den Griff bekommen«, sagt Eric. »Was ist dann aus dem Armenier geworden?«

»Er wurde mächtiger, als er je war. Wer hat die meisten Chancen, den Sieg davon zu tragen? Der starke Bär, der reiche Löwe oder der schlaue Fuchs? Nehmen wir einmal an, du bist entweder mächtig, reich oder listig, die Chancen stehen gleich.

Wenn du aber gleichzeitig Macht, Reichtum und Gerissenheit zu bieten hast, dann machst du das Rennen.

Der Armenier wurde zum unantastbaren Paten.

Der Richter hatte nicht resigniert.

An manchen Tagen hatte er sich in der Haut von Sisyphos gefühlt.

An anderen Tagen träumte er unter blauem Himmel. Ein blauer Himmel, den nichts trüben konnte.

An dem das Grau eines Gewitters das mit Hoffnung gefärbte Blau der Provence blieb.

Blau, selbst in der pechschwarzen Nacht von Dante.